连谏
中短篇小说集

A Collection of Novellas and Short Storiest

（下册）

连谏 著

青岛出版社
QINGDAO PUBLISHING HOUSE

目录

/ 连谏中短篇小说集

生意

1

冥冥中，我觉得她应该叫小糜。

其实，她不叫小糜的，只是，我必须叫她叫小糜。她真实的名字，像一个巨大而神经发达的肿瘤，顽固地盘踞在我的记忆里，轻轻一想，就会疼得我闭上了眼睛，让这个故事无法前行。

好吧，她叫小糜，是我的初中同学。

故事发生在二十几年前，我们是群十三岁的孩子，离开各自父母，到一个叫柳河镇的地方读初中。

在没见过城市的乡下孩子眼里，柳河镇很大，像座城市。它有医院、书店、邮局，还有各种各样的小工厂以及作坊。那些在镇子上出生的孩子，也大都倨傲得很，好像柳河镇就是世界的中心，见着四周乡村里的孩子，总是腆着莫须有的小肚腩，一副趾高气扬的模样。我们班就有几个这样的孩子，一个是镇医院医生的女儿，一个是镇邮电所所长的女儿，还有一个男生，虽然他父母只是镇上的普通农民，但看上去，他还是和我们不一样，面目白净，气质斯文，总让人想起戏文里的白面书生。

刚开学那会儿，小糜黑黑的，大约是干了一个暑假的农活的缘故。开学一个月，就捂白了，皮肤又白又细腻，像素净的瓷胎，再加上一双笑起来像月牙儿的眼睛，让小糜非常好看，用我们老家话说，是喜相，看着很舒服，和漂亮还有些区别。

但我们女生都觉得小糜是异类。十几岁的女孩子，正是发展闺蜜的年纪，三两个簇拥在一起，说一些不能给旁人知道的话题，譬如你来没来月经，我来月经肚子疼不疼，那个谁又和谁发贱了，还有小糜的胸。

小糜个子不高，但有胸脯了，像两个发酵很好的小馒头，把她胸前的衣服高高地顶起来，看上去很是迫不及待。在那个年代的乡下，大胸的女人会被认为很淫荡，尤其是小糜，才读初一，胸就那么大了，会让我们觉得小糜天性风流，一定是被人摸过了，胸才长那么高的，要不然，为什么我们的胸就那么平呢？最多像两枚煎鸡蛋趴在胸口。

那会儿，我们很天真也很邪恶地认定，小糜的胸长那么高，一定是不知羞臊地被男人摸过了，而我们有足够的纯洁，胸就失去了蓬勃壮大的养分。所以，我们和小糜说话的时候，都眼神怪怪的，从她高耸的胸上一眼又一眼地扫过去，或是本来聊得很热闹，小糜一来，我们就像一捆竖在那儿的柴捆，被解掉了拦腰的绳子，四下散去了。好像和她多说几句话，就把自己弄不纯洁了似的，弄得小糜讪讪的，很自卑，觉得这都是因为自己不够好，说话做事就小心谨慎得很，好像唯恐惹着谁。这让她看上去像被后妈虐待大的孩子，或是做下了不光彩的行径，随时会被人找过来算账。

胸大的女人没一个好东西。单芳芳是这么说的。我们都很相信单芳芳解读的人体语言，因为她妈妈是镇医院的妇科医生，经常像老师检查作业一样检查着来自四面八方的乡村妇女的身体。单芳芳和小糜是同桌，很白的脸上长了几个小米粒大小、俗称是苍蝇屎的黑痣。她妈矮而胖，一头黑发，短而齐，像半只西瓜扣脑袋上，是柳河镇著名的馋老婆，为了一只鸡腿，能和老公从屋里打到街上。周末回家，娘问小糜在学校怎么样。小糜想了想，觉得没什么可说的，就说单芳芳和她家的事。娘正给鸡剁着菜，咣咣的，居然也听得只字不漏，说上面馋的女人下面也馋。

小糜问下面是哪里？

娘看了她一眼，好像意识到自己说错话了，让小糜去抱柴火回来，说该做晚饭了。

那天晚上，小糜一直在想，下面是哪里？想着她问娘时，娘左右躲闪的眼神，觉得这个下面的事，应该不是小女孩可以知道的，娘有很多事，和四婶说的时候，带着神秘的羞愧，好像自豪而享受，但她想破了脑袋也搞不明白。比如说，娘和四婶说从四十岁起，她就不让爹碰了，都多大年纪了，还想恁些事，怪不正经的。小糜想了好几天，不让爹碰是什么意思？以前让爹碰，怎么个碰法？为什么四十岁以前碰是正经，四十岁以后碰就是不正经了？

第二天，小糜让娘把棉布胸罩上的扣子拆下来，往里挪两寸。娘拿着胸罩比画了一下，问，大了？

小糜红着脸嗯了一声。娘说，我看不大啊。说着，拿着胸罩来往她身上比画。小糜一下子躲开了，突然哭了，说，娘，为什么别人的胸是平的？

娘愣了一会儿，说，哪些别人？

小糜说，我同学。

娘看了她一眼，好些话，要说说不出口的样子。后来，娘把她胸罩上的扣子拆下来，往里缝了不是小糜说的两寸，而是三寸。娘好像也发了狠，要把过早地从小糜胸前鼓出来的两坨肉给勒回胸膛里去。

戴上娘改缝好的胸罩，小糜胸口的肋骨都要勒断了，乳房像即将挤爆的肉饼，生疼，疼得她星期天下午骑自行车回柳河镇的路上，不得不跳下来，大喘几口气，用手指小心翼翼地碰了几下胸口，疼得钻心，却笑了，想，她终于和单芳芳她们一样了，胸口平坦，目光纯洁。

尽管她晓得单芳芳在背后说她坏话，但并不生单芳芳的气，只恨自己的胸不争气，早早地鼓了出来，丢人现眼。

十三岁的小糜，觉得来月经和长出胸脯，都是挺没出息的事，没出息到像大姑娘还没出嫁呢，就挺起了大肚子。

小糜家的村子离柳河镇五公里，每到星期天下午四点钟，小糜就会把吃一星期的干粮和咸菜绑在自行车后座上，穿过被庄稼掩映的乡间土路，一路向东、向南、再向东就到了柳河镇。

学校没有宿舍，来柳河镇念中学的孩子，都要投亲靠友地在柳河镇找个人家寄宿，小糜也不例外。其实，小糜家在柳河镇没亲戚，爹娘是老实巴交的庄稼人，没朋友。因为没地儿住，小糜的初中，差点没念成，虽然骑着自行车一天一来回也不是不可以，可乡下不是城里，有时候走好几里路遇不上一个人，土路崎岖不平倒不怕，怕的是除了冬天，其他三季，一条本就狭窄的乡间土路被一人多高的庄稼掩映得更加逼仄，经常有流氓藏在路边的庄稼地里，趁女孩子骑自行车经过的时候，一把薅下来拖进庄稼地深处，这样的传说，一到夏天就会柳絮一样随风飘散，搞得人心惶惶、汗毛倒立。何况学校要上早晚自习，早晨六点半就得到校，晚上九点多才放学，一个女孩子骑自行车走黑黢黢的乡间夜路，小糜爹娘不放心，所以，整个暑假，说起小糜上学的事，爹娘的眉头就皱着。爹吧嗒吧嗒地抽烟，娘叹气，说，小糜，要不咱不念了吧。

爹娘觉得，反正小糜也念不出个花来，还不如在家帮着他们种棉花呢，等过两年大了，就出去打工。庙子后村小两千口人，还没出过大学生呢，虽然孩子们到了上学年龄都会送去上学，可谁也没把送孩子上学当前程奔，不过是尽尽心，别等孩子长大成了睁眼瞎怨爹怨娘的怪不是滋味。

小糜爹娘也是这么想的。所以，姐姐只念到小学毕业，就在家帮爹娘种棉花，种到十六岁就去镇上的棉花加工厂打工，十八岁的时候开始有人来给她提亲，相了几家，娘给她相中了柴沟镇上的一小伙，家里是修摩托车的，挺殷实，姐姐嫁过去吃不着苦。娘是这么说的。乡下姑娘找婆家，家里殷实，人品周正，是第一要务。小糜知道，如果不念书，她的将来会和姐姐一样。可她不想像姐姐似的，嫁个鼻孔朝天的小镇青年。那个将来她要喊姐夫的男人，她并不喜欢，他经常来，大都是晚上，和姐姐一起，姐姐从镇上的棉花加工厂下了班，他要是有空，会骑着摩托车跟在姐姐自行车后把她送回来。每次来，也不进门，远远跨在摩托车上，歪着大半个身子，看着姐姐进了门，就踩一脚摩托，轰的一声，走了，样子酷酷的，好像一点儿也不想沾这家的边。娘也问姐姐，说，你怎么不让小柴进来坐坐?

姐姐的男朋友姓柴，爹和娘都叫他小柴小柴的。

姐姐说小柴怕进门给爹娘添麻烦。爹娘就信了，因为小柴一进门，爹就张罗着让娘烧水泡茉莉花茶给小柴喝。小糜却觉得，小柴不进来，是因为他没把这个家瞧在眼里，如果不是因为姐姐漂亮，他这种家里有生意的小镇青年，根本就不会把他们家这种靠天吃饭的农户放在眼里。

有天晚上，姐姐换内衣的时候，小糜看见她雪白的乳房上有几个紫红色的点，秋天的红枣子似的，分外醒目，就问姐姐怎么了。姐姐吓了一跳，又捂又藏的，说没怎么没怎么。小糜很担心，担心姐姐是不是病了，隔壁家的婶婶就这样，不知怎的，大腿上就起了好几个紫点，开始没当事，后来就鼓起了脓疮，越烂越大，最后连床都下不了了，躺了五六年，人就没了。

那天晚上，小糜翻来覆去地睡不着，挺难过也挺担心的，想隔壁婶婶的病，是不是会传染的？她一走，就传染给姐姐了。第二天早晨，小糜就跟娘说了。

娘正趴在热气腾腾的锅上糊玉米面饼子，浅黄浅黄的一巴掌面团，糊到热锅上，等熟了，就变成了亮亮的金黄色，贴在锅上的一面，脆而香，另一面松松软软的，抹一汤匙猪大油或是豆腐乳，香喷喷的，能把人吃醉了。

娘歪头看着她，饼子都糊歪了。娘虽然没文化，但做事要好，从来没把饼子糊歪过，在这个早晨却糊歪了。她怔怔地看了一会糊歪的饼子，盖上锅，让小糜烧着火，就去了西屋。

他们家一共四间房子。爹娘住东屋，东屋过来就是垒着灶膛生火做饭兼全家人吃饭的堂屋，西屋小糜和姐姐睡。哥哥在柴沟镇念书，念初三了，学习成绩一般，爹和他商量了，如果考不上县一中就去学手艺，将来不靠天吃饭。哥哥也答应了，想学修摩托车，为这，小柴还许过诺，只要哥哥愿意，就不用花钱出去学了，到他家铺子当学徒，包他一年下来就能独立开铺子。爹娘挺高兴，好像姐姐找了个小镇青年对象，就把全家的问题都解决了。

娘往西屋去的时候，脸好长，心情很沉重的样子，小糜以为娘让她说的姐姐乳房上的红点子吓着了，就把耳朵挨在西屋门上，就听娘腔调很厉害，说他缠着你不让走，你就让他啜？姐姐嘤嘤地哭，好像又羞又愧，却不说话。娘噼里啪啦地打了姐姐几下，又厉声问让他破了身子了没有。姐姐哭着说没有。娘好像松了口气，说你一个姑娘家不知道珍重自己个儿，将来婆家会看你不起的。姐姐还是哭。娘说记住了没？姐姐哭着嗯了一声，娘就从西屋出来了。小糜忙手忙脚乱地滚回去烧火，可因为光顾着偷听，灶膛里的明火已经灭了，连忙又挑又拉风箱的，弄了一脸灰。娘站在那儿看了她一会儿，突然说，你姐没事。不知为什么，小糜不敢抬头看娘的脸，在嗓子眼里嗯了一声。娘又说，你姐的事，别出去说。小糜埋头咕咚咕咚地拉风箱，突然觉得自己本是一片好心，却把姐姐出卖了，挺对不起她。

姐姐也很生小糜的气，整个暑假不和她说话，好像小糜对她犯下了滔天的罪过。小柴还会来送姐姐，好像什么也不知道的样子，偶尔进屋坐坐，娘也好像什么也没发生过的样子，给他泡茶。只有小糜，讪讪的，不远不近地站着，小柴就招呼她，说，小糜，听说你初中分到柳河镇去了？

小糜嗯了一声。小柴就一脸惋惜地说，要是去柴沟镇就好了，可以住我家。

小糜就笑笑，看看姐姐。姐姐的眼睛望着别处。一个暑假了，姐姐拒绝和小糜有任何目光和语言上的接触，小糜很想跟她说声对不起，却又说不出。

总之，整个暑假，爹娘常说的就是小糜的学怎么念？他们在柳河镇无亲无友，住哪儿？娘就一次又一次地试探，说，小糜呀，要不咱就不念了吧？

小糜就用很亮很亮，亮得能流出水的眼睛看着娘。娘就叹口气，垂下了眼皮，说，一女孩子家，念书念多了有啥用？到末了还不是就粥喝了？

可小糜就是想念书，娘活了半辈子，去的最远的地方是高密县城，她这辈子，不想过得像娘一样。像姐姐那样也不行，自从有了婆家，姐姐的未来生活，已经能看到雏形了，就是嫁给小柴，给他生一群儿女，当个修摩托车铺的老板娘，每天坐在铺子门口，高一声低一声吆喝着顽劣的孩子们。

小糜喜欢读小说，各种各样的小说，尤其是琼瑶的小说，她常常捧着书想象小说里的城市想象得出了神，觉得大城市美好得很，天堂一样，然后为自己是庙子后村的农民的女儿而心酸、难过。

她想去琼瑶写的那种城市生活，遇见一个小说中的那样的美好男人，一起地老天荒。

她总是想啊想啊，把自己想得忧伤极了，好像爹娘把她生在庙子后村，就是把她欺负了一样。老师经常拿教杆敲着讲台上那张破桌子训不好好听课的学生是没志气的东西，只配当一辈子农民！老师的话让小糜更加觉得，生下来是农民，是老天的惩罚。

所以，她必须念书，还要好好念，将来考大学，考不上大学考上中专也行，只要别让她当农民。所以，只要爹和娘说不念书了，她就眼泪汪汪的。

有一天，爹赶集卖西瓜回来，一进门就说，小糜，你有地方住了。

要不是耳朵挡着，爹的嘴巴都要咧到后脑勺去了。说着，从人造革包里摸出一大块豆腐，让小糜去菜园里拔几棵小葱，切碎了拌豆腐吃。

小糜不想去，想弄明白爹说的她有地方住了是怎么回事。可爹挥了挥手，像赶一只恼人的、偷吃粮食的、执迷不悟的小鸡似的赶着她去菜园子拔葱。小糜恋恋的，飞一样往菜园跑，拔了几棵葱就飞一样跑回来。

娘已经把豆腐切成了丁，码在搪瓷盆子里，就等她拔回葱来切碎了拌下去。

小糜帮娘把葱扒掉皮，洗干净，切碎，撒到豆腐丁上，又往上淋了香油撒了咸盐和味精，用筷子一搅，豆腐和小葱的清冽香味就纠缠在了一起，在堂屋里弥漫翻滚。

爹好像要卖关子，在晚饭桌上才说，今天他赶集卖西瓜，攀了一门干亲。说着，看看小糜，说，我给你认了个干爹干娘。小糜瞪着眼，看看爹再看看娘。娘说，你去柳河镇念书有地方住了。

小糜大概明白了，今天，爹赶集卖西瓜的时候，遇上一个聊得来的柳河镇人，主动和人家攀干亲家，就是为了她去柳河镇念书有地方住。爹用筷子点了点桌上的豆腐，说，这就是你干爹给的，他家是做豆腐的。

姐姐撇了小糜一眼，好像挺嫉妒的，嘴里却说，平白让他们捡了个闺女。好像在为小糜以后要喊别人爹娘为父母打抱不平。爹却说，也不能这么说，将来小糜要在他们家住三年呢。姐姐就看了小糜一眼，说，不能平白便宜他们，以后星期六回家就让他们给你留块豆腐捎回来。

小糜嗯了一声，莫名的，就有点儿感激还未曾谋面的干爹干娘，因为他们的出现，一个暑假都不理她的姐姐终于和她说话了。

娘却说，小糜，别听你姐姐的，女孩子家不能随便贪人家便宜。

小糜又嗯了一声。爹抿了一口地瓜酒，说，小糜的干爹干妈没小孩，肯定会对小糜很好的。姐姐一愣，问，是不是生不出来？爹说，这样的事怎么能问人家？戳心窝子呢，就知道两口子没生养。姐姐哦了一声，说，自己生不出来就抱养一个啊，也不难。爹说，过日子，一人一过法。娘就一脸欣慰地说，小糜干娘没生养，小糜干爹还跟她过，单从这一点看，就是厚道人。

爹也这么认为。

在乡下，两口子要是结婚几年没生孩子，就好像这婚白结了一样，没因为这把老婆换了的，就是好样的了。

马上就要开学报到了，第二天，爹就买上礼物带着小糜去了柳河镇拜会干爹干娘。

离干爹家还有段距离，小糜就闻见了好闻的卤水豆腐味。

2

小糜干爹家住在柳河镇的中心位置。

柳河镇一共有两条主要街道，也是商业街，一南北一东西呈十字状交叉。小糜干爹姓刘，叫刘海滨，干娘叫项伟丽，家住在南北大街的南端。临街的原来是院墙，后来，镇上的人家，都把临街的墙盖成了门面房做生意，刘海滨也跟风盖了四间。一间是大过道，装着大门，算不上一间屋。另外三间，一间装着磨豆子做豆腐的机器，每天凌晨三点，刘海滨和老婆就起来磨豆子做豆腐；再一间是门面，也临街开了门，小糜的干娘白天在里面卖豆腐和豆腐皮什么的；最南边的一间，小糜住。

刘海滨和老婆对小糜很好，本想让小糜住正房的西间来着，可西间不生火，冬天住着冷，不如住临街房子的南间，因为做豆腐是要生火烧锅的，刘海滨砌了一铺炕，豆腐锅的烟道盘在炕底下，冬天睡在炕上很舒服，就夏天有点遭罪，炕热得好像能把人烙熟了，好在炕大，就睡小糜一个，她就睡在炕尾，炕尾不那么热。

刘海滨两口子也就三十五六岁的样子，都很和善，对小糜很好，有时候刮风下雨，刘海滨还会主动骑摩托车去学校门口接小糜下晚自习，让她坐在后面，搂着他的腰，一路风驰电掣地回去。回家后，常常是项伟丽在灯下数钱，全身上下都是卤水豆腐味，她晓得小糜爱吃豆腐，每天都会留块巴掌见方的豆腐，等小糜回来，端出来，笑吟吟地看着她吃完，搞得小糜很不好意思。

项伟丽常常会看着看着，说，小糜呀，回家和你娘商量商量，把你给我们家吧。

小麋羞涩地笑。

刘海滨也应声附和，说，等改天我跟你爹娘商量商量这事儿。刘海滨对小麋也很好，去学校门口接她的时候，经常会塞给她一些她见都没见过的好吃的，像苦苦却甜得迷人的巧克力啦，麦丽素啦等等的。

每当搂着刘海滨的腰，风驰电掣在柳河镇的街道上，小麋就觉得她是个幸福的人，比姐姐幸福。

周末回家，爹娘问干爹干娘好不好。小麋说很好。娘问怎么个好法。小麋就笑着说，我干娘说让我回来和你们商量商量，把我给他们好了。

这么说的时候，小麋特别希望爹娘会满口答应，说好吧好吧，反正我们家孩子多，把你给他们吧。她知道这不可能，也知道自己这么想很自私，甚至是没良心，但不知为什么，隐约地，她希望自己是干爹干娘的孩子也不愿意自己是亲生父母的孩子，干爹干娘多好啊，对她知冷知热的，说话也好听，所以，当有同学问小麋，骑着摩托车来接她的人是谁时，她都说我爹，把干字省略了，但单芳芳是柳河镇人，柳河镇上开门做生意的人家，她都认识，何况刘海滨家做豆腐是柳河镇上的独此一家，单芳芳每星期至少去他们家买一次豆腐，都熟悉得不能再熟悉了，听小麋这么说，就撇着嘴巴纠正说豆腐刘家没孩子。

在柳河镇上，大家都叫刘海滨“豆腐刘”。

小糜的脸通红通红的，说，我干爹。过了一会儿，又说是我干爹让我这么叫的，他说叫干爹显得生分。

单芳芳就说，有些人巴不得是他亲生女儿吧？

好像最隐秘的心思被人洞穿了，小糜的脸就更红了，眼睛亮晶晶的，泪就滚了下来，说，我没这么想。单芳芳和几个同学还是看着她笑，好像看穿了她的此地无银三百两。

对刘海滨项伟丽要把小糜要过去当他们的孩子的想法，小糜娘都给气哭了，好像谁要把她养了半年的猪从圈里白白赶走，说，他们咋能这么得寸进尺，他们把小糜当什么了？当只兔子当只鸡了？说要过去就要过去？

爹觉得娘反应过头了，说，小糜干爹干娘这么说是好事，说明他们是真心喜欢小糜的，这三年里他们亏待不着小糜。

爹娘为这事嘟嘟哝哝的时候，小糜趴在西间炕上看《少年文艺》，是刘海滨给她买的，说镇上的孩子都爱读这本杂志。小糜也喜欢，把一本《少年文艺》翻来覆去都翻烂了。姐姐倚在炕沿上，说，咱爹娘真傻。

小糜就抬眼看着她。

姐姐说，你都这么大了，就算是答应了把你给他们，你也知道亲爹亲娘是谁，怕什么？反正他们也没孩子，将来的家产全是你的，你的户口也能迁到镇上去。

小糜说，迁到镇上有什么用?

姐姐说，那你就是镇上的人了啊。说这话的时候，姐姐的眼睛亮得像早晨的露珠。

小糜说，可是咱娘会难过。姐姐撇了一下嘴，就像单芳芳瞥她那样，说，就咱娘那点儿见识，你要听她的，这辈子就甭活了。然后趴在她耳边说其实她早就和小柴那个了。

小糜就觉得心如撞鹿，说，什么那个？

姐姐骄傲地抿着嘴唇，一副点到为止的样子，小糜就想起了姐姐乳房上枣子似的红印，隐约的，就明白了很多，她有很多话，想问问姐姐，但又怕姐姐觉得她不正经，整天想些流氓事，就把那些好奇，咽了下去。

刘海滨两口子想把小糜要过去的事，就这么不了了之。打那以后，爹娘对干爹干娘就更放心了，觉得他们对小糜的喜欢，就差不是打自己肚子里生出来的了。

小糜也觉得干爹干娘好。

项伟丽是个白嫩的女人，微微的胖，皮肤白得像刚刚做出来的豆腐，乳房好大，好像随时要挣破了衣服跳出来的样子。有一次，小糜半夜起来上厕所，走到院子里，看见干爹干娘屋的窗帘没拉，干娘坐在炕上，倚着被垛，两手举得高高的，像电影里投降的鬼子，毛衣被干爹掀了上去，蒙在头上，干爹像个孩子似的埋在干娘胸前吃奶。刹那间，小麋就觉得全身的血都流不动了，站在那儿，呆呆的，一动也不敢动。后来，院子里的狗大概发现小麋了，哼了一声，干爹扭头往窗外看了一眼，就看见了影绰在灯影里的小麋，也一愣，就冲她笑了一下，拉上了窗帘。

小麋几乎是哆哆嗦嗦地上完了厕所回屋，合上眼，却怎么也睡不着，满眼都是她从窗外看到的一幕。

凌晨三点多，隐约地，就听干爹干娘起来做豆腐了，莫名的，小麋就有点儿怕，倒不是怕谁会把她怎么着了，就是不敢见干爹，好像昨天夜里看到的那一幕，不是干爹干娘的不小心，而是她蓄意的不检点。

天一层一层地亮了起来，再不起床就迟到了，小麋才匆匆爬起来，脸也没洗，背上书包就跑了，一整天，心思乱乱的，老师在讲台上讲了些什么，都没听进去，快下晚自习的时候，她的不安，越发的强烈了，甚至到了坐立不安的程度。连单芳芳都感觉到了她的不安，瞅了她一眼，说，你怎么了？单芳芳很少叫她的名字，都是直接打白声，好像她的名字不值当从她嘴里喊出来。

小麋眼泪汪汪地看着她，不知该怎么说，也不知道该不该说。单芳芳给她看烦了，就说，你干吗要这样看着我？好像我欺负你了似的。

小糜的眼泪就滚了下来，一下子趴在了桌子上。老师大概看见了，走过来问小糜怎么了，小糜趴在桌子上还是不说话。老师就问单芳芳怎么回事，声音里有责备，好像单芳芳真欺负小糜了似的。

单芳芳委屈得不行，说，我也不知道，今天一天她就跟坐在钉子上似的晃来晃去，把我弄得都没法好好听课。

老师就又敲了敲桌沿，说，小糜，到底怎么回事？你再不说我就把你家长叫来了啊。

小糜就怕了，她什么也不想跟娘说，怕娘觉得她才这么小呢，就看了那么多不该看的，就像她才十三岁呢，胸就长那么高，娘也替她羞着呢，所以在挪胸罩扣子的时候，挪得比她想要挪的尺寸还大。

小糜擦了擦眼泪，说，我肚子疼。

老师愣了一下，问，吃坏肚子了？小糜小声说，没有。老师说，那怎么会肚子疼？单芳芳突然用含了多多内容的眼神看了她一会儿，笑着问小糜，是不是你大姨妈来了？小糜忙摇头，说，没有，我娘没有女姊妹。老师突然就笑得跟爆炸似的，转身走了，单芳芳也笑，前仰后合的，把小糜笑得晕头晕脑的，不明白自己说的这话好笑在哪儿，她怔怔地看着把眼泪都笑出来了的单芳芳，脸憋得通红，要发火了的样子。单芳芳笑够了，才满脸同情地告诉她，我说的那个姨妈，不是你娘的女姊妹。

小糜忍了气问，那是什么？

单芳芳又要笑，但忍住了，小声说，就是月经。见小糜瞠目结舌的满脸不解，就又解释了一句，城里人都管月经叫大姨妈。单芳芳一直觉得自己是城里人，因为她姥姥家在县城。

小糜一阵羞愧，就更自卑了，想到底自己是乡下人啊，没见识，让人笑话，看样子，老师也一定懂得大姨妈是什么。脸，又是一红。

这么一闹，困扰了她一天一夜的烦恼就没了，甚至，因为单芳芳跟她解释了大姨妈，突然觉得她值得信任了起来，就想把自己难过了一天的真正原因告诉她，可放学铃声响了，只好恋恋地收拾书包。出了校门，心里虚虚地东张西望了一会儿，没见着刘海滨，绷着的心，才松弛了下来。一路踢踢打打地往回走。

3

项伟丽坐在院子里挑黄豆。她天天挑黄豆，见缝插针地挑，因为黄豆里有坏豆子，要是不挑出来，会坏了豆腐的味儿。

见小糜进了院子，她笑了笑，起身，边往堂屋里走边说给她留了一块豆腐，也不问她想不想吃，就给端了出来，好像她是自家小孩，她有好多爱，小糜必须收下她才开心。小糜说不饿，项伟丽说学了一晚上的习，正长身子的时候，怎么能不饿呢？非让她吃，说着，把坑坑洼洼了好几个黑点的铝勺塞她手里。小糜只好一勺一勺地挖了吃，边吃边偷眼看项伟丽，看样子，她并不知道昨天晚上她看见了干爹吃她奶的事，心里就松弛了好多，莫名的，竟然对干爹产生了罪恶同盟的感觉。

项伟丽边看她吃豆腐边捡豆子，嘴角上挂着笑，看上去她像个心满意足的幸福女人，小糜想，干娘虽然没有小孩，但看上去比娘还幸福。很多时候，小糜觉得娘是他们家的奴仆，是棉花的奴仆，每天天不亮起来做饭，伺候全家人吃完，就跑到田里伺候棉花，棉花虽然能换钱，可难伺候着呢，爱招虫，三天不打农药，就让虫子吃得不像样，夏天的时候，娘经常打着打着药就倒在地上了，是农药中毒，伺候棉花的人，每年都得昏上这么几次，幸亏爹在地头上看着，要不，娘早不知道死了几个死了。爹不能下田打农药，说是农药过敏，一打药身上就一片一片地起红疙瘩。早先，爹说不种棉花了，可娘不愿意，种棉花苦是苦了点儿，可能卖钱，家里啥不要钱？小麋和哥哥念初中要钱，过几年，还得给哥哥盖房子娶媳妇，盖起房来还要给哥哥攒娶媳妇的彩礼钱，哪一样不是扒爹娘几层皮的事？娘就更不敢偷半点儿懒了，说种棉花虽然会农药中毒，可也死不了不是？中毒不厉害就拖到地头上拿清水洗吧洗吧，晾一会儿就好了，中毒厉害了拉到镇医院去挂瓶吊水洗洗血也花不几个钱，没啥怕的！

项伟丽喜欢和小麋说话。可小麋一大早去学校，晚上九点多才回来。项伟丽就一边看她吃豆腐一边和她说话，大都是小麋家里和学校的事，有一搭没一搭的，每当这样的时候，小麋就觉得时光就像一条匍匐的老狗，安逸而又悠长。

那天晚上，刘海滨是在小麋睡下后才回来的。黑暗中，她听见门响，狗在院子里哼了一声，大约是听见门响从窝里一探头，闻见是男主人的味，又缩了回去。然后，就听见项伟丽说你回来了？项伟丽在刘海滨跟前，永远好脾气，从来没见她发过火。有时候，刘海滨还会撒娇，让项伟丽给他洗脚。项伟丽就笑着说他不要脸。不要脸这三个字，让项伟丽说出来，轻巧巧的，带着黏稠的亲昵，像一匹柔而温润的绸缎，从小麋的心上滑过去。项伟丽虽然嘴上说着不要脸，但还是会去打一盆热水，把凳子架好，再把刘海滨的脚拿进去，细细地给他洗。

刘海滨在院子里嗯了一声，去厕所撒了泡尿。刘海滨撒尿的声音，在寂静的夜里，很响亮，哗哗的，小麋听得惊心动魄，把脑袋往被子里缩了一下。

从那以后，小麋晚饭后就不喝水了，渴了也不喝，怕起夜，尤其怕起夜的时候看见干爹干娘屋里亮着灯，还没拉窗帘。

日子晃晃悠悠的，就过了一年，小麋十四岁了。

十四岁的小麋又长个了，长了四公分。周末回家，遇见小柴也在，他说小麋又长高了。姐姐看了她一眼，嗯了一声，又往她身边站了站，问小柴她俩谁高。小柴说你穿着高跟鞋，姐姐就把鞋脱了。小柴笑着指了指小麋。姐姐就打量着小麋，说看来吃豆腐很补钙。然后告诉小柴，小麋住她干爹干娘家，每天都吃一块豆腐。小柴说是吗？又意味深长地说吃什么豆腐啊？是肉豆腐还是素豆腐？姐姐打了他一下，嗔怪地说，不要脸！那口气，跟项伟丽骂刘海滨不要脸似的。小麋觉得哪儿不对，就大着胆问，什么叫肉豆腐素豆腐？小柴龇牙咧嘴地看着姐姐，说，你们女人都有两坨肉豆腐。

小麋就知道不是好话了，觉得他下流，瞪了他一眼，转身走了。

4

只拔高了四公分而已，小糜看上去就窈窕了好多，也仅仅是过了一年而已，同班女同学的胸脯，都开始微微鼓起来了，有的像煎鸡蛋有的像发面包子还有的像小馒头，大家的胸都鼓了，小糜也就不再为自己的胸难为情了，去厕所的时候，经常看见蹲坑里有血淋淋的卫生纸，就知道大姨妈基本已光临了每一个女同学，甚至，女同学之间开始悄悄地讨论男人和女人。

晚上，偶尔顺路，刘海滨还会在学校门口等她一起回家，坐在刘海滨的摩托车后座上，小糜偶尔会想起刘海滨趴在项伟丽胸前的样子，心就扑扑地跳，刘海滨好像能感觉到，回头叮嘱她，让她坐稳了。

初二的代数和几何有难度了，上课稍一走神，就不会了，一不会，写起作业来就吭哧吭哧慢得很，写不完作业，第二天是要被老师骂的，小糜就捎回家做。有一次，项伟丽见她屋里都半夜了还亮着灯，推门进来问怎么还不睡。小糜就说有道代数题不会做。项伟丽拿过来看了看，说她也不明白，就探出头去喊刘海滨。刘海滨已经躺下了，让她喊得又起来了，只穿着毛裤，披了件大衣，穿过院子过来了，问什么事。项伟丽指了指小糜的作业本，让他给讲讲这道题。刘海滨看了几眼，就给小糜列了一个公式，说这样那样，就把一道千头万绪的题给理刷清楚了。

小糜仰慕得不行了，说，干爹真厉害。

项伟丽就抿着嘴笑，说，你当你干爹就是个做豆腐的?

小糜就云里雾里地问，干爹还会干什么呀?

项伟丽说，当年你干爹可是柳河镇第一个大学生呢……还没说完，就被刘海滨打断了，说，多少年的老黄历了，又拿出来现!

项伟丽就吐了吐舌头，笑着拍拍小糜的肩，让她早点儿睡。

小糜就奇怪了，干爹是大学生呢，怎么会成了个做豆腐的? 第二天早晨，单芳芳问她代数作业做完了没。小糜说做完了，单芳芳说最后那道大题你会啊? 很不相信的样子问小糜，小糜说不会，是干爹给她讲的。

单芳芳噢了一声，要借她作业看。小糜给了，她抄完了，还本子的时候，小糜没忍住，说，你知道吗，我干爹是柳河镇的第一个大学生。

单芳芳说，全柳河镇的人都知道——他也是柳河镇第一个因为耍流氓被开除了的大学生。

小糜惊得半天合不上嘴。

单芳芳见状，问，你不知道啊？

小糜摇摇头。

单芳芳说，他不是你干爹嘛？

小糜点点头，说，但是我们家不知道这事。单芳芳就用同情的目光看着她，好像在说你上当受骗了吧？小糜就想起了干爹趴在干娘胸前的样子，但还是坚决地摇了摇头，说，我不信。

这天晚上下雨了，还挺大，小糜正愁放学后怎么走，看见干爹站在教室门口冲她招手，就背上书包欢快地跑了过去。

到了门口，刘海滨就张开大大的绿色军用雨衣，说骑摩托没法打伞，他特意穿了件大雨衣，足够罩过两个人来。小糜犹豫了一下，刘海滨摆了一下脑袋，说快点儿啊。小糜就过去了，一过去，刘海滨就拿大雨衣把她罩了起来，从后面裹着她一起往停在学校门口的摩托车去。

冬天的雨下得靡靡的，小糜的身体却莫名地燥热了起来，走着走着，刘海滨的呼吸也粗重了起来，好像裹着她一起走很累似的。小糜就说，干爹要不你自己走吧，我不怕雨。

刘海滨说不用不用，伸手来揽她，一下子，就捂在了她的胸上，小糜就觉得胸口跟突然捂上了一个热水袋似的，一紧张，差点儿摔倒，刘海滨似乎也意识到手捂错了地方，忙挪开了。

路上谁也没说话，磕磕绊绊地到了摩托那儿，刘海滨抹了一把脸上的雨水，脱下雨衣罩在小糜身上，让她上摩托车。小糜说，干爹你淋雨了。

刘海滨说，没事，跨上摩托就发动起来。小糜忙坐上去，把雨衣罩在刘海滨身上，自己从刘海滨背后钻进雨衣里，四周一片漆黑。

那天，回家的路好像特别长，小糜的心里，毛毛的，很不安。摩托颠了一下，停了下来，雨衣上不再有噼里啪啦的雨打声，小糜就知道到家了，摩托车已经进了大门过道，就掀开了雨衣。刘海滨把摩托车放好，头也不回地说，不早了，睡吧。口气僵硬，好像生气了的样子。

小糜嗯了一声，往干爹干娘的屋瞄了一眼，见黑着灯，就叫了声干爹。刘海滨顺手打开了屋檐下的灯，回头看着她。

小糜问，干娘不在家？

刘海滨说，你干娘的娘病了，她下午就回去了，怕你一个人在家住害怕，就把我撵回来了。

小麋挺感动的，就笑了笑，说，干爹你头发湿了，擦干了再睡，不然会感冒的。刘海滨定定地看了她一眼，说，不早了，睡吧。

小麋回屋，拿出英语书看了一会儿，看不进去，就躺下睡了。下雨天，人睡得特别沉，睡着睡着，小麋就做了个梦，梦见了她喜欢的男生，拉着她的手，一根一根地亲她的手指，还掀开了她的衣服，亲她的胸，像干爹亲干娘那样。小麋羞得脸都红了，想推开他，可他亲得很舒服，痒痒的，酥酥的，就不舍得，正神乱意迷呢，下身猛地传来了一阵尖锐的疼，疼得她都尖叫了起来，一下子醒了，才知道不是梦。黑暗中，有个人在她身上呼哧呼哧地喘着粗气，她已经听出来了，是刘海滨，他的什么东西已经在她身子里了，每耸动一下，就疼得像在锯肉。小麋就吓坏了，拿手使劲往外推刘海滨，可刘海滨就像棵树一样牢牢地扎在她的身体里，嘴里说着小麋小麋我喜欢你喜欢好长时间了。小麋就哭着说，干爹你别这样你别这样。推不开他就试着拿脚蹬他，可每蹬一下他往她身子里扎得更深更疼了。她挠他咬他，可刘海滨力气大，攥着她细细的手腕按在两边炕上，嘴在她胸上胡乱亲，小麋挣不动，就滔滔地哭了。

那天晚上的雨下得太大了，雨水像海绵一样吸收了小糜的哭喊……

后来，刘海滨叹气似的叫了声小糜呀，就趴在她身上不动了，小糜哭喊得嗓子都哑了，干干地张着嘴，哭不出声了，刘海滨给她往上拉了拉被子，把她裸着的胸盖起来，说，小糜，你放心，我会疼你的，也会对你好，要是你愿意的话，等你长大了我娶你。

小糜就是哭，眼泪顺着两边的鬓角流到枕头上。

刘海滨坐在炕沿上，歪着头看看她，给她擦泪，说，小糜我是真心喜欢你的。

小糜还是哭。

刘海滨说，你不知道我有多喜欢你，我每次要你干娘的时候都得把她想象成你，要不我就不行。

然后，刘海滨把被子帮她掖严实了，摸摸她的脸，说，小糜呀，早点儿睡啊。说着，就关了灯，走了。

黑暗中，小糜无声地哭啊哭啊，把天都哭亮了。刘海滨推门进来，说，小糜，不早了，你还不起床去上学？好像夜里对小糜做那事的人不是他。

小糜拿被子把自己裹起来，像裹个茧子似的裹起来。刘海滨笑了笑，说，今天你干娘不在家，就不卖豆腐了，我要去粮管所批发点儿黄豆。又问小糜想吃什么，回来路上给她捎。小糜惊恐地看着他，好像看见了鬼。刘海滨随手带上门，转身走了。

八点多的时候，小糜听见院子里有人喊她，好像是单芳芳，还有另一个女同学，小糜再也忍不住了，号啕大哭，单芳芳顺着声音推门进来，看着茧子一样裹在被子里的小糜，说，小糜你怎么不去上学？代数老师说今天上新课，让我们来叫你。

小糜闭着眼睛，就是哭。单芳芳就伸手摸了一下她的额头，说没发烧啊。又问她怎么了，说着，伸手去被窝里摸小糜的手，却一下子摸到了小糜光溜溜的身子，就有点儿嘲讽地问，小糜，你光着身子睡觉啊？

小糜哭得更厉害了。

单芳芳有点儿烦了，说，别哭了，没生病就赶紧穿上衣服去上学。说着，就和女同学一起，用力把小糜拉了起来，小糜一坐起来，她们就吓坏了。

小糜什么也没穿，从小腹往下到大腿根，全是血，被子上也抹得到处都是，单芳芳瞠目结舌地看着她，带着一脸嫌弃说，小糜，你来大姨妈了！

小糜哭着说，不是不是，我没来大姨妈。

单芳芳呆呆地看着她，突然捂着嘴，看了她半天才说，小糜你是不是被人强奸了？

小麋哇的一声，哭得声音更大了。

因为单芳芳的妈妈是妇科医生，关于性的事，偶尔会从大人的聊天里听一耳朵，看小麋这样，大概就明白了，其实她并不怕，但她觉得自己是个女孩子，而且是个纯洁的女孩子，应该对这样的事表现出恐惧的样子，不然，显得像司空见惯似的，多不好？于是，她就尖叫着跑了出去……

5

还没到下午，柳河镇一个女学生被强奸了的消息，就像一股强劲的风，席卷了柳河镇，又以柳河镇为中心，向四周的村子扩散。

上午，刘海滨就被警察带走了。当时，他骑摩托车驮两大包黄豆从外面进来，两个警察正坐他家堂屋里，既百无聊赖又机警，听见摩托车响，起身迎出来，说，回来了？

刘海滨的脸，一下子就僵了，趔趄了一下，转身想跑，只迈了半步，就停住了，知道跑不掉，就站住了，笑笑，说，辛苦你们了。说着，把两手并拢了，举到警察跟前。

警察说，他们从没抓过这么温和、这么主动配合的罪犯，甚至开始怀疑所谓强奸是不是一群小女孩子胡说八道骗老师的。

是小糜的老师去报的案。

单芳芳跑出了刘海滨家，像尖利呼叫的哨子，跑回了学校，跟老师说了这件事，老师就跑到校长办公室给派出所打了电话，然后带着几个学生去了刘海滨家。

单芳芳尖叫着跑出去的时候，小糜赤身裸体坐在炕沿上，老师带着同学来了，小糜还赤身裸体地坐在炕沿上，大冬天的，嘴唇都冻青了，身上的血迹已经呈暗红色。老师忙别过脸，让女同学帮小糜穿上衣服。正犹豫着要不要把小糜送医院呢，警察就来了，给现场和小糜拍了照，又询问了她一些话，就让老师把她送医院去了。

是单芳芳的妈妈给小糜做的检查，说除了处女膜撕裂性破碎，没什么大碍，但小糜的精神状态不好，整个人傻了似的，基本是别人问什么她机械地答什么，多了一句话不说。单芳芳的妈妈说小糜精神上受了刺激，最好送到父母身边。

老师很作难，不敢送，觉得没法跟小糜的父母交代这件事，虽然罪魁祸首不是他，但他总觉得小糜遭遇了这样的事，作为班主任，他是有责任的，就像孩子一旦出了意外，做父母的总要痛心疾首自己没看护好一样。

老师不愿送，小糜就待在医院里，单芳芳的妈妈给她办了住院手续，其实也没什么治疗，就是给她间病房待着，按时有护士过去看两眼。中午的时候，小糜爹娘来了。

小糜一直坐在床沿上，脸冲着窗户，能看见进出医院院子的每一个人。她看见爹骑着自行车进了医院，娘从自行车后座上跳下来，像只受了惊吓的母鸡，张皇着就往门诊走，爹支好了自行车，跟在娘身后，他看上去很生气，有一肚子怒火。

小糜突然怕，不想见爹娘，却又没地儿躲。没一会儿，单芳芳的妈妈就领着爹娘进来了。爹黑着脸，拧着眉头，一声不响地看着她，小糜叫了声爹，声音很低。爹没应，还是盯着她，好像他的眼睛是个打火机，小糜是捆干柴火，他能用眼睛喷射出来的烈火把她给点着了。娘一个劲地掉眼泪，扑簌簌地掉，扑过来打她，说，你这个傻孩子你这个傻孩子，你这是要把咱家毁了啊。

好像做了坏事的是小糜。

小糜怕极了，怔怔地看着爹娘。

站了半天，爹从牙缝里挤出俩字，说走吧！

小縻就跟爹娘往家走，爹就骑了一辆自行车，带不了小縻和娘两个人，只好步行，三个人推着自行车往庙子后村的方向走，凛冽的北风扑在脸上，刀割一样。走着走着，爹突然推着自行车快走了两步，跨上去，蹬着自行车走了，把小縻和娘丢在白茫茫的旷野里。

娘又开始哭，说，这么丑的事，你张扬它干什么？

小縻的下身又开始疼，每迈一步，就好像身子里的肉被钳子捏着扯拽了一下，说，我没声张。娘说，你没声张咋去医院了？

小縻脑子里乱七八糟的，不知该怎么说。娘又哭，说，他是你干爹啊，咋能对你做这不要脸皮的事。然后就打了小縻一下，说，我就不信，你不让他就能成了事。

小縻不敢说她以为是在做梦，而且在梦里是那个她喜欢的男生在亲她所以才没舍得推开他的，怕娘说她不正经，就使劲抿着嘴唇，看着脚下的土路，不看娘。她不吭声，娘就当自己说对了，刘海滨之所以能成了事，是因为小縻半推半就，就又打了她一下，说，你这个死妮子，我就看你作不出个好作来，这下好，把你干爹也毁了。

小縻说，他活该！说完，撒腿就跑，她不愿意和娘一起走了。娘把她看成了吃包包菜的大青虫，可她明明是无辜的包包菜！

一跑，下身疼得就更厉害了，可她还是跑了。每跑一步，下身的肉就好像被人撕了一把，但她还是在跑，宁肯忍受着疼也不肯和娘说话。

6

项伟丽是晚上来家的。

她带着很多礼物，吃的用的，坐在炕下的长条凳上抹着眼泪，说，海滨这是中了哪门子邪了，平时循规蹈矩那么老实一人，你就是打死我我也不信他能做出这种伤天害理的事来。

以前，项伟丽总是海滨海滨地叫着刘海滨，叫得恁甜蜜，好像刘海滨的名字是块糖。现在她还是叫他海滨，不像以前那么甜蜜了，却含着心疼，像当娘的责备孩子闯祸把自己弄伤了。

爹和娘分别坐在炕沿上，紧紧地，闭着嘴，看着项伟丽。项伟丽被看得心虚了，又说，他确实做下祸了，我都没脸活了。说着，呜呜地哭，眼肿得像铃铛。

小麋坐在炕里头，看着项伟丽，觉得她好可怜，坏事又不是她做的，她却要低声下气。

爹和娘一直不说话，都是项伟丽一个人在说，说其实刘海滨做出这种事，最难过的是她，她是他老婆呢。说完，又哭，说都怪她，要不是她没给刘海滨生下个一男半女的，刘海滨也不至于这样。

好像是因为她生不出孩子，刘海滨就这样是无奈之举。爹生气了，说，你生不出孩子刘海滨就想让我小糜给生？她才十四！

爹的声音很大，好像能把房顶掀了。

项伟丽显然给吓坏了，忙说，没，刘海滨肯定没这意思，这不没孩子他心里堵得慌么，就犯浑了。

爹说，你来不单单是赔礼道歉的吧？

项伟丽眼泪汪汪地看看小糜又看看爹娘，突然扑通就跪下了，说，大哥嫂子我求求你们，你们就可怜可怜我，别让海滨坐牢，他要坐了牢，我婆家的人饶不了我。

爹和娘像愤怒的木桩，牢牢地钉在炕沿上，谁也没去拉跪在炕下的项伟丽。项伟丽哭着说，我婆婆和我小叔他们说了，海滨犯浑，都是因为我没给他生孩子，他活着没奔头，才去作孽的。

爹和娘都看看小糜，娘的眼泪就掉下来了，说，你咋不说你们家海滨把我家小糜给毁了呢。

项伟丽抱着娘的腿，说，我知道，是海滨浑，可事已经这样了，你们就是把他送去坐牢，事也回不到原来了。说着，她给爹娘磕头，说只要爹娘让小糜改口，提什么条件都行。

爹脸上的咬肌跳了好几跳，还是没说话，娘哭的声音更大了，说，你这么说还有没有点儿做人的良心？现在全高密没人不知道小糜让她干爹给糟蹋了，你让小糜改口，咋改？改成我小糜自己愿意的？我小糜还是个孩子啊，你让她这么小的孩子承认自己不正经不要脸，以后还让不让她在高密这片地上活命了？你咋能这么没良心？说着，娘推了项伟丽一下。项伟丽往后趔趄了一下，差点儿张倒，挣了一下又跪稳了。她仰着满是眼泪鼻涕的脸，看上去可怜极了，从口袋里摸出一张存折，拉过娘的手，塞进去，说，嫂子，这是我和海滨这些年挣的钱，都给你们，只要你们让小糜改口。

说完，项伟丽趴在地上磕头，磕了一额头的土和灰。娘很生气，把存折往地上一扔，说，你把我们当什么了？闺女让你们给糟蹋了给俩钱就打发了，那不成窑姐了！

爹也生气，拉起项伟丽的一只胳膊，就往外拖，想让她走，现在就走。娘随后拎起她带来的礼品，把存折从地上捡起来，一起放在大门外，关上了门。

项伟丽跪在大门外哭了半个小时，就走了。

小柴送姐姐回家时，那堆礼品和存折还在门口，项伟丽走的时候没拿。姐姐和小柴不知道这堆东西是项伟丽的，就拿回了家，见小糜坐在炕上，还奇怪，说，还没到礼拜天呢，你怎么回来了？

娘就又哭了。

6

知道了事情的全部经过以后，姐姐就说，怪不得书上说呢，这世上没有无缘无故的爱也没有无缘无故的恨，当初看他们两口子对小糜那么好，她就觉得不对头。

姐姐甚至觉得，刘海滨之所以干了缺德事以后还能若无其事地去批发黄豆，就是觉得他老婆知道了也没什么，因为老婆不能生孩子，就是短，甚至他对小糜干出这么缺德的事，说不准得到了老婆的默许，因为她生不了孩子啊，自觉对不起刘海滨，知道了刘海滨对小糜的心思，就故意睁只眼闭只眼了，更有一个可能，那天晚上她回娘家，是故意的，是主动配合刘海滨的阴谋诡计。

小柴也觉得是这么回事。

爹娘听了，没作声，在乡下，这样的事，不是没有，前些年，村里老张老婆生不了孩子，就收留了一个精神有问题的流浪女，不到一年，流浪女的肚子大了，生下一儿子来，老张老婆又让娘家弟弟开拖拉机把流浪女不知拉哪儿去丢了，只留下了鼻子眼和老张一模一样的儿子。村里人虽然说什么的都有，但也表示理解，不孝有三无后为大嘛，老张老婆也不避讳，走到哪儿都领着儿子，儿子也一口一个娘喊得亲热着呢。

因为这，小糜还问过娘，说等老张儿子长大了，知道亲娘是老张老婆给拉出去扔了的，会不会恨老张老婆？娘说生亲没有养亲大，老张老婆把他拉扯大的，能气到哪儿去。那会儿，小糜有点儿怕，那是第一次，觉得人其实挺吓人的，比狮子老虎的可怕更叫人怕。

当晚，哥哥回来了。初中毕业以后，他就去县城化肥厂打工了，就是把封好包的化肥码在小推车上，推到仓库码堆，这活又苦又累，城里人不愿意干，就招小糜哥哥这样年轻力壮的农民工。因为离得远，小糜哥哥住化肥厂宿舍，一月回一趟家，这天晚上收了工，听宿舍里的人说柳河镇中学的一小姑娘因为借宿在干爹家，被干爹糟蹋了，哥哥就想起了小糜，心就像一声春雷惊蛰了一地虫子，乱糟糟的，怎么也睡不着，就骑自行车回来了。

哥哥回来的时候，小柴还没走，见一家人面目凝重，哥哥就晓得自己猜对了，那个被糟蹋的女孩子，果然是小糜。他站在房门口看了一会儿，啥也没问啥也没说，转身出去了，从柴房里找出一把斧头，别在腰上就往外走，娘扑上去，一把抱住了他的腿，哭着说，我的儿啊，杀人是要偿命的你不知道啊？小糜这样了，你再去给人偿了命，这不成心不让我和你爹不活了啊？

娘哭得好像嗓子里奔跑着一匹绝望的母狼。

哥哥没去成，快十二点的时候，小柴骑摩托回柴沟了。全家人呆呆地坐着，关于小糜被糟蹋的事，谁也没再提，好像他们全家正在用尽力气，要把这件事彻底忘掉。

一连几天，项伟丽都来，爹娘不让她进门，她就跪在大门口，也不说话，就跪着，抹眼泪。村里人都觉得她可怜，甚至有人悄悄替她说情，说一个女人，男人干出了这种伤天害理的事，不仅毁了别人，她自己心里，也够遭罪的。

姐姐也这么说，说要是小柴干了这样的事，她第一件事就是去自杀，因为这说明小柴不爱她不稀罕她了，宁肯铤而走险也不用她这个安全放心的。说这句话的时候，是个深夜，姐姐和小糜躺在炕上。

项伟丽就一个要求，求小糜去派出所翻供，说那天夜里刘海滨没逼她。爹很生气，说项伟丽不要脸，为了洗脱刘海滨要让小糜背上小流氓的坏名声。爹让娘出来撵她走，娘一撵，项伟丽就哭，还抱着娘的腿哭，让娘可怜可怜她，说虽说让小糜说刘海滨没逼她，对小糜的名声不好，可名声再不好也比坐牢好。娘就推她，像推一条赖在她腿边不走的癞皮狗。又过了几天，刘海滨的娘也来了，快七十岁的人了，头发白花花的，她和项伟丽一起跪在小糜家门口。村里的人，进进出出的，都会绕着从小糜家门口走，就是为了看光景。小糜爹娘都快让这婆媳俩跪疯了，连门都不敢出，倒好像做了亏心事的是他们。

后来，小柴他爹来了，说，总这么下去，也不是回事。

爹梗着脖子，说，等刘海滨判了，她们没指望了就好了。

小柴他爹就抽了支烟，说，凡事往好里看。

爹瞪了他一眼。

小柴他爹又说，判了刘海滨，小糜就变回黄花闺女了？

爹的脸，一下子就黑了，娘的泪又掉了下来。小柴爹又说，我听说刘海滨老婆把他们家存折都撂你家了？

爹一愣，看看娘，说，还回去了不是？娘也有点儿蒙，嗯了一声。小柴爹说刘海滨老婆又塞回来了，在装奶粉的提兜里。见小糜爹娘面面相觑的，脸上有了怒气，知道他们误会了，误会成他来是受了刘海滨家的托，忙说是小柴看见了，告诉他的。娘就去找项伟丽提来的东西，被爹扔到院子里去了，都风吹日晒好几天了。

没一会儿，娘回来了，拿着一本绿色的存折，是农业银行的，远远丢到炕上，好像生怕被它弄脏了手。

小柴爹拿起来，掀开看了看，问爹娘，你们看了？

爹娘都摇头。

小柴爹就用手指比画了一个八。爹的目光跳荡了一下，好像冷不丁挨了烫，说，八千？

小柴爹说，万。

爹和娘面面相觑，嘴张得大大的，能竖着塞下一只鸡蛋，小柴爹在存折上弹了几下，说，刘海滨老婆真是把家底都拿出来了，我家开了这么多年铺子也没攒下八万块钱。

爹在心里飞快算了一下，盖一趟崭新的大房子用不了两万。小糜出事前不久，小糜哥哥回家，爷俩还算来着呢，小糜姐姐的工资是七十块，小糜哥哥的工资是一月九十，地里的棉花，一年下来，也能卖个七八百，冬闲的时候，娘再绣上两三个月的花，也能挣个五六百，这样算下来，一年能攒差不多三千块钱，这在庙子后村已经是好日子了，可就这样，想要给小糜哥哥盖趟娶媳妇的新房也得攒六七年。小糜哥哥说怕是六七年也不成，因为小柴家已经急吼吼地催着要给小糜姐姐和小柴成亲了，成了亲，小糜姐姐挣了钱就不归这个家所有了。爹说那就让小糜姐姐晚两年成亲，晚饭桌上，把这话跟小糜姐姐说了，小糜姐姐嘴撅得能挂一壶酱油，说小柴家肯定不愿意。爹生气了，扬着嗓子说，他不愿意我还不愿意呢，我辛辛苦苦拉扯大的闺女，想多留两年给娘家出出力怎么了？姐姐就把筷子摔了，晚饭也没吃，跟他们怄了好几天气。这还仅仅是盖房子，还有小糜哥哥娶媳妇的彩礼钱呢？从下聘到娶回来，没两万块钱拿不下来！所以，每每说起这个，小糜娘就庆幸地说幸亏就一个儿，这要生仨俩儿子，得累得爹娘脱多少层皮啊。可尽管如此，乡下人依然是欢天喜地地盼儿子生儿子，垂头丧气地生闺女养闺女。

见爹娘不吭声了，小柴爹知道有门，就小心翼翼地说，有了这钱，小糜哥哥的房子和娶媳妇的彩礼钱都有着落了，我也能早点儿把儿媳妇娶过去。

小柴爹这么说，就是把他为什么会劝小糜爹娘接受刘海滨老婆提出的条件摆到了明处：为了让他们家过得宽宽裕裕的，别再让小糜姐姐在为娘家多出两年力上动心思。

爹看着娘，娘看着爹，都没说话。

小柴爹就晓得他俩心动了，莫说活了大半辈子连一万块钱都没见过的小麋爹娘会心动，就连他，心也痒得很，反正抓不抓刘海滨，事情都已经是无法挽回了，何必为了一个无法挽回的事实治那口气、丢恁大一笔钱呢？

这些，小麋都不晓得。爹娘和小柴爹是在东屋谈的，小麋在西屋炕上看琼瑶小说，送走小柴爹，娘探头进来看了一眼，见小麋嘴角上挂了两抹笑在看小说，有点不高兴，咋能这么快就好了伤疤忘了痛呢？但没说什么，去东屋，和小麋爹说，咱这闺女，一点儿气性也没有。爹说，咋呢？娘撇撇嘴，说，看闲书呢，笑得跟什么似的。

爹不满地看了娘一眼，好像小麋这样，是因为她这当娘的没教好。

7

接下来的两天，除了项伟丽和她婆婆风雨无阻地跪在大门外，家里没人再提小麋的事，好像都忘干净了。小麋在家待着，既不能出门也没人说话，就闷得慌，和娘说想回学校上学。

爹把筷子一摔，说，这日子没法过了。把娘和小麋吓得够呛。爹说，都多少日子了，门口跪了俩女人，围着那么多人，跟看大戏似的！

娘也叹了口气，看看小糜，说这么下去真不是个办法。小糜就看着他们，但爹和娘都没往下说。夜里，小糜睡下了，娘摸过来，坐在炕沿上，从被窝里摸出她的手握着，说，小糜呀，娘知道你心里难受。

小糜没说话。

娘又说，小糜啊，你恨不恨刘海滨？问得声音很轻，好像生怕惹起她的伤心事。小糜没说恨，只说，太吓人了，娘，你别让我再想那晚上的事。娘嗯了一声，说，要是没这事的话，你觉得你干爹干娘怎么样？小糜实事求是地说，挺好的。娘问，怎么个好法。小糜说好得让她有时候希望自己是他们的孩子。娘又叹了口气，停了一会儿，又说，人都有犯糊涂的时候，你干爹对你做了糊涂事，也可能是他太喜欢你了，一时犯了糊涂。小糜想起了刘海滨对她的那些好，就点点头，哽咽着嗯了一声。娘握着她的手，就用了点儿力，说，我小糜是个心善懂道理的好孩子。小糜心里一酸，觉得委屈极了，眼泪就掉了下来。娘又说，小糜，看你干娘和你干奶奶天天跪咱家门口，你难不难受？

小糜说，明天我就跟她们说，让她们回家，又不是她们对我怎么了。

娘还是叹气，说，你干娘和你干奶奶说了，只要你不去派出所说刘海滨没逼你，她们就不回家。想来想去，娘还是没说那八万块钱的事，觉得说不出口。

小糜没说话。

娘又说，小糜，听说你干爹得判十几年呢。

小糜还是没说话。

娘又问，小糜，你想把他送进去关十几年吗？

小糜叫了声娘。

娘又说，人啊，只要一坐牢，一辈子就毁了。

小糜说，娘，你们不恨他了？自从出了那事，小糜就用他称呼刘海滨了。

娘说，恨顶什么用？如果恨恨他这事就变成没发生了，娘就恨他一辈子。

小糜就明白了，说，娘，你想让我去派出所说他没逼我？

娘说，按你自己的想法来，娘不劝你。

黑夜安静得像一坨墨汁，娘坐在炕沿上，握着她的手，不说话，娘没再怪她，小糜心里就特别踏实，让娘握着手，睡了，早晨醒了，看见娘歪在她身边睡了一夜，没脱衣服也没盖被子，眼睛红红的，好像很凶很凶地哭过。

小糜很内疚，娘都把眼哭成铃铛了，她居然没听见，就摇了一下娘。娘睁开眼，说，小糜呀，睡醒了？

小糜嗯了一声。娘坐起来，张望了一眼窗外，问小糜想吃什么，她去给做。小糜很奇怪，以往，娘做饭前，只问爹想吃什么的，她不想让娘为她忙活，就说娘你做什么我吃什么。娘说，我给你煮俩鸡蛋吧。小糜惊异得睁大了眼睛，几乎不敢相信这是真的。娘笑笑，说，吃俩鸡蛋压压惊。说完，就去堂屋做饭了。

在早饭桌上，姐姐看着娘把两只煮鸡蛋剥了皮，放在小糜碗里，就用怀着深深同情的眼神看了小糜一眼。小糜不愿意别人拿这样的眼神看她，会让她想起那个下着大雨的夜晚，在刘海滨庞大的身躯下哭成那样也没人帮她。

小糜想了想，把鸡蛋往爹和娘碗里各放了一个，娘又把鸡蛋放回了她碗里，爹也是，还说吃了吧。然后谁也没说话，堂屋里，只有筷子声和嘴的吧嗒声，甚至小糜能听见爹把玉米面饼子咽进肚子里的嘶嘶声以及稀饭稀里哗啦落到胃里的声音，她觉得今天的早饭和以往很不一样，尽管最近他们家的饭桌很沉闷，可爹和娘还是会在饭桌上说说地里的麦子，商量商量留好的那块春地到底种什么好，都说小半个冬天了，还没定下来。

吃完饭，姐姐就骑自行车上班去了，饭桌上只剩了他们三个。吃着吃着，爹好像突然想起什么似的，把筷子一放，说吃饱了，起身说去地里看看麦子的墒情，就走了，丢下小糜和娘，小糜又把一只鸡蛋夹到娘碗里，说，娘你吃一个。

娘还是给她夹了回来，放下碗，望着门外，挺惆怅的样子，然后回过头来，督促小糜把煮鸡蛋吃了。小糜小心翼翼地咬开一只鸡蛋，芬芳的鸡蛋黄香味就跟悄无声息地爆破了一样，在家里弥漫开来。

小糜一小口一小口地吃完了，突然有种因祸得福的幸福感，以前，爹和娘有什么好吃的都会留给哥哥，好像她和姐姐是随便吃口野草也能长大的小牲口。

看着小糜咽下最后一口鸡蛋，娘自言自语似的说，一会儿又来了。

小糜心里一沉，知道娘说的是项伟丽和她婆婆，每天上午，项伟丽的小叔子就会开着拖拉机把她俩送来，卸货似的，卸下就走。项伟丽和她婆婆就相互搀扶着跪在他们家门口。

小糜没说什么，起身帮娘收拾筷子碗。娘又自言自语似的说，也怪可怜的。

小糜把筷子碗收拾到盆里，吭哧吭哧地洗，凉水把她的手都冻红了。娘坐在饭桌旁不动，说，人活一辈子都不容易，就得得饶人处且饶人。

小糜把洗干净的筷子碗放起来，看着娘说，娘我想回学校上学。

娘说，小糜，你看她们也怪可怜的。

小糜一下子就哭了，说，娘你就是想让我去派出所说刘海滨没逼我？

娘好像有点羞愧，说，我就是觉得刘海滨他老婆老娘怪可怜的。

小糜说，可真不是我愿意的，我没那么不要脸。

娘说，娘知道你是个知廉耻的好孩子……娘嘴一张一合的，好像有很多话要说却说找不到头绪，就絮絮叨叨地说，就一句话的事，你说了，刘海滨就不用坐牢了，他老婆老娘也就不用跪在咱家门口了，你姐姐也就能早点儿和小柴结婚了。你爹说了，等这事了了，咱家就不用种棉花了，娘就再也不会打着打着药就昏倒在棉花地里吓得你姐俩又哭又嚎的了……

小糜怔怔地看着娘，说，娘，是不是他们家要给咱家钱？

娘羞愧地点了一下头。

小糜的眼泪就滚滚地下来了，一下子，她就明白了今天早晨姐姐为什么会用同情的眼神看着她，也明白了爹为什么突然要去地里看麦子，因为他觉得自己没脸，也更明白了昨天晚上娘为什么要握着她的手睡了一夜，今天早晨为什么破天荒地给她煮鸡蛋，因为娘觉得对不起她……

也就是说，那个风雨交加的噩梦一样的夜晚，可以给全家人换来好处，唯独没有她的份。

8

那天上午，刘海滨的弟弟把嫂子和老娘拉来，卸下要走的时候，小糜娘让他等等，然后，从兜里摸出存折，问项伟丽，你说话算数？项伟丽眼里就喷射出无数道亮光，说，嫂子你问的是啥？

娘有些难为情，说，就是让小糜去派出所昧着良心说谎话。

项伟丽说，只要小糜承认海滨没逼她，是她自己愿意的，这些钱都给你。

娘也是个知道言语分寸的人，说，不是小糜去承认你家男人没逼她，是去撒谎。

刘海滨老婆把头点得鸡啄米似的，说，只要小糜说是她自己愿意的，咋说法都行！说着，还拉着娘的手呢，就又扑通跪下了，捣蒜似的给娘磕头，刘海滨的老娘也磕头，白花花的头发，乱糟糟的，跟个白毛的鸡毛掸子似的一下一下地往地上砸，砸得娘心里酸溜溜的，赶紧拉着她们往上起，把她们拉起来了，才说，空口白牙的，你给我个字据吧。项伟丽说，立啥字据啊，我这就告诉你密码，等从派出所出来，我就陪你去银行取出来。

娘觉得这样也行。就抹了一把眼泪，说，要不是看你们婆媳两个跪了这些天，说什么我也得给我小麋争个公道回来。说着，把站在大门里的小麋拉出来，抱着她哭，边哭边说，就是屈枉了我小麋。小麋不说话，别着脸，看自家门楼。刘海滨的娘和项伟丽就一齐拉着她的手，给她下跪，项伟丽说，小麋啊，看在干娘是真心疼你的份上，你就饶了他这一回吧。

自始至终，小麋不说话，坐在刘海滨弟弟拖拉机上的时候，娘和刘海滨家的人都看着拖拉机前面的路，小麋一直别着脸，看路两边黄绿黄绿的麦田，一望无垠，好像随时要跳下去。

小麋也知道，跳不了，因为娘和她坐一起。娘好像猜透了她的心思，一直攥着她的手，她试探着挣了几次，想把手抽出来，可娘攥得很紧，她越挣，娘攥得越紧，就不挣了，往下跳也不能，会把娘也拽下去的。要是家里没了娘，日子就没法往下过了，小麋都知道，她总不能自己不想活了，把全家也搭上。

小麋又回到了柳河镇，路过学校门口的时候，学校喇叭里正播广播体操，透过学校的铁栅栏门，小麋能看见操场上的同学们正做踢腿运动，怔怔地看着，眼泪一下子掉了下来，娘看见了，说，小麋，你还想上学是不是？

拖拉机蹦跶着过了学校，小麋的眼泪还是止不住。到了派出所，刘海滨家的人跑进跑出的，找准了人才把小麋领过去，然后，他们巴巴望着小麋，说，孩子，你说吧，这会儿你一定要说真话，干爹对你好着呢，哪儿能对你做那伤天害理的事，是不是？

这是项伟丽说的，她几乎是哀求小麋了。

小麋看看娘。娘一直看着自己的脚尖。

民警看看小麋，又看看刘海滨家的人，说，周小麋同学，是你自愿来的吗？

小麋低着头不说话。项伟丽就哭着说，小麋呀，你得说话，说实话啊，你在家不都跟我们承认了吗？

小麋抬眼，直直地看着她，不愤怒也不伤心，平静的像一湖水，好像在问，我们在家说好什么了？你为什么要撒谎呢？

这是第一次，自从出事以来，小麋虽然恨刘海滨，但对项伟丽，还是恨不起来的，但今天她这么说，让她觉得阴险，比传说中那些阴险的后娘还阴险。

娘好像感觉到了小麋内心的挣扎和呐喊，摇了摇她手，说，小麋呀，听娘的话，这事咱今天就说这一回，以后再也不说了。

项伟丽也急急地说，对，小麋呀，咱就说这一回。

小麋看看娘，娘别过脸，看派出所门口，不对接她的眼神，说，小麋呀，听话，说吧。

小麋觉得好像有双筷子在搅着她心脏里的肉，闷闷的，生疼。她看着警察，慢慢地说，刘海滨没逼我，是我自己愿意的。

警察在本子上记录下了这一句，又说，周小麋同学，你知道你今天说的话的重要性吗？

小麋说，知道，以前刘海滨是坏人，今天说完了，我就变成坏人了。

警察嗯了一声，说，那……你能把那天晚上发生的事再说一遍吗？

小麋抬头，望着天花板，看见一只胖大的蜘蛛，正在捆绑着一只蚊子，那只蚊子明知道自己已经不能活了，还在徒劳地蹬着腿。小麋觉得蚊子真可怜，像她一样可怜。就慢慢地说，那天晚上下雨了，刘海滨去学校门口接我，用雨衣把我罩在里面，让我搂着他的腰，车到了家，我还搂着他的腰……

她停了一下，不知该怎么往下编了。

警察说，然后呢?

小糜说，我看见北屋没亮灯，就问干娘呢？他说不在家，回娘家了。

警察边记边嗯，见她停了，抬头看她，接着说。

小糜说，我就搂着他，不松手。

警察看着她问，从前面搂着还是从后面搂着？他没推开你吗?

小糜说，从前面，他推了，我还是抱着他，拉着他去了我屋。

警察问，谁先脱的衣服?

小糜咬着嘴唇，呆呆地看着警察，说，能不说吗?

警察说，不行，这是作案过程，必须详细记录。

小糜说，那我先哭一会儿吧。

警察没说话。小糜就走到墙根，蹲在那儿，脸朝着墙，张着大嘴，一下一下，磕头虫似的哭。娘也抹眼泪。项伟丽说，小糜呀，别哭了，赶紧和警察同志说完就没事了。

小糜站起来，说，娘，你们出去吧，我说的时候不愿意让你们听见。

项伟丽他们就拉着娘出去了，拖似的，嘴里说着，嫂子，我们出去吧，让小糜说，当我们面小糜害臊呢。

娘回头看了一眼小糜。

小糜说，娘，我就这会儿害臊，我都臊得不想活了。娘又哭了，说，小糜啊，你这是挖娘的心呢。小糜说，真的，娘，我就觉得臊得慌，我怕以后你们也会臊得慌。

娘就明白了，眼泪汪汪地看着小糜，膝盖软软地打着晃，好像随时都会倒下去或是跪下去，小糜知道娘心里也难受，就不看她了，低头走到门口，把娘他们推出去，关了门，望着警察说，我开始说了，你记吧。

9

项伟丽说话算话，从派出所出来，就领着娘去银行把钱提出来存到了娘的名下。小糜没进去，站在银行门口，仰头看着太阳。太阳像无数根明晃晃的针，扎着她的眼睛，她也不闭眼，不躲避，就那么直直地盯着太阳看，想瞎了才好呢，她什么都不想看见，哪怕是一棵草都不想看。

从银行出来，项伟丽哭着说，我和海滨起早贪黑地干了这么些年，没承想都是给你们家扛活。娘没文化，嘴又笨，讷讷地，有点儿不好意思，项伟丽这话让她听着不舒服，却又不知该拿什么话往回堵，就拉起小糜的手，要往家走。小糜对项伟丽说，你们俩也不是为我们家忙活的，是为刘海滨的鸡巴忙活。

娘被小糜吓坏了，想不到她能说出这样的话，抬手就要打，说，小糜你个小孩子家，嘴巴咋能这么脏？

小糜说，娘，我嘴巴再脏，脏得过人心吗？

娘就张口结舌地擎着手，收回来也不是打也不是，挺尴尬的。小糜说，娘，走吧，我想去上学。说着，就在前面走了，踢踢打打的，好像很不正经的样子。项伟丽嘴一歪，就哭了，说，我就说嘛，我海滨不是那样的人！你看看，这么小就一身破鞋习气。

娘怕小糜想不开，追出去五六米了，但项伟丽的这话，也听见了，想回头和她计较，又怕小糜跑远了撵不上，只好假装没听见，追小糜去了。

追到镇外，总算追上了小糜，娘一边喊一边去拉她的手，小糜矫捷的像小鹿一样躲开了，娘一边抹眼泪一边说，小糜，娘知道你生气，生气娘没出息爹没气性，可你想想，已经这样了，就算让刘海滨去坐牢也是这样了，谁还没个一时糊涂的时候？退一万步说，没犯浑的时候刘海滨两口子也是真喜欢你，对你也真好，你就忍得下心把他关上十几年？

娘没文化，翻来覆去就这一套，她想让小糜知道，事情走到今天，这样做，对大家都好。

快走到庙子后村的时候，小糜突然站住了，问娘，刘海滨家给了多少钱？

娘一路上都在喋喋不休的嘴，一下子就闭上了。小糜又问，给了多少钱？

娘讪讪地说，你问这个干啥？

小糜说，这是卖我的钱，我得知道。

娘生气了，说，这孩子，娘啥时候卖你了？

小糜说，卖了。顿了顿，口气坚定地说，我想知道。

娘就气气地说，这孩子！铿锵地跺着冬天的大地往家走，小糜追上去，一把拉住娘的棉袄，说，娘，我得知道我值多少钱。

娘生气了，恨恨瞥了她一眼，说，八万！

小糜对八万块钱能干什么还没概念，只知道不少。她想，等哥哥姐姐和爹都在家的时候，她得发一场疯，因为他们把她卖了八万块钱。走到村口，娘拽了她一把，说，低头。小糜没听见，说，什么？娘有点儿生气了，恨不能拿手把她的头压下去了，说，低头！小糜说，低头干什么？娘说，弄了这么丑的事，你咋还好意思抬着头走路？小糜说，我没弄丑事！娘说，还犟嘴？！小小年纪就让男人破了身，这还不够丑的？

小糜说，又不是我愿意的！

不是你愿意的也是黄泥掉粪坑里，不是屎也是屎了！娘说着，让小糜低头，看着娘的脚尖走就行，只有这样，才显得她是个知道羞臊的女人，也知道让人弄脏了在人前抬不起头来了。小糜一万个不情愿，她就弄不明白了，明明刘海滨是坏人，对她做了坏事，她已经够委屈够冤的了，可娘为什么要让她在人前做羞愧到无地自容的样子？她不低头，娘的手就在后面一下一下地掐她，生疼，疼得她眼泪都掉下来了，她觉得这疼比被刘海滨糟蹋的那晚上的疼还要锥心。

第二天，小糜的老师来了，要和小糜谈谈，被爹拦住了，领进东屋。没多一会儿，爹就生气了，嗓门扯好大，连推带搡地把老师弄出了大门，咣地关在了门外！

小糜趴在西屋窗台上，听见老师在大门外悲愤地大喊，你们是周小糜的亲生父母啊！怎么能把对亲生女儿的犯罪当成生意去做！？

老师还喊，你们的这种行为，已经毫无底线可言！也是犯罪！是对整个人类的犯罪！

小糜的眼泪，一下子就掉了下来。

老师还在外面喊，说爹娘为了钱毁了小糜的人生。

爹气鼓鼓地在院子里站了一会儿，从墙角摸起一块半截砖，循着老师的声音往墙外扔。

扑通一声，世界就安静了。

10

等了好几天，小糜也没等着跟爹和哥哥他们发脾气的机会，她出事之后，哥哥每晚都回来，最后一次回来，就是娘打算带小糜去柳河镇派出所的前一天晚上，哥哥关着门和爹娘吵了一架，当晚，就骑自行车回化肥厂了，再也没回来。

姐姐还是每晚都回来，和小糜一个睡在炕东头一个睡在炕西头，大多时候，她看着小糜，一副不知要怎么说才好的样子。小糜总觉得姐姐的眼神里有可怜她的意思，挺不喜欢，就翻身，背对着姐姐。

那些日子，小糜和爹几乎不说话，平时不说，在饭桌上脸对脸坐着也不说。有时候她在院子里正干着什么，就觉得后背上好像钉了一颗钉子似的，回头，就会看见爹皱着眉头，用带了些嫌恶的目光盯着她。她的心，就打了一个寒战。爹见她回了头，就匆忙收回目光，好像伺机下手的杀人犯被瞧破了苗头。

娘对她好点儿，但不让她上街，她就在家看小说，有时候看着看着笑了，娘就皱眉头，好像很生气她还笑得出来！

小糜在家闷得慌，要去上学，爹大发雷霆，颠三倒四地说了许多光火话，大意是她就是因为上学被人家糟蹋了，居然还想去上学！真是记吃不记打的东西！

爹虽然话少，可他就相当于这个家的皇帝，一言九鼎，他做了决定的事，谁都不能违背。小糜就不吃饭，一天不吃两天不吃，眼睛就像眼井一样地凹了进去。娘就哭着去求爹，说孩子就喜欢念书，你就让她去吧。

爹没辙了，但不许她回柳河镇中学。小糜也不打算回柳河镇，狂风暴雨的中心呢，听说她去了派出所的第二天，刘海滨就放出来了。刘海滨放出来以后，对那个狂风暴雨的晚上发生的事，说什么的都有。有一次，姐姐下班回来哭了，还冲小糜发了脾气，说都是因为她，她也让人指指点点。姐姐生气的样子，让小糜觉得自己干了件让全家人颜面丢尽的事。

11

小糜回学校念书了，去了柴沟镇中学，是小柴帮着托的关系。柴沟镇中学比柳河镇中学条件好，学生可以住学校宿舍也可以到镇上的亲戚朋友家借宿。小糜可以住小柴家，但姐姐的婆婆不愿意，说这个家要娶的是姐姐，姐姐还没进门呢，妹妹就先住进来了，让外人看了不好看。姐姐知道，婆婆是嫌小糜让人糟蹋过了，晦气，再就是小糜小小年纪就让男人破了身，总让人觉得她身上有股说不上来的邪劲，好像散发着糜香的沼泽，哪个男人离她近了，都会沾上洗不掉摘不干净的说道，婆婆不让小糜到家住，是怕小糜把自家名声弄坏了。

小糜就住校了。

柴沟镇中学的女生宿舍是五间大通间，上下床，一张挨一张的摆着成了上下两层大通铺的样子。学生的铺盖都是自己从家带的，上下床都要爬着上爬着下，所以，谁都不愿意住最外面的那张床，因为是进出的通道，每一个上下床的人都要路过。

小糜的床在下铺中间位置，生活老师给安排的。开始几天，大家相处挺好，小糜也挺开心，她觉得终于可以忘掉柳河镇和那个叫刘海滨的男人了，可有天晚上，放晚自习回宿舍，发现她的铺盖被搬到了最外边的下床。

那是全宿舍最差的一张床，上铺的人都要踩着这张床才能上去。没那么多学生住宿，宿舍里空床不少，最外边的几张床都空着，现在，小糜的铺盖，孤零零在最外面的那张床上，和其他有铺盖的床之间还隔了两张空床。

小糜看着她的铺盖，说，谁搬我铺盖了？

大家各忙着各的洗刷，好像没人听见她的话。小糜就搬起铺盖，往她原来的位置去，却发现她原来的床上已经摆上了李秀兰的铺盖。李秀兰原来睡在她右边。小糜说，秀兰你占我床了。

李秀兰就跟没听见一样，趴在床上看英语书。

小糜就把声音提高了，李秀兰没法继续假装没听见，就放下书说，大家都不愿意挨着你睡！小糜咬了咬嘴唇，说，为什么？

李秀兰就笑，她左右的同学，和她一起笑，笑得邪恶而又心照不宣。

小糜就那么抱着被子站着，都打熄灯铃了，也不去最外面那张床，她想知道自己得罪谁了，为什么她们要这样对待她。

灯熄了，李秀兰推了她一下，说，你能不能别站这儿烦我，我会做噩梦的！

小糜趔趄了一下，一脚踩翻了一个盛满了水的脸盆。宿舍没有自来水，一到早晨，大家肩上搭着毛巾，端着脸盆和香皂盒一窝蜂似的往宿舍外唯一的自来水龙头那儿涌，抢起水来，脸盆撞得叮咣响，跟打仗似的。不少女同学睡觉前把洗脸水提前打好，就免去了早晨抢洗脸水的辛苦。

小糜一脚踩翻了的，就是别人提前打好的洗脸水，冰凉的水，一下子灌到鞋子里，惊慌中，小糜一个趔趄，往后坐着跌倒了，又把另一个脸盆坐翻了，宿舍里丁零哐啷地响成一片，所有人都没了睡意，翻掉的洗脸盆里的水洒出来，淹了不少人的棉鞋。有人从铺上打着手电筒往下照，然后尖叫，哎呀！我的鞋！周小糜你淹了我的鞋！

照到床下的手电筒就闻声多了起来，住校的女生差不多人手一个手电筒，熄灯以后躲在被窝里学习用的。

十几条光柱从床上射到地上，打到小糜惊慌失措的脸上。有人扑通从上床跳下来，拿起一只鞋说，周小糜，你灌了我一鞋水，我明天穿什么？然后推了小糜一下，挺用力的，刚刚站起来的小糜又一个趔趄。

接二连三的，有人从床上下来，表达着对小糜水淹她们鞋子的愤怒，推搡她。有人说周小麋你真讨厌；有人说周小麋你真恶心；还有人说怪不得大家说你不是个好东西，你们家就没有一个好东西，指使你勾引男人，讹人家钱……

她们七嘴八舌地说着越来越恶毒的话，还有人说他们的父母说了，要去找校长，让学校必须开除周小麋，因为她是破鞋、是道德败坏的女流氓，让她留在学校里只会带坏校风，把好孩子带坏。

小麋倔强地说，你们胡说，你们胡说八道，我没勾引男人！我没勾引！

有人说你亲自上派出所承认的！然后挑高了嗓门说她亲叔叔就是柳河镇派出所的民警，他亲自给小麋做的笔录，铁证如山，要不然刘海滨怎么能放出来？还有人说这不是现代版的农夫与蛇嘛，人家本来是好心好意地让小麋借宿，小麋非但不感激，还勾引了人家讹人家的钱！

小麋大声地反驳说，事情不是她们说的那样，肯定不是！

可整个宿舍人声嘈杂，像炸了窝的马蜂，嗡嗡的嗤笑，淹没了她的声音。再后来，黑暗中，有很多双手推搡着她，像推一堆肮脏的垃圾，把她推出了宿舍。

小麋抱着被子，在宿舍外坐了一会儿，起身往家走，走到家，天已亮了，娘正在做早晨饭，听见门响，一抬头，就看见了失魂落魄的小麋，好像抱着自己的命一样，紧紧地抱着被弄得湿漉漉的被子。

娘扔下烧火棍，站起来，一把接过她手里的被子，说，麋啊，你这是又咋了？

小麋一声不响，眼睛也不眨，看着娘，眼泪像断了线的珠子一样往下滚。爹听见动静，从屋里跑出来，愣愣地看着小麋，问，咋了？

小麋说，娘，我不上学了。

娘抹着泪点头，去接她手里的被子，说，我麋不上学了。爹沉着嗓子问，怎么回事？

小麋说，她们说我脏，不愿意和我一个学校，不愿意和我一个宿舍睡觉。

爹勾着脖子，看着她，跺了一下脚，出去了。

12

姐姐出嫁的日子到了，按当地风俗，得有两个没出阁的姑娘给姐姐送嫁，娘跑了好几家，那些看上去合适的姑娘，都有这样那样的事，去不了。其实，娘和姐姐都明白是怎么回事。姐姐回家就冲小糜甩脸色，好像她好好的人生，都让小糜给毁了。小糜假装看不见，低头看小说，看完了就让哥哥从县城往回借。爹生气，说你看些闲书能当盐使还是当饭吃。爹想让她跟娘学绣花，一月也能挣个百八十的，总比看闲书有点儿用处。小糜就和他顶嘴，说我已经给家里挣了八万了！爹气得满院子团团转，抽了根棍子冲进屋要打她。她就瞪着眼，好像眼里横了两根棍子，可以和爹对着打。爹举起来的棍子，就落在了面缸上，噗的一声闷响，粉白粉白的面粉，飞得满家都是。

姐姐找不到人送嫁，气得在家哭，说，小糜你挣了八万没给我一分，可是我这辈子的人都让你给丢光了。

小糜说，我原来以为你是我姐姐。

姐姐说，好像谁稀罕当你姐姐似的。

小糜说，其实你们都是狼，我受了伤跑回家，你们不安慰我不温暖我，还一口一口地吃我的肉，你们一边吃我的肉还一边嫌我脏！

小糜天天看书，脑子里有很多新词，说这些的时候，她不生气也不声高，心平气和地看着姐姐，就像心平气和地看着一头咬不着她的狼。姐姐就觉得后背上一阵阵发凉，心虚地，说，小糜我说两句气话你哪儿这么多牢骚？

小糜淡淡地看着她，低头，继续看小说，一边看一边想，其实这不是她想要的生活，但是她找不到逃出去的路。

姐姐终于还是找到了人送嫁，不是丢人现眼地一个人坐在婚车上嫁过去的，送嫁的人是哥哥从化肥厂找的两个小姑娘，一人给了五十块钱，用爹的话说，就是雇的。好在没人知道。

姐姐出嫁那天，村里也有来看的，见两个陌生的小姑娘陪着姐姐上婚车，就问是谁呀，咋这么眼生？娘骄傲地说，姐姐厂里的女伴，都抢着给她送嫁呢。那几个找尽理由不去给姐姐送嫁的小姑娘的父母，就讪讪地，好像自己凑上前来，讨了几个嘴巴。

小麋偶尔出门看看，上街，人看她的表情，惊惊惧惧地带着躲避，让她觉得自己是从坟墓里爬出来的。她去找一起长大的小伙伴玩，他们的父母就会沉着脸说，玩什么玩？赶紧干活去。然后对小麋说，小麋啊，你们家现在不缺钱了，你可以随便玩，可我们家不行啊。

小麋的心，疼疼的，就跟让人拿冻成了一坨的屎蛋砸了一样。

爹去村委找了好几趟了，要审批一块宅基地给哥盖新房，在乡下，有儿子的人家要是没趟新房，连专门靠给人提亲赚钱的媒人都不肯上门。

年底，项伟丽来了。脸黄黄的，沉着脸，见着娘也不叫嫂子了，说，刘海滨天天打我，日子没法过了。

娘说，刘海滨天天打你，要告状你也找不着我啊。

项伟丽说，这事就你们家能解。说着，就手捞了个小凳子坐下，说，刘海滨嫌我给你们钱。

娘一惊，说，你啥意思？

项伟丽说，刘海滨说了，我要不把钱要回来，他就见我一回打一回。说着，把衣襟掀上去，让娘看刘海滨给她打的青青紫紫，背上腰上全都是，看得娘都眼怕，闭了好几下眼睛。

娘说，钱当初也不是我们跟你要的，是你跪在门口非要给我们的。

项伟丽说，那是我乱了心智，急病乱投医。又说，要是你男人要被抓进去坐牢了，你能不着急忙慌地干点儿没章法的事？

娘歪歪嘴角说，我男人又不干伤天害理的事，凭啥抓他去坐牢？

小糜在炕上听娘笨嘴笨舌的，就替娘着急，就下来了，站在堂屋门口，看着项伟丽。项伟丽再也不是那个温柔和蔼的干娘了，也更不是那个跪下来求她可怜可怜的乡下妇女了，她远远地剜了小糜一眼，往地上吐了口唾沫，好像小麋是偷吃了她家粮食的老鼠。

娘也看见了她看小麋的眼神，不高兴，说，做人不兴你这样的。

项伟丽气势汹汹地说，哪样了？我哪样了？我养个闺女让她去勾引别人家男人了还是去勾引了别人家男人讹人家钱了？

娘气得嘴一张一张的，说，你咋好这样？你咋好意思信口开河诬赖我家小麋。

项伟丽瞪了小麋一眼，说，还用我诬赖吗？派出所那儿有笔录，是她红口白牙亲口说的！派出所还有她签字呢，要不是这样，公安凭啥把我男人放出来？

娘没想到项伟丽会这么狠毒，竟然颠倒是非，指着她说，去派出所那是咋回事，你肚子里不明白啊，做人咋能这么昧良心？

项伟丽拿鼻子哼哼地往外喷气，说，亏你也好意思说良心这俩字，你们家要真有良心，就别为了那八万块钱去派出所啊。说着，拿着小凳子站起来，说，刘海滨让我来要钱，你给不给吧？

娘看看小麋。小麋说，不给！

项伟丽说，你不给我也不怕，我就天天坐你们村头上说，说说你们这一家子不要脸的，看上了我们家底子厚，就想把小麋过继给我们承受我们的家业，我们没答应，你们就让小麋勾引刘海滨，讹我们！说着，边往外走边大声哭了起来，天啊，我没法活了……

这天是腊月二十三，项伟丽坐在庙子后村的村头，长一声短一声地号哭，说小麋爹娘指使小麋，把刘海滨讹得倾家荡产。她早就看出来小麋不是个好东西了，整天打着讲数学题的幌子纠缠刘海滨，还经常半夜起来假装上厕所，趴他们窗户上偷听偷看……

碍于街里街坊的面子，村里人没凑近了去听项伟丽的哭诉，但流言蜚语像三伏天的苍蝇一样，围绕在庙子后村的上空。大家说是啊，刘海滨不是放出来了吗？放出来就证明他不是强奸，公安那儿还能做了假？

流言蜚语像倾倒而下的水泥，把小麋一家牢牢地封在了耻辱的牢狱里。

一连两天，就像当时求小麋去派出所翻供一样，一吃过早饭，项伟丽就带着一个小马扎来了，坐在北风嗖嗖的庙子村口，哭诉小麋一家对他们的坑害。

娘和爹说，要不，咱快把钱还给她吧，我都让她臊得恨不能把头藏裤裆里去了。

爹瞪她一眼，怒喝道，你给我闭嘴！

小麋一个人去村头找项伟丽，说，我要去派出所说实话。

项伟丽啐了她一口，说，小婊子，你去吧，我去问律师了，你要敢去派出所翻供就是承认自己犯了妨碍公务罪和伪证罪，要抓也先抓你。

小糜说，我不怕，坐牢也比整天让人戳脊梁骨好。说着，就往柳河镇的方向去，项伟丽一愣，抄起马扎子就去撵，撵上了一把拽住小糜的胳膊说，你想鱼死网破不是？

小糜不说话，眼神冷冷地看着她。

项伟丽说，我真问过律师了，律师就这么说的。

小糜说，我不怕坐牢。

项伟丽就一屁股坐地上滔滔地哭，说，你们家要不把钱还给我，刘海滨能打死我啊。

小糜说，你为啥要等到他把你打死？你可以走啊，和他离婚啊。

项伟丽说，我走？我都这把年纪了，离了婚我上哪儿去？就因为刘海滨和你弄了那么一档子事，我娘已经气死了，为这，我娘家爹也不认我了，除了刘海滨家，我没地方去哇……

项伟丽坐地上哭。小糜蹲在地上，抱着膝盖看着她，突然觉得，女人好可怜，她不想做女人了。

项伟丽哭够了就走了。小麋一个人，蹲在村东头的大路上，一直蹲到腿麻了，一点儿也不想回家。天黑的时候，娘高一声低一声地喊着她的名字从西面来了，小麋没应，站起来，就往县城的方向走，她想或许应该走得远远的，离开庙子后村，离开高密，就像一朵莲花离开污浊的泥塘，可以彻底地干净了，娘的日子也就不用这么揪心地过了。

她觉得自己活得就像一块肮脏的抹布，除了招惹更多的灰尘，在这个世界上已经没有更多价值。

所以，当她路过峡山水库时，就站下了。

这是小麋活过的十四年里，最温暖的一个冬天，整个冬天没下过一片雪花，裸露在天地间的水库连一层薄冰都没结。

冬季惨白的月光洒在幽蓝的水面上，粼粼地涌动着，像是无声的召唤。

小麋几乎没有犹豫，走下公路，走到水库边上，想也不想就一头扎了下去。其实，从公路上往下走的时候，她就想过，她是不是应该向着庙子后村的方向给爹娘磕俩头，但又觉得没必要，爹娘给的，她都已还回去了，也在心里想有没有谁，让她想在心里默默地道一声再见，想了半天，是老师，听说那天他找过来，被爹一砖头打破了头。

小麋默默和老师说完再见，心就空了，空荡荡的，让她难过、绝望。

跳下水库的时候，小麋哭了，水库张着温柔的怀抱，拥抱了哭泣的小麋，她在水里扑腾了两下，就沉了下去。

13

小麋没死成，两个结伴在水库偷鱼的人救起了她。

她醒来的时候，已经躺在县医院的病房里，娘和爹都在，爹背对着她，朝着窗户抽烟。娘坐在床沿上一下一下地抹眼泪。

不管遇上什么事，娘唯一会做也能做的事情，就是抹眼泪，小麋知道，乡下女人都这样，趟上没法办的事，要么撒泼，要么抹眼泪。其实，都没用。

死而复生，小麋沮丧极了。见她醒了，娘哭着说，好死不如赖活着，小麋你咋这么傻呢！爹突然吼了一声，你让她去死！别给我活着丢人现眼！

娘吓了一跳，使劲压着哭声，呜呜的。爹烦躁得要命，跺着地板走了，气冲冲的，好像要出去杀人。

晚上，姐姐过来了，小糜才知道，医生说她怀孕了，都两个多月了。也就是说她肚子里有了刘海滨的孩子。姐姐说，都两个月没来月经了你也不知道啊？

小糜就觉得脑子里空空的，说，姐，你再说一遍。

姐姐说，你怀孕了。又说爹已经气疯了，去把刘海滨打了一顿。正说着，突然，病房的门就稀里哗啦地被撞开了，鼻青脸肿的刘海滨还有他弟弟扶着他白发苍苍的娘闯了进来，一下子给小糜跪下了，说，小糜，求你了，你把这孩子生下来，你要什么我给你什么，你要多少钱都行，我老婆不知道我还有一个存折。项伟丽也进来了，说，小糜你放心，孩子生下来你就给我，我保证我拿他比亲生的还亲。

小糜愣愣地看着眼前这一幕，慢慢地说，你们真让我恶心。说着，把输液的针头扯下来，又摘下输液的玻璃瓶子，攥着瓶口砰的一声在墙上砸了，一把掀开盖在身上的被子，用尖牙一样参差不齐的碎瓶子就往肚子上戳，姐姐吓蒙了，扑上来抢瓶子的时候，小糜已经往肚子上捅了三四下。

那一次，小糜对自己，是下了死手的，肠子上捅了五个洞，能保住命已经很不错了。这是医生说的。

14

后来，我离开了高密，关于小糜的事，都是断断续续听人说的。知道她住了半个月的院就被爹娘接回了家，从此以后，几乎不再出门，跟娘学会了绣花，除了绣花挣钱就是看小说。嫂子嫌弃家里有个名声不好的小姑子害她人前抬不起头，托人给小糜找了个婆家，男人比小糜大八岁，在小糜十八岁的时候，把她娶走了。欣慰的是，男人家离小糜家比较远，关于小糜的流言蜚语，都没传到他耳朵里，他只对小糜肚子上的伤疤很好奇，问了很多次，小糜不说，他也就不问了，再后来，小糜生了一个女儿。

据说当小糜得知自己生的是女儿，很生气，不给喂奶。为这，男人打过她，说她重男轻女，说她心狠。其实不是，小糜只是觉得做女人好苦，不想再生个女人到这世上来受苦了。

今年春天，我回去，同学告诉我小糜走了，享年三十八岁。我问小糜是怎么走的。同学说，小糜的男人后来不知怎么知道了小糜和刘海滨的事，经常打她，小糜就精神失常了。精神失常后的小糜对女儿寸步不离，去年，女儿考上了县一中，住校，小糜晚上都要去学校门口看一眼女儿才肯回家睡觉。

小糜家离县一中六里路，也就是说，不管刮风下雨，小糜每晚都要来回步行六里去看女儿一眼。女儿并不领她的情，还挺烦的，怕同学们知道她有个神经病的妈，就像当年的小糜不愿意自己是农民的女儿。

有天晚上，小糜从学校往家走，失足掉进了一口半枯井里，是那种用来灌溉农田的敞口井，直径大约三四米，井的边上，还有台阶，是方便定期下去清理井底的。其实，井里的水并不深，只没到小糜的腰。

小糜被人发现的时候，是站在井里的，趴在井边的台阶上，好像睡着了。

大家都很奇怪，小糜为什么不沿着台阶走上来？是完全可以的。

小糜是冻死的，那是个严冬的夜晚，她在齐腰的井水里站着，站累了，就趴在台阶上睡着了，再也没有醒来。

写到这里，我泪如雨下，小糜，那个笑起来两眼像月牙儿一样弯着的小糜；那个被命运往心里塞了太多冰块的小糜；那个我记忆里的小糜……

韶光贱

1

在这个世界上，如果一定要让姚美娟相信某件不可能的事情会发生，那么，她宁愿相信天会塌下来地会陷下去也不相信孟林会因为别的女人抛弃她。因为这，她经常和人急，急得次数多了，就有人说姚美娟是老公迷，迷到啥程度？如果她男人身上生了虱子，那虱子也是双眼皮的，俊着呢。姚美娟的嫂子没文化，说话直接，说，什么老婆迷老公迷的，就是贱！老戏里的男人点划着跪在地上的女人一口一个贱人贱人地牙根痒，就这么来的。

姚美娟贱得很自信，这自信来自和孟林的恋爱，谈得多艰难啊。刚大专毕业的姚美娟，在商场当出纳，虽没漂亮到倾国倾城，可吹弹即破的皮肤，水嫩嫩的葱白一样，围着她打转的小伙子一大群，闭着眼随便摸个都比孟林条件好。

可她就看上孟林了。

孟林的缺点是没学历，除了一具正值青春的好皮囊，身无长物。虽然是本市人，却连个落脚的家都没有。因为他父亲去世得早，母亲把他扔在伯父家就改嫁他人了。

那会儿，城里人已开始鄙视凤凰男，孟林坦率地说，他还不如凤凰男呢。

姚美娟喜欢的就是他身上的这股坦率劲，这才像男人，坦率人的肚里不藏奸，在感情上不会给她亏吃，两人就好上了。

打小没家的孟林缺爱。姚美娟善良、温柔，让他觉得，有她的地方就是天堂，就可着劲地表现，表现了俩月，姚美娟就打算带他回家，又怕父母知道了他的底细不同意，第二天要带孟林回来了，头天晚上才说，还是专拣好的。

她把孟林领进门时，父母还是端着笑脸的，因为孟林长得体面，也就是说很帅。可是，等拷问完家庭情况，姚美娟妈的脸就像熟透的柿子，呱嗒！就摔了下来，好像面瘫了，摔下去就再没擎起来，就那么沉甸甸地挂着，把一大早备好的鸡鸭鱼肉乒乒乓乓塞进冰箱，就找街坊邻居扯八卦去了。姚美娟他爸是港务局搬运工，如假包换的大老粗，他来得更直接，把孟林喝了半杯的茶拖过来，孟林还以为是要给他续茶，忙起身恭敬着说自己来，却见姚美娟他爸看都不看他一眼，端起茶杯就进了厕所，就听噗的一声，茶进了马桶，轰隆一声被吞进了下水道，然后，姚美娟他爸从厕所出来，站在客厅中央，努足力气，放了一个歌声嘹亮的响屁。

姚美娟登时面红耳赤，忍着奔涌而出的泪水，拽着孟林就冲出了家门，再也没回来，直到父亲去世，姚美娟才回了一趟家。那会儿，女儿孟娇已经三岁了，或许因为痛失老伴，姚美娟妈已经没力气拒绝阔别了五年的女儿和三岁的外孙女，把她们搂在怀里，号啕大哭，算是认下了孟林这女婿。

姚美娟哭得也无比凄惨，五年而已，生活像碾砣一样地蹂躏着她，生生把她从一个白嫩嫩水灵灵的姑娘蹂躏成了黄脸少妇。

是的，她爱孟林，孟林也爱她，拉着孟林从家里跑出来，发誓再也不回这个家门的时候，她还信心满满地以为，只要有爱情，一切就皆有可能，她也和孟林这么说过。

孟林没真正意义上的家，房子是租的，在四方区的一栋筒子楼的四楼。窗外是一片低矮的平房顶，烟尘从发电厂烟筒飞出来又飘摇着落下，经年累月的，在房顶上攒了厚厚一层，像积雪上覆了把灰烬，偶有腐朽落叶、焦黄的旧报、各色塑料袋停上去歇歇脚，让眼前这片世界，看上去既破烂又绚烂，就像那一刻姚美娟心中的未来，因一切皆有可能而缤纷。

多少年以后，姚美娟才明白，人啊，只要有股向上的气顶着，看什么什么好，给块石头都觉得能栽出棵花来。

可生活比白雪公主她后妈的毒苹果还残酷。毒苹果一口咬下去，人就给放倒了，吗痛苦也感觉不到了，感觉不到的痛苦就是没有痛苦，而生活的残酷，是那锉刀磨骨锉肉……疼得不激烈却是遍体鳞伤，没完没了，身上挨着疼，脸上还得端着笑。

姚美娟是这么想的。

虽然她和孟林登记了，可在街坊邻居眼里，依然属于浑小子拐带良家姑娘的范畴，因为他们没办婚礼，老姚也没请他们去吃喜酒，没经过亲戚朋友见证祝福的婚事怎么能算得上是婚事呢？可姚美娟不在乎，因为她年轻，年轻得有足够力量蔑视一切约定俗成。

那会儿的孟林，给老板开车。老板是做工程的，虽说有公司，一共仨人，就老板、孟林和一个叫小娜的出纳。老板揽了活就找施工队顶上，没活了就三个人窝在不到十平方的办公室里吹大牛侃大天，吹来侃去的，老板就把小娜的肚子侃大了。孟林回家和姚美娟说，她给吓了一大跳，觉得他老板和小娜都不是正经人，孟林和这号人混没个好，让他辞职换份工作。

孟林不肯，说人的好坏，不是学的，是脾性，也就是说，是骨子里带的，跟后天没关系。何况，他从十几岁跟着老板混，如果不是老板帮他掏考驾照的费用，他根本不可能开车，不开车的孟林除了成为街头混混就是淌臭汗卖力气的。有良心的人要知恩图报，他不能翅膀一硬就把老板甩了。

姚美娟觉得也是，再一想，孟林对老板都这么有情义，对跟着他吃苦受累的媳妇，肯定也错不到哪儿去，于是，对孟林的选择，也就认了，甚至，小娜给老板生孩子的时候，因为没人照应月子，姚美娟还去帮过几天忙。看着因刚做完剖腹产而脸色苍白的小娜，她就恍惚了，这女人没七个头也没八个角的，和其他女人没什么区别嘛，她怎么能干出偷别人老公这种既危险又没脸没皮的事呢？良心就不愧得慌？

姚美娟回家就和孟林说了。

孟林说感情的事难说，其实老板是个仗义人，小娜也是个挺腼腆的好姑娘，可他们俩就是好上了。老板娘也觉察出来了，还私下找孟林打听过，尽管孟林也觉得老板和小娜挺不对的，他还是不敢实话实说。老板也防着老婆这手，也明确地敲打过孟林，人啥时候都可以仗义，就是在别人家的男人女人有外心了这事上仗义不得，会仗义出人命来的。孟林牢记于心，待老板娘来问，遂把仗义包吧包吧揣进了口袋，脸都不红地帮老板撒了谎，把老板娘给宽慰得欢天喜地，继续“搓麻”的生涯去了。

姚美娟不接受这一观点，认为他就算不跟老板娘说实话，也该劝劝老板，他对得起谁呀？

孟林说劝过，被老板嘲笑了一顿，说他是母鸡担了老鹰的心，自己没飞的本事就担心老鹰会从天上掉下来摔死。还说女人和女人不一样，等孟林有了喜欢的女人就知道了，只要你想搞那个女人，也搞上瘾了，啥道德啥良心？全是擦屁股纸，进下水道的货。

姚美娟愣了一下，很紧张地说，你会不会变成他那样？

孟林就噙着她的唇含含混混地说已经这样了。

姚美娟知道他说的是自己就是让他上瘾的女人，就娇羞地打了他一下，嘴里说着讨厌，心里却想，是啊，平时自己也是挺孝顺挺听话的一姑娘，怎么会一遇上孟林，对爸妈的良心就丧了呢？

姚美娟就觉得爱情是个魔鬼，不管平时多善良多厚道的主，一旦被这魔鬼放一把火，就全盘皆毁，自己还幸福得云山雾罩……

2

老板生意不好或者结不回工程款，孟林就拿不到工资，拿不到工资的孟林，靠姚美娟不到两千块的工资过活，去了房租和其他必要的开销，饥一顿饱一顿地混着，日子渐渐显出了凄惶相。

凄惶归凄惶，姚美娟从不后悔和孟林在一起。

因为孟林很疼她，和他在一起，比和父母和哥哥姐姐在一起都要快活多了。从记事起，父母除了忙着上班挣钱喂养一家大小，就是惦记着怎么省点儿菜钱电钱自来水钱，哥哥姐姐整天忙活着和自己的男人女人过快活日子，根本没人搭理她，只有孟林，和孟林在一起，她轻易就能找到自己是某个人全部的幸福感。

早晨，孟林总是先把她送到单位，再去接老板，下班就不行了，只要老板有事，孟林就下不了班，姚美娟就去挤公交车，他们的第一个孩子就是挤公交挤掉的。

下班时候的公交车太挤了，姚美娟虽是孕妇，可还没显怀，她总不能上车就叫嚣自己是孕妇求照顾，想要回家，就只能豁上把身子当肉馅往公交车里塞。有天她好容易才塞上车，车就开了，她急忙拉住吊环，像挂在车上惊慌失措的肉，歪歪斜斜地吊在那儿，被拥来晃去的，胳膊快拉断了，再然后……巨大的疼痛像一只手攥住了小腹、一股热流顺着大腿流到了脚面上。

她知道坏了，就哭了，哭得如丧考妣，混乱中，她是怎么离开拥挤的公交车厢的？不记得了，只记得她躺在医院里，医生告诉她孩子没了，孟林眼含泪水，把她的手指攥得生疼生疼的。

孟林的老板来看了她两次，一次是在医院一次是在家里；一次他是和老婆一次是和小娜。陪他来的人不同，可每次说的话都一样，抱歉地说，他再忙也不该不让孟林下班，如果孟林及时下班去接她，这事就不会发生，他歉疚得那么诚恳，每次都是。

恍惚间姚美娟觉得，这和带着不同的女人来看她的老板，是两个完全不同的人，她和孟林说。

孟林就说老板经常这样，如果给小娜买了件衣服就一定会带老婆去买件价钱一样的，如果带小娜去看了场电影也会再带老婆去看一遍。

姚美娟问为什么。

孟林说，可能是因为他有良心，不想在老婆面前愧疚得慌。

姚美娟说，那他不出轨不就行了？

孟林挠挠脑袋说，是啊……

关于老板的外遇，以及怎么平衡两个女人，是姚美娟和孟林的常规性话题。关于出轨这件事，对于姚美娟这种把爱情当理想童话来膜拜的女人来说，不仅仅是反感而是反感到了不共戴天的地步，可能因为经常听孟林说他老板和小娜的事，她也会恍惚，出轨，是不是也是爱情的一种？

她曾假想过，如果和小娜好的是孟林呢？她会原谅孟林吗？会睁一只眼闭一只眼吗？

不！绝对不会！出轨，必须发生在别人身上，才可以宽宏大量，勉强原谅。

如果发生在她身上，她能把孟林的鸡巴剪下来扔到街上，让流浪猫叼了去也不能便宜了某个不要脸的女人。

她和孟林也这么说了。

孟林笑得像初秋的太阳，明朗而响亮，他说在这个世界上，谁都可以出轨，唯独他孟林不可以也不会出轨，否则他就是忘恩负义的王八蛋，不用姚美娟剪鸡巴，他会自己坐在大街上，把自己一刀刀削了喂狗，因为辜负了姚美娟这么美好的女人的男人不配作为人活在这世界上。

姚美娟让他说得满眼惊恐，扑在他怀里，紧紧地抱住他的腰，仿佛一松手，他真的就会跑到街上削了自己。

3

半年后，姚美娟又一次怀孕了，为了防止重蹈覆辙，想当爸爸的孟林，在得知姚美娟怀孕的第二天就和老板说了。

老板说这次可要小心，让孟林每天晚上班、早下班地接送姚美娟，遇上有事需要用车，也是打出租，坚决不让孟林出车。

姚美娟有些过意不去，和老板说，其实不用这样，完全可以让孟林接她回家后再回去陪老板忙活。老板一脸正色地说不行。小娜也在一边帮腔，让姚美娟别客气，怀了孕的女人，就应该娇气着点儿，还让姚美娟有什么需要她帮忙的尽管说，弄得姚美娟满胸膛都热乎乎的，恍惚间，就觉得老板和小娜真的是很般配的一对，都很善良，也懂得体恤别人，就问孟林，既然老板和小娜这么好，干吗不离婚在一起？

孟林说，这么过不也挺好嘛，离什么离？

姚美娟就奇怪了，说，小娜给老板把孩子都生出来了，难道不想和他结婚？

孟林就说，那是他们的事，咱不操心。

可姚美娟的好奇被勾起来了，孟林被纠缠得没辙，就说这第一嘛，老板不想离，不是他不喜欢小娜，是想想老婆陪他过的那些苦日子，离婚这俩字说不出口，再就是离婚就要劈分家产，反正小娜孩子都生了，他不离婚也跟定他了，他何必兜着良心上的过不去再损失一半家产和老婆离婚呢？

姚美娟就噘嘴说，如果她是老板娘，才用不着忍这份屈辱呢，把婚一离，拿着一半家产过扬眉吐气的日子去。

孟林说，事没那么简单，虽然老板是老板，可家底也没多厚，老板娘不上班，没生活来源，就算分一半家产也吃不到老。

姚美娟说，可以找份工作嘛。

孟林说，四十多岁的人了，没文化没技术，能干的工作不是去酒店后厨洗碗就是去做保洁大妈，就算她能干得了，可她豁得出脸皮吗？

姚美娟怏怏了一会儿，说，是啊，看来，不管老公混得好不好，女人都不能随便辞职，要不然就是自断后路。

孟林笑她杞人忧天，然后信誓旦旦地让她放心，等将来有条件了，她完全可以放心大胆地自断后路，因为他不是老板也不是别人，他是有良心的好人孟林。

姚美娟相信说这番话的孟林正在使劲从背后抱着她，好像自己是条热烘烘的棉被，能裹住她给她足够的温暖，可他太瘦了，瘦得像根单薄的面条，紧紧地贴在她因怀孕而变阔大的后背上……

严寒把筒子楼冻透了，他们裹着仅有的两条被子，蜷缩在冰窖一样的家里，炙热地爱着她的孟林边发誓赌咒边想尽办法地温暖她，亲吻她哆嗦的嘴唇，摩擦她冰凉的面颊，把她冰块一样的脚揣在怀里……

姚美娟就哭了，不是为自己，是为孟林，知道他想给她温暖却给不了，这种无力的给予，其实挺折磨人的。她知道。就像她，自从跟孟林跑了，无论怎么想家，都只能远远地站在马路对面，看父亲骑着破旧的单车回家，看母亲吃力地拎着米啊面啊青菜啊走过黄昏的街道。有一次，她看见母亲拎了一大包米，趔趄着要过车辆呼啸的马路，她有些担心，就跑了过去，默默拎过母亲手里的米包。母亲愣了一下，抬眼看着她，目光里曾有的温度，唰地一下像失足掉进山洞的兔子，跌得无影无踪，冷着脸夺回米包，在汽车愤怒的鸣笛声中，铿锵地过了马路，丢下姚美娟站在车流滚滚的街上，泪流满面。

生活是苦的，可姚美娟是快乐的。后来，女儿孟娇出生了，像一撮糖被撒进了苦涩的生活。虽然女儿的出生让日子比以前更紧巴了，她也更累了，可快乐来得切切实实，像女儿滑嫩嫩的小脸蛋，伸手就可以触摸得到。

多年以后，姚美娟和姐姐姚美丽这么说，姚美丽只是睥睨了她一下，没吭声，这让姚美娟既有点被轻视了的愤愤，也有些伤心，转而在心里安慰自己：你这是想让人相信黄连水也能泡出一颗快乐的心呢，没人信是当然的。

自尊有些受伤的姚美娟也不辩解，日子怎么都是自己过，只要自己觉得快乐就行了，干吗非要让别人也觉得自己快乐呢？

不再和别人争辩的姚美娟显得很沉静，那会儿，因经营不善，商场像垂危的病人，已隐约可见死相逼近，同事们惶惶不可终日地猜测着商场是不是会倒闭，会怎么安置员工。姚美娟从不参与讨论，倒不是她笃定，而是知道没用，该来的事，不会因为人们的抵触抗拒而延迟半秒到来。说来说去，除了徒增惶恐，又有何益？她和孟林说。

孟林说，商场倒了我还站着呢，放心吧，养活得起你们娘俩。他笃定的语气，让姚美娟觉得就像肚子里被塞了几颗热烘烘的定心丸，温暖、安全，进而幸福。或许，女人穷其一生地在婚姻里劳碌，为的就是寻找这种感觉吧？

这几年，孟林的老板发达了，没忘提携这个跟了他多年的小兄弟，不让孟林给他当司机了，让他挂在他公司名下，单独接工程。当然，孟林门路少，大多工程是老板转手给他的。

于是，姚美娟对老板的感激里，就有了些感恩戴德的成分，再说起他和小娜，嘴上就没那么义愤了。

以前不行，尽管她觉得老板和小娜都不是坏人，可她看着小娜肆无忌惮地喊老板老公老公，心里总有张嘴，歪歪地往下撇着，言语间难免露出些鄙夷。

其实老板转给孟林工程，不纯是提携跟自己打天下的小兄弟，更多还是因为工程太小再要么就是利润太薄，老板不屑于干，既然不干扔给别人可惜，还不如送给孟林赚人情。这些，孟林都知道。

在工程上有了进账的孟林，果然没食言，对姚美娟非常好，只要兜里有十块就不会只给她九块，兜底儿地全给。一旦知道哪儿有好吃的，不仅领着老婆孩子去吃，还要请上岳母及姚美娟的哥哥嫂子，吃得全家人满嘴油光，却没人领他的情，仿佛，那些花销不菲的酒菜，不过是孟林在为当年硬生生从他们家拐走了一姑娘令他们家蒙羞的赎罪而已，他们屑得吃，就是给孟林面子了，还想让他们领情？想什么不好？不管是在孟林做东的饭桌上还是逢年过节他陪姚美娟回娘家，姚家人一贯居高临下，仿佛允许他进门就已是恩典了。

孟林很不爽。一开始他忍着，毕竟，当年和姚美娟结婚，是伤了姚美娟父母心的，也让姚家丢了面子，他以为忍一忍，让姚家人把这口憋了多年的恶气出了也就好了。可姚家这口恶气就没个出完的时候了，至于他的克制，在姚家人眼里，仿佛也是十恶不赦的罪人终于被打倒了又被踏上一万只脚爬不起来了而已，是他应该有的待遇。

就算孟林再爱姚美娟，脾气再好，也不愿被姚家人踩来踩去的，不仅他，姚美娟也生气，也和哥哥姐姐以及母亲吵过。虽然每一次都把他们吵得哑口无言，他们也答应以后不再用眼梢看孟林了，可待下次见了，一切的一切，又回到了让她头疼的最初。

姚美娟心疼孟林，跟他说，对娘家那群惯于拿冷屁股招待女婿的主儿，犯不着端热脸！这娘家，要是没要紧事，她也不回了，必得要回也是她自己回，不用孟林陪。

4

姚美娟工作的商场，终还是倒闭了，虽早就预料到了，可还是挺伤心的。倒是孟林看得开，说就算商场不倒，他也打算让她辞职，因为再过一个多月，孟娇就要上学了，学校没食堂，午饭没着落不说，小学下午放学早，既需要人接也需要人陪。虽然学校周围有不少托管班，可都是奔着钱去的，不让人放心。

姚美娟也不放心。

孟林虽没挣着大钱，养活她娘俩还绰绰有余，于是，姚美娟这业失得也就心安理得了。

姚美娟每天除了做饭就是接送孩子、收拾家，可，不管家收拾得多干净，她心里总是不踏实，孟林说那是因为乍一不上班，不习惯，等习惯了就好了。姚美娟觉得有这可能。

可日子一天天过去，孟娇都上学了，惶惑还是没从姚美娟心上卸下来，她就想起了老板娘。她曾奇怪于她为什么那么喜欢搓麻将，现在理解了，有麻将搓着，就感觉不到空虚和惶惑的追逐了。可她不行，她不仅不喜欢搓麻将，甚至深恶痛绝，因为她总把麻将和赌钱联系到一块，她厌恶赌钱就像厌恶游手好闲的人期望天上掉馅饼。

商场倒闭的事，娘家人知道，但知道归知道，没人顾得上关心她。母亲有点儿老年痴呆了，常常在沙发上一坐就是一天，不看报纸也不看电视，就那么傻傻地坐着。哥哥因为中过一次风，从单位提前病退了，现在，除了关心脑血管他什么都顾不上。嫂子每天骂骂咧咧地伺候着一家老小，姚美娟也曾想帮她一把，可嫂子很机警也很排斥。倒不是嫂子能干得不需要任何人，是因为房子。家里的房子在老母亲名下，这也是嫂子从不主动开口让姚美娟和姐姐插手照顾老母亲的原因。现在，嫂子伺候的老母亲已不再是老母亲，而是一套九十平方米的三居室。

姚美娟从结婚到现在，一直租房住，所以，在嫂子看来，她回娘家帮忙，不见得是多有孝心而是居心叵测，当然要提防着点儿。从嫂子的话里，姚美娟也听出了端倪，也就不再流汗出力地去讨嫂子的烦了。

闲得发腻的姚美娟就想，再陪孟娇适应一阵上学生涯，就选个托管班把她送了去。她有会计证书，找份工作应该难不到哪儿去，才三十岁而已，她可不想就这么晃荡到老。

有了这打算，姚美娟心里就踏实多了，那些惶惑，就像一团团的云，被风卷着，消失得无影无踪，心里清爽了，她就兀自笑了，人活着，就得有点事让自己追着，文艺点儿说就是得有点儿追求有点儿理想，才不会迷路。没事的时候，她把学校周围的托管班兜兜转转了个遍，选了家不错的，把孟娇送了去，然后去人才市场转了几趟，如果不讲究待遇和工作环境，工作倒也不难找，去面试了两家，都也过了，正斟酌到底去哪家好呢，但孟林遇上难事了。

老板手头有个不小的工程，利润空间也挺大，可他的资金压在别的项目上了，挪腾不动，就问孟林想不想接。

孟林当然想，可他也没钱，工程虽然干了几年，可都是低利润的小工程，刨去成本，再剔掉坏账，剩不了几个钱，都给姚美娟攒着买房了，他有心回绝，又舍不得，晚上回家，就和姚美娟说了。

姚美娟问能赚多少钱。

孟林默默算了一会儿，说了个大概的数。

姚美娟的眼，立马就瞪成了竖着的鸡蛋，撺掇他接，又翻出存折往他手里一塞，说舍不得孩子套不住狼，豁上了。

虽然存折上的数字让孟林对姚美娟的理财能力很是刮目相看，可离接工程的前期投入还是差了不少。

姚美娟琢磨着，只要豁上本钱让孟林把这笔钱赚到手，她就可以买套称心如意的大房子了，只要她住上了大房子，嫂子就再也不会提防她抢房子了吧？她再回娘家，就不会被嫂子的风凉话弄得坐也不是站也不是地郁闷加凄惶了吧？

假想的一切把姚美娟弄得很兴奋，当孟林说就算把家里所有的钱都拿出来也还差得远时，姚美娟丝毫没气馁，说，那就借借呗。

原本还有些犹豫的孟林，被姚美娟的兴奋感染了，决定听她的，大干一场。他“狼奔豕突”了几天，借是借到了一点，但还差了不少。

两口子面面相觑了半天，姚美娟壮着一口气说，要不……我回娘家借借看？

其实，她的所谓回娘家借，也就个说法，就她和嫂子的关系，莫说嫂子没有，就是有也借不出来，如果她不知好歹地跟嫂子开了口，那是自找苍蝇吞。

能借的，只有姐姐家。姐夫周大海在政府职能部门工作，不大不小也算一领导。姚美丽原来是老师，嫌太辛苦，压力也大，就辞职开了家烟酒行，规模不大，生意还好，尤其是逢年过节，姚美丽忙得连饭也吃不上。这倒不是因为她有多好的商业天赋，一切还是因为周大海，反正一到年节各家单位都要买礼品打点关系，既然去哪儿买都是买，干吗不到姚美丽这儿来买呢？既买了礼品又送了周大海人情，这一举两得的账，谁都会算，买家和卖家也都心知肚明。

一想到要去姐姐家借钱，原先鼓捣孟林接工程的劲头就没了……憋在家里鼓了好几天劲，还是没勇气出门，因为姚美丽和孟林白眼相加不是一天了。当年姚美娟拉着孟林从家里跑出来，跑到姚美丽家哭诉，姚美丽一直不吭声，对孟林看也不看，直到送他们出门，才惜字如金地说了句，咱爸妈是为了你好。

就这句话，伤着孟林了。孟林虽然打小野惯了，看上去没脸没皮的，自尊心其实挺强的，直到几年前岳母认下他这女婿了，喊姐姐的时候，总显得不那么顺畅，好像嗓子里别了个什么东西。这种难以消融的隔膜，姚美丽也感觉得到，但从来不说，好像没这回事一样，每每见到他们一家三口，总是笑得非常客气。

姚美丽越是这样客气，孟林就觉得越不是滋味，跟着老板在场面上混了这么些年，眉眼的高低也能看出个大概来。有些彬彬有礼，表达的不是礼貌，是距离，就跟男女似的，越是彬彬有礼，越没有发生亲昵的可能性，一旦亲昵了，反倒犯不着客气来客气去地受累了。他觉得姚美丽的客气是故意的，故意制造距离感，表达对他的轻视。

孟林也明白姚美娟说的娘家就是姚美丽家，他满心的不舒服，就跟吃东西吃坏了肚子一样，却又没有办法，谁让他缺钱呢？他敬佩靠真本事把日子过好的人，比如他老板。像姚美丽家，日子过得再好也是老鼠打洞，不是他仇富，而是对来路不明财富拥有者的鄙夷，这就像一饥饿穷人，正抿着满嘴巴的哈喇子羡慕一大口吃肉的家伙，却被人悄悄告知那是一贼，于是，羡慕立马成鄙夷，满嘴巴的哈喇子也变成了呸出去的唾沫。

可现在，为了做生意，他要让老婆去他鄙夷的人家借钱！孟林打了一个激灵，开始怀疑曾经的鄙夷，不过是酸葡萄心理。

这种怀疑让他非常瞧不起自己，比瞧不起靠偷来的钱摆阔的小贼还要瞧不起，把他的心情弄得糟烂透了，所以，当姚美娟跟他商量去姚美丽家借钱该带点什么礼物时，他忍着怒气说，你姐家缺啥你带啥。

他嗓门不高，语速也不快，姚美娟根本就不晓得他已愤怒得恨不能找块板砖把自己拍了，就嘟哝说，问题是我姐姐家什么也不缺啊。

谁说的？孟林悻悻看着她，遂从牙缝里挤出俩字，缺德。

姚美娟一下子就哭了，和他吵了起来，说孟林没良心，虽然他们恋爱那会儿姐姐没站他们这边，可自打他们结了婚，姐姐没少照应他们……

这些孟林都知道，家里吃的用的不少都是姚美丽送的，可他不打算领情，因为他知道东西不是姚美丽花钱买的，不送给他们也得送别人，因为吃不完用不完是会过期的，相反，姚美丽越这样他越烦她，觉得她这是把他们当要饭的施舍。

那天，他们吵得昏天黑地。姚美娟觉得委屈，不仅自己委屈，也替姐姐委屈。母亲糊涂得谁都不认识了，哥哥整天绞尽脑汁地琢磨着怎么把血液里的脂肪倒腾出来多活两年，嫂子对她没好脸，能和她说说体己话、啥好事都想着她的亲人，也只有姐姐了，可就因为孟林对姐姐有成见，她都好长时间没去姐姐家了。

姚美娟越吵越委屈，连晚饭也没做就哭着出了门，在街上哽哽咽咽，见不时有人看自己，就不自在了起来，低着头，不知不觉就到了公交车站，犹豫了一会儿，还是上了车。

到底，她还是更爱孟林，不管怎么吵，她都想让他成功。

她甚至在心里和自己说，不是我犯贱，我只是想让他早点儿成功，他成功了就不自卑了，不自卑了的孟林就不会那么抵触姐姐姐夫了吧？

想着想着，她笑了，觉得姐姐如果借给她钱，倒有些贿赂孟林让他别再讨厌自己的感觉了。

5

姚美娟俩月没见姐姐了。姚美丽胖了不少，穿了件肥硕的睡袍，看上去像只冬瓜，姚美娟哭红肿的眼把她吓了一跳，问她怎么了。

委屈像只倔强的葫芦，刚被摁下去，又挣扎着浮了上来，堵在姚美娟嗓子里挣扎个不停，当然，她不能说实话，就抽抽搭搭地撒了个谎，说孟林接工程需要钱，她说要找姐姐借，可孟林说这些年给姐姐家添了太多麻烦，死活不让她开口……于是就吵了起来。

姚美丽没吭声，看她的目光有些意味深长，好像看穿了她这些说辞不过是往孟林脸上贴金而已。姚美娟让姐姐看得心怦怦直跳。

还差多少？姚美丽晓得她这个妹妹穷是穷了点儿，但自尊还是很强的，便主动开口问。

姚美娟的声音低得不能再低，说，五十万。

姚美丽没想到她会借这么多，顿了一会儿，才又问，有谱吗？

姚美娟点点头，说，没谱我也不敢给他张罗，又把老板把这工程转给孟林的前后说了一遍。姚美丽说，有谱就行。

姚美娟又哽咽了，这次是因为感动，哽咽着叫了声姐，没再说别的。姚美丽也知道，这一个姐里，已包含了她所有的感念。

姐俩又聊了一会儿娘家。姚美丽说她借钱给孟林是有私心的，希望他早点儿事业有成，姚美娟过好了，和她一起拉把拉把娘家。姚美娟明白，姐姐这么说是生怕她因为借了这么一大笔钱有心理压力，至于拉把娘家，也是事实。有个痴呆的婆婆还有个中风留下了轻微后遗症却薪水不高的丈夫，嫂子早早办了内退，拿不了多少工资，侄女才读高三，家里花钱的多挣钱的少，只要姚美娟和姐姐一回娘家，嫂子就一副姐俩不仅要感谢她照顾婆婆还要感谢她照顾哥哥供养侄女的嘴脸，总之，她是这个家的功臣兼救星，尽管很烦，可姚美娟和姐姐还是每月给嫂子点儿钱贴补家用。姐姐有钱给得多，姚美娟没钱就给得少，结果，嫂子就势利眼得无比赤裸。如果单独回娘家，姚美娟的待遇是家里有什么吃什么，姚美丽的待遇是哪怕家里饭菜很丰盛了，嫂子也要跑出去添个新菜，以示对姚美丽的重视，这些姚美娟都知道却一直装傻。人嘛，就这样，不能混惨了，你要混惨了，亲戚见了你都像正要往垃圾箱里扔骨头的人恰好看见来了一条狗，既然往哪儿扔都是扔，就手扔给狗了，还没好气，姚美丽也生气，可有什么办法？人生只有豪情是行不通的，没过好的日子，就像一条撵在身后的饿狼，除了玩命往前跑，你什么也顾不上。

姚美丽把银行卡、密码和身份证一起给了姚美娟，让她自己去银行转账，完事把卡送回来就成，姚美娟眼窝热热的，也不知说什么才好，就问烟酒行生意怎么样，姚美丽顿了一顿说，关了。

姚美娟吃了一惊，说，生意不是挺好吗？

姚美丽还是嗯了一声，斟酌再三才慢慢地说，不方便了。

姚美娟就想起了孟林不止一次说，姚美丽开烟酒行，说白了，还不就是周大海变相受贿的窝赃点？要不是周大海的权势力量，谁去姚美丽的烟酒行买东西？孟林每这么说一次，姚美娟就和他吵一次，可吵着吵着，她嗓门就低了下去，因为她不得不承认，孟林说的有些道理。虽然烟酒行不需要自身名气，可总要讲究点儿地角吧，姚美丽的烟酒行毫无地利可言地开在小区里，还不是正经门面房，是姚美丽家的两个车库从里面打通了，如果不是周大海，那些买烟买酒的单位，揣着钱都找不到庙门。姚美娟下意识地想到了这些，遂说关了就关了吧，如果开烟酒行不方便，就干点儿别的吧，别闲着，闲来闲去就把人闲傻了。

姚美丽这才说，不是因为别的不方便，是因为她怀孕了。姚美娟以为听错了，上上下下地打量着姚美丽，摸了摸她睡袍下的小腹，果然！至少怀孕六个月了，就结结巴巴地说，姐，你都四十一了。

姚美丽有点儿羞涩，说周大海想儿子都快想疯了，趁还能生得出来，把这心愿给他了了吧，四个月的时候托人到医院查了，是男孩，就把烟酒行关了，在家专心待产。

周大海稀罕儿子的事不仅姚美丽和姚美娟知道，但凡认识他的人都知道，可姚美丽偏偏给他生了一女儿，这让他春风得意的人生，就此有了缺憾。按说，姐姐如愿以偿地怀孕了，姚美娟应该替她高兴才是，可当她听姚美丽说腿肿得连袜子都穿不上，手肿得连水杯都握不住时，心就一揪一揪地疼，眼泪扑簌簌地往下掉，心疼她要在四十一岁的高龄冒险给丈夫生儿子讨他欢心。

她一根根地理着姐姐肿得像胡萝卜一样的手指，哽咽着问去没去医院看，姚美丽说去了，妊高症，医生说生完孩子就好了。关烟酒行倒不是因为妊高症，是显怀显得藏不住了，怕熟人见了问长问短，她懒得解释。

姚美娟这才想起来，周大海是公务员，生二胎是会弄丢饭碗的，就问，姐夫单位让吗？

姚美丽语塞片刻，才说办了假离婚，因为怕人猜疑，现在，周大海不在家住，回家都是偷偷的。姚美娟还是奇怪，说，你们把婚离了也不行啊，你这是非婚生育，孩子落不下户的，将来上幼儿园、上学、工作都成问题。

姚美丽定定看了她一会儿，说她和周大海离婚之后又结婚了，现在她法律意义上的丈夫是周大海老家的堂哥，他都快五十了还没结婚，等孩子生下来落下户，再和他把婚离了，和周大海复婚。

见姚美娟瞠目结舌地半天说不出一句话，姚美丽就说这也是跟别人学的，这么干的人不少，然后问她最近怎么样，姚美娟就把找工作的事说了一遍。姚美丽定定看了她一会儿突然说，美娟，你就别上班了，到我家来吧。

姚美娟说，你烟酒行都关了，我来你家干吗？

姚美丽似乎也意识到了自己的唐突，可不管唐突不唐突，口都已经开了，就鼓着勇气说，一月给姚美娟三千块，不耽误她接送孟娇上学也不耽误她买菜做饭。

姚美娟已隐隐猜出了姚美丽的意图，知道她是想让自己照顾她，也就是说，来家做保姆，心里微微地揪了那么几下，有点儿疼，嘴里却虚浮地说，姐，要我帮忙你就直说，自家人什么钱不钱的，多见外啊。

姚美丽就哽咽了，说，美娟，你别觉得姐这是在欺负你，我也是没办法。为了避嫌，你姐夫不敢回家，我和孩子总得生活啊，生活就要进进出出地采采买买，可我怕邻居看见我肚子大了问长问短，我要说孩子是你姐夫的吧，怕人举报他，说孩子不是你姐夫的，别人会以为他把我甩了，我又火速嫁了一个，这就怀上了？那我成什么人了……说着说着姚美丽的眼泪噼里啪啦地就下来了，说，你姐夫都请了好几个家政工人了，一个比一个差劲，全让我辞了，美娟，你就当帮帮姐，等孩子生下来，我让你姐夫帮你找家好单位，行不行？

兀然间，姚美娟就觉得不是滋味，她宁愿姐姐搬出姐妹情分，死皮赖脸地让她帮她两年忙，别提钱。可姐姐偏偏提了钱，一遍遍地提，好像只有这样，才开得了口。她说，美娟，你先别拿我当姐，就当我是陌生人，遇到了难处，你要不帮我，我这日子就没法往下过了。

姚美娟一肚子七上八下地扑通，不知说啥才好，说行吧，不情愿，说不行吧，姐姐几乎都要眼泪巴巴了，尤其当姐姐说美娟啊，莫说找不到好工人，就算找得到，姐姐这么重的身子，还有你外甥，你放心把我们娘几个交给陌生人？

除了答应，姚美娟还能说什么呢？

什么都不能说。

那张已进了手包的银行卡，像座山，压在姚美娟心头，让她透不过气。如果她没和姐姐借钱，或者她开了口姐姐没借，她也会拒绝的，不为别的，哪怕仅仅为了孟林那点儿可怜的自尊。

可现在，她开不了回绝的口，何况一直以来，都是姐姐在照拂她，她能为姐姐做的，怕也就是帮这一二年的忙吧？

6

从姚美丽家出来，已十点多了。下了公交车，远远就见一个猩红的烟头在浑浊的黑暗里明明暗暗地挪动着，姚美娟有点儿害怕，有心打电话让孟林下楼接她，可一想他凶鼻子恶眼地和她吵架的德行，那口倔气就又赌上了，便硬着头皮往前走，边走边瞥着那猩红的烟头，居然径直朝她来了，姚美娟吓得差点儿就要失声尖叫，急中生智，故意大声说，孟林，你这泡尿到底要洒多长时间？再不快点儿我走了啊！

烟头并不害怕，冲她来的速度反倒更快了，她撒腿就跑，却被一只胳膊给拦腰抱住了，憋了老半天的惊叫，带着撕破喉咙的力气，喷薄而出。然后，她的嘴被捂上了，叫！叫！瞎鸡巴叫什么？

居然是孟林。

姚美娟一下子就瘫软了下来，打他骂他，他不声不响，连拖带抱地夹着她往家走，进了门，才嗡着声承认是自己不对，她哭着跑出去，他在周围的街街巷巷里找了大半晚上了。

姚美娟又气又感动，摸出银行卡往他跟前一拍。孟林愣愣地看着银行卡，显得有点不是味，问，谁的？

你说呢？

孟林拿起银行卡，翻来覆去地看，心里别扭得很。其实，此刻的孟林是鄙视自己的，可饥饿的人，有资格鄙视面包吗？他一边嗤笑自己一边故作漫不经心地说，到底还是把缘化来了。

姚美娟睥睨了他一眼，说，不稀罕啊？不稀罕我明天给还回去。

稀罕，怎么能不稀罕呢。说着，孟林把银行卡揣进口袋，说，我老婆豁上脸皮化来的缘，我要不收我也忒不知道好歹了。

姚美娟切了一声，用眼梢久久地瞄着他，孟林被她看得不自在了，就摆出一副死皮赖脸的德行，凑上来用嘴唇蹭她的脸，这是他们常玩的小把戏，是亲热前的铺垫。姚美娟被他蹭得浑身跟火烤了一样，就红着脸喃喃说，讨厌……身子却软了。

每当她生气了，孟林就这么哄她，一直把她的心哄得暖暖软软的，事后她就想，自己是不是果然很贱啊？

7

去姚美丽家帮忙的事，姚美娟没敢告诉孟林。反正接下工程的孟林忙得要命，总是一大早出门，深更半夜回来，进门就一头扎到床上，睡得像头因为逃命跑瘫了的猪。

姚美娟每天早晨送孟娇去学校，然后去姐姐家，帮她收拾收拾家，把一天的菜和水果买回来，陪她说说话，下午帮她把晚饭做好了，就早早去托管班接孟娇回家。有时候，孟林中途回家，见姚美娟不在，就打电话问她在哪儿，姚美娟也实话实说在姐姐家，孟林就有些不悦，说怎么老往人家跑？

姚美娟就说，姐姐拖着这么重的身子，干啥都不方便，就不兴她这做妹妹的帮帮忙啊？孟林也就不再说什么。姚美丽为了生儿子和周大海假离婚的事姚美娟和他说过，他有些悻悻然，但也理解，偶尔会阴阳怪气地说，就是，弄了那么多钱，是得生个儿子继承。

姚美娟就瞪他，他就傻笑，然后忏悔自己狼心狗肺，花着人家的钱了，还不念人家的好。

至于姚美娟去姚美丽家，他也就是给嘴过过瘾，也没啥意见，他听人说来，如去理财的话，姚美丽借给他的这五十万，至少一年能拿回五万块钱来，不管人家这钱是怎么来的，在人家名下就是人家的，人家利息分文不取地借给他了，他非但不领情还口出恶言，是过分了点儿。平心而论，孟林觉得自己不坏，只是有点看不惯周大海夫妻的居高临下，就算姚美丽不借给他五十万，在她有需要的时候，姚美娟去帮她忙，他也不会说啥。更多时候，他觉得自己按时候表达一下对周大海夫妻的不屑，其实是为了显示自己不曾屈服于权贵的风骨罢了。风骨这东西，对男人来说，就跟女人手上的钻石，有炫耀和装饰的作用。姚美娟也明白，他也就是嘟哝嘟哝而已，没多少恶意，遂也没往心上放，睡不着的夜里，她和孟林憧憬，等工程结束了，结了账，把债还上之后的第一件事就是买套房子。孟林用鼻子说嗯，又说再买辆车，都什么年代了，他一做工程的经理，虽然是小经理，可还打车去和人家谈生意，实在是太丢份儿了。

姚美娟也觉得该买车，跟孟林说，等他买了车，礼拜天就拉她们娘俩去郊区野餐，先把青岛周围好玩的地方玩遍了，然后再把山东境内好玩的地方玩个遍，再玩遍全国，等有很多很多钱了，他彻底把工作辞了，和她一起周游世界……

他们说啊说啊，未来美得像花园的早晨一样，让人心旷神怡。

当然，因为她总泡在姚美丽家，孟林有时候会奚落她表达一下不满，说姚美娟快成姚美丽家的保姆了。姚美娟让他说得心一乍一乍地发慌。姚美丽每月给她钱，她死活不要，姚美丽就给她偷偷塞包里，她给拿出来，改天姚美丽就偷偷翻她的包，抄下了她的银行卡账号，直接打到银行账号里。姚美娟也明白她不要钱，姐姐过意不去，索性就不和她争了，但不敢和孟林说，因为她了解孟林，去姐姐家帮忙没事，但绝对不能是姐姐出钱雇她去的。

很快，姚美丽就要临产了，白天姚美娟陪着，孟林忙得上半夜回不了家，孟娇在家害怕，姚美娟就得回去，又不放心姐姐，十来岁的外甥女还是个要孩子，指望不得，就给周大海打了个电话，希望这关键的几晚上他回来陪姐姐。

才陪了两天，周大海就说姚美丽快生的敏感的时候，他陪在身边，让邻居看见了，怕是不好，让姚美娟带着孟娇住到他家。

姚美娟有点儿不太舒服，说，姐夫，我姐都这把年纪了，是为了给你生儿子，你要不在身边，她心里没底，这对产妇和孩子都不好。

周大海搓着手吭哧了半天，说要不是干着这破职务，他也用不着为了要个儿子和姚美丽假离婚，他这不身份敏感嘛，万一这事让人起了疑心捅出去，他被一撸到底还是轻的，搞不好连公职也被开了，老婆孩子一堆，谁给养活？

姚美娟只好答应了。

8

姚美丽难产是因为她不服老，听人说顺产的孩子免疫力高，非要自己生，可年龄大了，在产床上折腾了五六个小时骨缝也没开全。产房外的周大海一会儿一电话，满脸的焦灼，倒不像担心老婆孩子的安危，而是愤怒于老婆孩子联合起来整他，把他捆在产房门口脱不了身。姚美娟很生气，就想跟周大海说把手机关了，要不然，电话不停地进来他又脱不开身，会更烦，还没来得及开口呢，周大海又接了一个电话，脸色一凛，连招呼也不打就往外走。

姚美娟就慌了，姐姐还没生呢，万一有事她跟谁讨主意？就追着喊了几声姐夫。

周大海说出去有点儿事，马上回。他边说边大步流星地往外走。

姚美娟觉得不对头，她得瞄一眼，瞄他究竟往哪个方向去了，好在需要的时候把他拽回来。

这一瞄，她就觉得自己整个要炸掉了。

在医院院子里，一个年轻漂亮却一脸凶悍的女人，见着周大海劈头就问，周大海！你打算怎么着吧？

周大海目光躲闪，显得既狼狈又无奈地说，我能怎么着？不和你说了嘛，我老婆正在生孩子，咱俩的事，等过两天再说。

你老婆？周大海，你可笑不可笑？姚美丽是你前妻，现在她是别人的老婆了！我——！她指着自己的鼻子，一字一顿地说，我才是你老婆！你操我也操了五六年了，婚你也离了！孩子我也怀上了！说吧，这婚你到底是和我结还是不结？

周大海说，我不都说过了嘛。

说过了？你说过什么了？来——！你说，我再录一遍音！说着，女人掏出手机按戳了一会，扬到周大海跟前，说，反正我录了不下一百次了，我就不差这一遍了！说吧！

周大海敢怒不敢言地别着脑袋说，能不能别胡搅蛮缠？！

我胡搅蛮缠？周大海！你想要流氓不是？你想要我，我就陪你耍到底，你可以不跟我结婚，孩子我照生，生下来我就天天抱着去你单位闹，我要不把你饭碗砸了我他妈的这些年就是让狗操了！

周大海定定地看着眼前的女人，咬牙切齿地说，好，等她和孩子出了院我就和你结婚。

不行！女人斩钉截铁地说，你把话说清楚！说等姚美丽和孩子出院，我周大海就和皮乐乐结婚！

噢，这个女人叫皮乐乐。姚美娟知道了，她一刀一刀地把这三个字刻在了脑子里，满眼是泪，却侥幸地希望周大海能说不，或者，哪怕他什么也不说，她都能替姐姐原谅他。

可周大海让她失望了，他斟字酌句地复述了皮乐乐的原话。一波响过一波的轰鸣，从姚美娟心头滚过，如同巨石滚过空旷的山洞，想着遭受了难产折磨的姐姐，正鲜血淋漓给这个男人生儿子，他却正在向另外一个女人表心明志，姚美娟杀人的心都有了，所以，在那个深秋的下午，不少人看到，一个像绝望母狼一样号叫着的女人，瞪着通红的双眼，扑向一个中年男人，像泼妇一样撕打他，诅咒他。

周大海任由她厮打了几分钟，攥住她的手，低低地喝道，美娟，够了！

愤怒塞住了姚美娟的七窍，她什么也看不见，什么也听不见，只是闭着眼睛，一边嚎叫一边撕扯着这个叫周大海的男人。

等她跌跌撞撞地回到产房门口，姚美丽的儿子已经出生了，一位护士探出头，笑容满面地问，哪位是姚美丽的家属。

姚美娟指了指自己，张了张嘴，想说我却没说出来，嗓子哑了。周大海愧疚地埋着头，站在一边。

护士有点儿诧异，但很快就平复了表情，说，母子平安。

周大海的眼角，有亮晶晶的东西闪了一下，姚美娟逼视着他，眼睛眨也不眨地逼视，周大海愧疚地叫了声美娟。

姚美娟沙哑着嗓子一字一顿地说，我操你妈！

9

生产的疲惫让姚美丽虚脱了，她并没发现周大海和姚美娟的异常，只是闭着眼睛，昏昏沉沉地睡着。

在病房洗刷间，周大海一副可怜相，他说姚美丽刚生完孩子，受不了这刺激，所以，请姚美娟对今天发生的事保密。姚美娟倚在洗刷池上，冷冷地看着他，就像看猴子在为根香蕉而拙劣地表演。

周大海说他不该图一时之欢，被皮乐乐这个诡计多端的女人缠上，她不知从哪儿知道了他和姚美丽离婚的事，就故意做套，怀上了他的孩子，现在是整天拿着肚子里的孩子逼婚，如果他不和她结婚，她就要去纪委举报他，不仅举报他包养情人还违反计划生育政策，偷生二胎……

你要和她结婚？姚美娟冷冷地问。

如果她真去举报，我会被开除公职。

开除公职很可怕吗？我和孟林没公职一样活得好好的。姚美娟依然心存一线希望，这两年她才知道，女人一旦为人妻为人母了，那些曾经凛冽的男女原则，就坚守不太住了，虽然周大海让她痛恨，可发自内心的，她还是不希望姐姐的婚姻破产。

美娟，我四十五了。周大海艰难地说。

姚美娟知道，他言下之意就是他已经四十五了，姚美丽没工作，又刚生了儿子，女儿在读高中……他丢得起公职吗？

姚美娟的眼泪唰地就滚了下来，因为绝望，她不得不承认，周大海说的是事实，可是一想到他要瞒着刚给他生了儿子的姐姐去娶另外一个女人，姚美娟的心上，就像横了一柄擦过冰水的刀。

周大海一再表白，当初办假离婚绝不是为了弄假成真……就算他和皮乐乐结婚也不会幸福，他不爱她，她抓住了他为了要儿子假离婚这事，又是威胁又是恐吓的，把他弄没辙了，为了保住饭碗养活老婆孩子，走这一步也是不得已的下策。

你的意思是，我还得替我姐感谢你大无畏的牺牲精神？姚美娟冷冷地说。

习惯了让别人仰自己鼻息的周大海有点儿恼羞成怒了，口气也稍稍硬了一点儿，说，我和皮乐乐说过了，我可以和她结婚，但是你姐和一双儿女的生活费我会一管到底。

姚美娟知道，再说什么都没用了，遂说，周大海，这事不用你叮嘱我也不会告诉我姐，我是人，不是畜生！

说完，转身走了。

姚美丽出院半个月后，周大海回来了，说以前带回家一份文件，要找出来用，在书房翻箱倒柜了半天，翻出两本暗红色小本本，把其中一本揣进了口袋。

等他出了门，姚美娟找出了另一本小本，是离婚证，周大海拿走了属于他的那本。

他和皮乐乐结婚去了。姚美娟知道。

出来找水喝的姚美丽看见她蹲在厨房的角落里隐忍抽泣，问怎么了。

姚美娟泪眼模糊地看着一脸懵懂的姚美丽，再也克制不住内心巨大的悲凉，猛地抱住了她，狠狠地抽泣了一声，说，我想咱爸了，我对不起他。

除了哭，她还能说点儿什么呢？什么也不能说。

10

一晃，半年过去，孟林的工程做完了，工程款结回了一大半，刨去成本，足以还完所有的债，其余工程款再结回来就是纯利润了，只是很难。

姚美娟还钱，姚美丽不要，说孟娇都七岁了，你们也该有个自己的家了。姚美娟觉得，欠着姐姐家的钱不还，也没去买房子，说不过去。姚美丽就劝她，房价就跟坐了火箭似的，年年上涨，想攒够了钱再买房你永远买不上，因为攒钱的速度永远赶不上房价上涨的速度，何况这钱还回来她也没用。

姚美娟想想也是，前几年觉得攒三十万就能买个二居室了，等她攒到三十万却发现买套一居室都不够，遂回家和孟林说了姐姐的想法，孟林生平第一次，面露惭愧地检讨了自己对姚美丽的小心眼。想着就要有自己的家了，姚美娟很开心，让他把银行卡里的钱数报出来，按着计算器噼里啪啦好一顿算，孟林就笑她，这买房法，就是照着屁股裁尿布。

姚美娟说，那是，为了尿布宽绰就去开纺织厂，那不是有钱人干的事，是二百五。没几天，她就相中一套八十多平米的二手房，装修也不错，交齐款，过了户，上任房主就交了钥匙。姚美娟花了一个礼拜的时间，把每个墙角旮旯都擦得纤尘不沾，因为一直租房住，也没多少家具，从农贸市场周围找了个靠活的小货车，家就搬完了。

看着空旷但却整洁的家，姚美娟的泪就滚了下来，从背后环着孟林的腰，抽抽搭搭地说，我们终于有家了。

孟林也感慨万千，眼睛有点潮，拍了拍她的手，什么也没说，说不出来，因为嗓子有点哽咽，这也是他自打记事以来，第一次有了自己的家。

有了自己的家，孟林奔波得就更是卖力气了，干工程的，越卖力气就越忙，越忙就越不着家，姚美娟就笑他天生漂着的命，以前没家他想要个家想得头疼，现在有家了，他反倒不着家了。

孟林就笑着说，这不是为了给她挣一个更好更大的家嘛，再说，还欠着姚美丽五十万呢，不拼行吗?

这一刻，姚美娟的幸福感，来得踏实而又地久天长。

再后来，孟林又结回了十几万工程款，姚美娟本想先还姐姐一部分，孟林却没这意思，有点儿期期艾艾地说，反正还了咱姐，她也没啥急用。

姚美娟猜到他对这笔钱是早有打算了，就有点儿不高兴，有钱却欠债不还，这不赖皮吗?可听孟林一口一个咱姐咱姐地说，她心就软了，结婚这么多年了，她头一回听孟林把咱姐叫得这么熨帖这么顺口，之前，说起姐姐，他从来都是一口一个姚美丽一口一个姚美丽，从不叫姐，除非在场合上，他才耐着性子敷衍叫两声姐姐。姚美娟就问他打算拿这钱干什么，孟林说想买辆车。

姚美娟也觉得他应该买辆车了，可又觉得买车这景，有贪图享受和虚荣的成分在里面，何况他们还欠着一屁股债没还呢，自己心理上过不去不说，也怕姚美丽不高兴，就小心翼翼地透了点儿风，没承想姚美丽也说孟林跑来跑去的，是应该买辆车，方便。

然后，孟林就花十几万买了辆国产车。提了新车，拉着她和姐姐以及孩子围着青岛市兜了一圈。一路上，姚美娟和孟林说说笑笑，姚美丽不是低头逗孩子就是呆呆地望着车窗外一言不发。姚美娟突然觉得不对，仔细想了想，周大海好长时间没回来了，以前，他至少一周回来一次，多的时候两三次，每次回来都抱着儿子亲不够，姚美丽端茶倒水地站在一边，眼巴巴地看着他。

每当看到姐姐这样的眼神，姚美娟的心，就跟刀剜一样，虽然四十多岁了，可姐姐依然是女人，无论生理还是心理上，对爱情的温暖还是有渴望的，自从假离婚到现在，据姚美娟观察，周大海就没在家过过夜。因为姚美丽蒙在鼓里，还拿周大海当丈夫看，所以，尽管姚美娟恨周大海，还是尽量制造让他俩单独在一起的机会，比如把孩子从周大海怀里抱过来，带着出门去小区的儿童乐园玩儿。

只是，每当她抱着孩子出了门，用不了多一会儿，周大海就一副火烧屁股的德行从楼道里跑出来，几次之后，姚美娟就不这么干了，因为每次回去，姐姐都满眼屈辱的泪光。

从周大海和姚美丽身上，姚美娟明白了一件事，做两口子的，只要有一个跑了心，就成了仇，在跑了心的那个眼里，眼前这个，连个异性都算不上了，就是一块散发着馊味的抹布。

周大海再回家，姚美娟就不抱着孩子出去了，因为知道，她出去，留给姐姐的不是机会，是羞辱，还有，有她和孩子在跟前，姐姐不会那么伤心，至少她可以用姚美娟和孩子在跟前很阿Q地安慰自己：不是周大海不亲近她，是家里大人孩子的好几个，不方便。

人啊，弱到支撑不住了的时候，都会千方百计地找点儿理由宽慰自己，让外人看上去是懦弱地宽恕了作恶的那个，其实，不过是想用这法子捧着自己的面子撑着自己的心，个中酸苦，只有自己知道。

11

一晃，姚美丽的儿子都一岁多了，孟林的工程也转了几个工地了，活没少干，钱却不多见。因为房产调控限购，房子卖不动了，新建成的、建到一半的楼房，灰突突地矗在那儿，活像冬天的树林刚过了一场台风。孟林像没头苍蝇似的，以前跑来奔去是为了揽工程、监工，现在是为了结账，一旦听项目部的经理在哪儿出现了，他和其他工程项目承包人就风卷残云一样地往哪儿扑。

可工程款比被狼追着的猪难追多了，更多时候，他觉得自己是匹无望的狼，追啊追啊追得都精疲力竭了，腿也快断了，前面的猪，却撒着欢不见影了。那种巨大的沮丧，一次又一次地袭击了他，把他袭击进了酒桌。

心头有愁的酒，总是醉得很快。

人一醉了，自控能力就差了，这谁都知道，但他更知道的一点是，所谓酒后失德，说白了，还是自己放鬼出门，而不是有鬼上身。

他和那个叫小禾的女人就是这样。

小禾是开足疗店的。那天他和其他几个项目承包人喝得醉醺醺的，决定找地方放松一下，他们说洗脚不错，拉他去，孟林起先不肯，禁不住好奇，还是去了，因为之前听说过，洗脚妹子给洗的揉的不仅是脚……

于是，他们进了小禾的足疗店，然后就打起来了。因为他们中的一个人，在小禾给按摩脚的时候，拿脚丫子去弄小禾的胸，小禾脸涨得通红，起身就走，却被那人一把拉到了怀里，让小禾别扭捏，直接开价，小禾赏了他一嘴巴，就闹到了派出所。当然，这不过是一个龌龊的误会，谁也没受伤，民警给调停了一下，小禾却一定要调戏她的男人道歉，因为他辱没了她的人格，那人不肯，就僵持住了。孟林觉得又不是多光彩的事，在派出所这么僵着也不是办法，就替那人道了歉，让小禾原谅他酒后失德。

就这么着，他和小禾认识了，经常去小禾店里坐坐，坐着坐着，小禾的眼神就不太对了，水汪汪的，像含了好多话要直接流淌到他脸上……弄得孟林都不敢看她了，突然有那么一天，小禾说，孟大哥，你和他们不一样。

孟林说怎么不一样？话还没说完，小禾就坐到了他怀里，那是个夏天，小禾肉肉的、软软的、富有弹性的屁股落在他大腿上，他就觉得轰的一声，心爆炸了，裤子里有枚火箭也轰的直冲云霄，然后，他们什么也没说，几乎是迫不及待地相互拥抱亲吻，再然后，他们的身体在最短时间内达成了最完美的对接，一瞬间，孟林觉得自己上了天堂，他几乎跟个白痴一样地看着小禾，他怎么也搞不明白，这个娇小的小禾，怎么会让牛高马大的他滋生出要死在她身体里的念头呢？

从那以后，孟林就很少回家了。

他和姚美娟说很忙。

他也知道了姚美娟给姚美丽帮忙是有工资的，有点儿不舒服，尽管他明白姚美丽给钱，是不想欠姚美娟的情，可在孟林的感觉里，姚美丽这是拿着钱把姚美娟欺负了，把她从一个穷是穷了点儿，但人格至少是平等的亲妹妹欺负成了保姆，然后呢，他这个做丈夫的尊严，也被调戏了。

他和姚美娟吵了一架，咄咄逼人地寸步不让，把姚美娟吵哭了，他甩门走人，半个月没回来，现在，他无比愿意和姚美娟吵架，一吵就冷战，一冷战他就可以十天半个月地睡在小禾那里。当然，他也愧疚，觉得对不起姚美娟，也想过和小禾分手，可一碰小禾，哪怕只是碰到了她的目光，什么愧疚，全都做了鸟兽散，这会儿，他才明白了那句“有了后妈就有后爹”的老话……男人啊……有了外心的男人，就是惹鬼上身，不知不觉地，良心就丧了。

为点屁大的事就能吵得半个月不回家，姚美娟并没多想，因为以前他就经常住工地，再就是知道他结不回款烦得要命，和她吵两架泄泄火，也正常，吵吵完了，治气不回家住也正常，反正他可以住工地，以前又不是没住过。

当姚美丽问孟林为什么经常不回家时，姚美娟就这么说。

姚美丽觉得不对，说，美娟你别大意了。

姚美娟觉得姐姐杞人忧天，就她和孟林同甘共苦的感情，岂能是吵两场架就能吵碎了的。

可姚美丽提醒得不厌其烦，把姚美娟都提醒恼了，恨不能说姐，有这精力你就别操心我了，先操心操心你自己吧。

但她还是忍住了。

有天，她和姐姐一起回了趟娘家，嫂子也斜鼻子歪眼地看着她，问她和孟林最近怎么样，姚美娟就有点怒了，觉得姐姐太多嘴，提醒了自己还不够，都搬弄到娘家了，遂没好气地说挺好。

嫂子也没拐弯，直接就说别是自我感觉良好就行，她娘家兄弟看见孟林了，车里兜了个狐狸精。

不知为什么，姚美娟一下子就恼了，嗓门尖尖地冲嫂子喊，你们这是干吗呢？一个个的就这么巴望着孟林出轨？你们抓他现形了还是怎么着？

谁也没想到姚美娟会有这么大反应，嫂子觉得她狗咬吕洞宾，恼了，说，姚美娟，我好心好意提醒你，怎么成巴望着你男人出轨了？巴望他出轨是能巴望出金子来还是能巴望出银子来？啊？好心当驴肝肺有你这当法的？

正逗鸟的哥哥就恼，吵吵什么？嫌我脑管爆得慢了是不是？

姚美娟擎着两眼泪水，怔怔地看了大家片刻，甩门而去。在街心花园找了个石凳坐下，石凳就像冰凉冰凉的吸尘器，一点点地吸走了她内心的狂躁，是的，她不得不承认，自己刚才的烦躁，并不是觉得姐姐和嫂子的一而再再而三的提醒辱没了孟林，而是最近的孟林，确实变了。

回家少了，动辄和她吵架，虽然会像以往一样给她钱，可给钱的样子让她不舒服，都是从包里掏出来，随便往哪儿一扔，起身走人。

不像丈夫揣着责任和爱意养家糊口，倒像打发不得不打发的乞丐。

对，每次都是这样。

在这个秋季的午后，姚美娟坐在街心花园的石凳上，像只悲伤的虾米一样佝偻着身子抹眼泪。

12

秋天的风又干又硬，像小而锋利的刀子在脸上豁了一下又一下，姚美娟知道再这么抹着眼泪坐下去，脸就皴了，遂起身往家走。

心意沉沉地开了门，听见卧室有声音，就下意识地喊了声，孟林！

果然是孟林。他站在衣橱前，床上已经有了几件衣服，回头看了她一眼，是的，她确定，她沉甸甸的脸和哭红的眼睛，他一定看到了。

他居然跟没看见一样，继续翻衣橱，这让姚美娟很受伤，尤其想到刚才和嫂子吵架，都是因为他，可他还没事人一样自顾自地，也不问问她为什么沉着脸，是不是心情不好……就愈加委屈了。她站到孟林身后，哀哀地看着他，只等他一回头，泪就会顺势滚出来，现在她什么都不需要，只需要孟林一个温暖的拥抱。可孟林又从衣橱拎出几件衣服，再捡起床上的，对她看也不看地就往外走，边走边说最近工地事多，回不了家。

姚美娟呆呆地看着他，喊了一嗓子，孟林——！

孟林的背影一震，好像被人打了一拳，站住，回头，有点儿慌乱地看着她。

眼泪顺着姚美娟的脸上往下淌，这要以往，孟林肯定会把手里的东西一丢，把她揽进怀里，捂着她的脸叫她小可怜，问她怎么了。

可今天孟林很不悦，甚至沉下脸，说，有事就说，你这么大声干什么？

姚美娟委屈，是的，强烈的、浓郁的、足以让她内心抽搐的委屈，她滚滚泪下地看着孟林，双肩抖动，边哭边说，孟林你吓着我了你吓着我了……她哭得那么伤心，是的，孟林看她的目光太吓人了，那么冷那么硬，好像她不是他的媳妇，而是只老鼠，那么招人讨厌，让人讨厌到恨不能抬脚踩死。

是的，孟林知道自己变了，乍和小禾好上那一阵，他不回来，是图小禾的又妖又新鲜，再就是愧疚，没脸面对姚美娟。

可只要不回家，小禾就会去找他，尽管他无数次告诉自己，不能对不起、也绝不会抛弃姚美娟，小禾再好也是玩玩的事……可不管怎么警告自己，只要一和小禾在一起，就会彻底忘了姚美娟，就算偶尔想起来，也是下意识地拿小禾和她对比，年轻的、白嫩滑润的、紧致而有弹性的小禾，岂是憔黄的、松弛的、因年龄问题已有了轻微口臭的姚美娟能比得赢的？

所以，他是那么热衷于告诉自己，不回家因为没脸，这显得他很有良心，也还是要些颜面的……于是，不回家就心安理得了起来，其实，再仔细琢磨琢磨，什么没脸回家？不过是打着良心难安的幌子睡小禾罢了，不回家才能把小禾一睡一个通宵，一睡一个神魂颠倒，和小禾在一起的夜晚，他癫狂而惶恐，总惶恐着这是最后一夜了，之后，小禾就要属于别人了，早晚的事，小禾要给其他男人做老婆，生孩子。

一想这些，他的心，就像被点燃了一吨TNT。他也和小禾这么说，说他和姚美娟的故事，说当年的不容易，所以，他和姚美娟离不了婚，不是姚美娟会赖着他不撒手，是他开不了口，就像当年他的老板，可他又没老板那么不讲良心，让小禾没名没分地跟他瞎混一辈子，他请小禾不要来找他了，该干啥干啥去，他什么也给不了，他这么说的时候，小禾蛇一样盘在他身上，什么也不说，就捧着他的脸，吻他亲他，从头发到脸到唇到脖子到身子，把眼泪抹得他满身都是，但她不哭，这个女人，她把眼泪弄得他满身都是，像大汗淋漓似的也不哭……他的心，就碎了，他受不了女人只淌眼泪却不哭，他就去抱她狠狠地亲他吻她，要命地干她，他想把她干死了，给她偿命他也认了，可这个小巧的小禾真结实啊，她的尖叫能把天空划破，把夜色撕烂，她的身子却还是囫囵的。

小禾说，孟林我要嫁给你。

孟林不说话。

小禾也不再说别的，起身收拾干净了，就走了，像来无影去无踪的田螺姑娘，天一亮，她走了，下个夜晚来临不久，她又来了。

她不逼他离婚，每次孟林从她身子里撤出来的时候，她就把那句话再重复一遍：孟林我要嫁给你。

听了很多遍了，孟林不说话，心，却已举起了白旗，只是，他知道他不是一个人，只有他举白旗是没用的，所以，他什么都不能说。

在什么都不能说的时候，孟林就想，不提离婚，先从姚美娟的生活中撤退，不说理由，于是，他回来拿衣服，趁姚美娟不在的时候，因为他怕她问为什么要拿衣服，再忙回家换趟衣服的时间总有吧？

姚美娟爱他爱得很细致，从多少年前就这样。

此刻，面对两眼泪花的姚美娟，惭愧像把火，炙烤着孟林的心，他只想快一点逃开，姚美娟无辜到无助的目光，让他……如果他是个知道真相的旁观者，他一定片刻也不犹豫地把这个叫孟林的王八蛋按进榨汁机榨了！

姚美娟泪眼婆娑地叫了声孟林，扶着沙发扶手慢慢坐下，说，孟林，我心情不好，你陪我说会儿话。其实，她很想问孟林，嫂子她们说你有外遇了，是真的吗？却问不出口，因为害怕，孟林冰冷的眼神让她害怕，怕这一问，就是万劫不复。

她听见孟林把钥匙扔到了茶几上。然后是拖凳子的声音。

孟林拖了把凳子，坐在离她两米远的地方，他身后就是房子外墙，如果可以，他是不是会坐得离她更远？

她错愕地看着他，好像在问，你很讨厌我是吗？

孟林艰难地低下了头，她突然意识到自己一脸的眼泪甚至还有鼻涕，再加上张着的嘴巴，看上去一定是又蠢又狼狈，难看无比……所以，她猛地伸手，捂住了嘴巴，只剩了一双惊恐中带着疑问的眼睛，透过泪光看着这个男人。

她看见他艰难地张了张嘴，又合上了。

她觉得自己应该说点儿什么了，就抽泣着说，她们说……她们说……

翻来覆去地重复了好几次，后面的话，无论如何也吐不出来，好像一旦说出来，就会辱没了孟林的一片真情。

孟林似乎有些不耐了，说，别她们说了。

瞬间，家安静了下来，仿佛，整个世界都静止了。

孟林从口袋里摸出一盒烟，掏出一支，咬上，他眯着一只眼浑身上下找火机的样子让姚美娟有点儿害怕，好像他要点的不是烟，是汽油，他点烟的时候，火机的咔嗒声分外的响亮，像枚暴掉的手雷，在姚美娟的脑海里轰轰地响着，她呆呆地看着他抽了两口烟，才喃喃问，你什么意思？

她们说的都是真的。说完，孟林一把捞起搭在沙发扶手上的衣服，起身往外走。

你说啥？！孟林……你把话说完！姚美娟的心，恐惧成了一个巨大的山洞，好像屁股下按着弹簧一样从沙发上跳起来，扑上去，薅住了他手里的衣服，说，你跟我把话说完，她们说的什么是真的？

孟林扭头看着她，说，我已经说了。

你说了什么？

他们说的什么我想说的就是什么。说着，孟林用力拽了拽衣服，说，撒手，我忙着呢。

她们说你有外遇了。姚美娟带着哭腔说。

这一刻，她是多么的怀念孟林常用的嗤之以鼻的表情啊，她甚至希望甚至渴望孟林接着她这句话，嗤之以鼻说她们胡说八道，你也信啊？

以前，每当外界有不利于他的传闻时，他就会这么驳斥她。

可今天没有，他只是又拽了拽手里的衣服，说，我很忙。

眼泪一大颗一大颗地从姚美娟的眼里跳了出来，勇猛地奔向了水泥地板，多像她的心啊，就这么无声地、哀哀地碎了，她哀哀地看着孟林，他索性松了手，只身出去，砰的一声关上了门，是的，嫂子和姐姐没诬蔑他，孟林有外遇了，他连个谎都不愿意撒地承认了。

姚美娟没去追，像泥塑一样地站在那儿，觉得全身冰凉，血液像一些逃奔的兔子一样轰隆隆地奔跑在身体里……不知过了多久，她挪了一下脚，腿是麻木的，没挪动，她扶着墙，一寸一寸地挪到镜子前，看着镜子里的自己，消瘦而蜡黄的脸，双眼空洞，没有泪。

她第一次发现，自己真的老了，眼角有了细密的皱纹，脖子上也有了昭示年龄的颈纹，她摸了摸脸，冰凉，最后扇了自己一巴掌，喃喃说，真丑。

她打了一下又一下，越打越快，边打边骂，姚美娟，你真丑！姚美娟，你丑死了！

13

傍晚，她去接孟娇，孟娇看着她有点害怕，问她怎么了。姚美娟说，妈妈太瘦了，瘦得那么难看，想把自己打肿打漂亮点儿。

孟娇一下子就哭了，摇着她的手说她害怕。

姚美娟问她怕什么。

孟娇说姚美娟的样子像故事里的幽灵，很吓人。

姚美娟噢了一下，站住了，看着街边橱窗里的自己，确实，像有呼吸的幽灵，眼神空洞，目光僵直，她蹲下来，额头抵在孟娇额上，闭上眼晃了晃，说，妈妈真蠢，妈妈以为扮幽灵你会开心呢。

孟娇抽抽搭搭地哭着说她不喜欢，一点儿也不喜欢。

姚美娟用力点了一下头，说，那……妈妈以后就不扮了。

走到菜市场附近的时候，孟娇摇了摇她的手，说，中午有个同学没吃学校的午饭，偷偷跑出去吃米粉了。见她没反应，就仰着头，问，妈妈，米粉是什么做的?

大米。

可大米只能做成米饭啊。七岁的孟娇很认真，她搞不明白一粒粒的大米和长长的米粉之间有什么关系。

把大米磨成面粉就可以做成米粉了。姚美娟说得面无表情，她知道，孟娇这么关心米粉，是想吃了，就默默地领着她往前走，再往前走五十米，往左一拐，有家米粉店，她打算领孟娇去吃，不管她有多少愤怒和绝望，还是小孩子的孟娇只晓得喜欢玩具爱垃圾零食，不晓得爱情更不晓得愁苦，她还晓得到时间就会饿，饿了就要吃，没得吃她就不快乐。

领着孟娇进了米粉店，要了一碗米粉。姚美娟看窗外，车子、行人，像无声电影一样在眼前安静地流淌，以至于米粉上了桌都没看见，孟娇很乖巧地说，妈妈，米粉来了。

姚美娟抽了双一次性筷子，劈开，磨了磨，递给女儿，说，吃吧，妈妈不喜欢吃米粉。

孟娇深信不疑，虽然饿了，却依然吃得很淑女，这是姚美娟严格调教出来的，虽然过了三十几年的清苦日子，可姚美娟最瞧不上猴急粗莽的吃相，打小她就教育孟娇，人可以穷，但不可以穷出贱相来。

可是，在这个深秋的黄昏，回想和孟林十年的婚姻，她就恍惚了。这些年来，她自觉活得穷且有节，可在嫂子那里不也一口一个贱字地讥讽她吗？虽然这贱指的是她对孟林，可不管咋说，终还是逃不过一贱字不是？姚美娟想啊想啊，想得脑壳都疼了，才突然地一个激灵：和孟林外遇的女人，到底是个啥样的狐狸精啊？

这念头一闪，全身的肌肉，就跟打了鸡血似的，亢奋了起来，恨不能现在就冲过去，把那个狐狸精揪过来，一字一顿地质问她到底有没有廉耻，再然后，她要声泪俱下地控诉孟林，控诉他的寡恩薄义，当年，为了嫁他，她不顾亲情地突破重围，无怨无悔地跟着他过苦日子，他不仅没给她福报，却还往她心上捅刀，孟林！你是人吗？

如果孟林还是个人，就一定会惭愧难当，那个狐狸精但凡通点人性，就会惭愧得恨不能遁地而逃，到时候，她不会把他们往死胡同里逼，只要那个狐狸精答应不再纠缠孟林，只要孟林答应回家和她好好过日子，她就得饶人处且饶人，为了孩子，哪怕是忍着刀头上舔血的疼，也得把这口窝囊气咽了……

如果那个狐狸精打算不要脸到底，孟林也打算彻底没了良心呢？从二十三岁的夏天认识了孟林，从他第一次吻了她，除了想给孟林当老婆，她就没想过别的，哪怕她遇到的不是孟林，是其他男人，她也会这样，她曾经想过，自己这辈子就像哭着喊着要给爱情殉葬的小动物，嫁给孟林就是找到了墓坑，一跟头扎进去就没出来的打算。

对，去找孟林，哪怕是死，还要死个明白呢，姐姐就是例子，只要女人一糊涂，男人就要骑到脖子上欺负。姚美丽要复婚，周大海一句不复婚我也是俩孩子的亲爹，何必非要那道手续？姚美丽就像个撒了一顿娇没讨到糖的孩子一样，讪讪地没词了，周大海就更得意了。

她不是姚美丽，到底是孟林鬼迷心窍呢，还是被狐狸精缠上了，她一定要弄个水落石出。

主意一定，等孟娇吃完米粉，就把她送到了姐姐家，怕姐姐会问，自己又不想茫然回答，就没敢上去，目送孟娇进了楼梯，就匆忙转身往外走。现在，她像所有被辜负得一塌糊涂的女人一样，一刻也等不得，要揪出真相，扳回败局。

14

这片新工地孟林和她说过，她要来看，孟林说又是灰尘又是土，没啥好看的，没让来。现在想，孟林不让来不是这里环境不好，而是有不想让她知道的秘密。

树上的叶子和路边的青草暗淡地黄着，让这凌乱的郊区显出些萧瑟的况味来，姚美娟问了几个骑摩托的农民，就顺着土路深一脚浅一脚地往小区走。

等走到时，天已黑了下来，工地上零星亮着几盏光秃秃的节能灯泡，显示这一带有人烟。小区一共十二栋高层，孟林的活就是给这十二栋高层安塑钢窗。不远处有几排两层的简易工棚，姚美娟摸索着往那边去，离着还有十几米呢，就听有人吆喝，谁？吓了她一跳，定下神，才说，我。

一听是女声，对方的警惕放松了不少，甚至还夹杂着几声戏谑的哈哈，然后就扑通扑通地有几个人跑过来，打量着她，意味深长地问多少钱，姚美娟脸上一阵滚烫，知道工人们把她当送上门的卖笑人了，就带了些嫌恶，说，我来找孟林。

就有人调侃说，嗬——！还专挑领导啊。

又有人说，人家孟经理有白白嫩嫩的小禾搂着，还用得着花钱找女人了啊。说着就上来拉姚美娟，让她报个数。

屈辱的眼泪噌地就蹦了出来，姚美娟喝了一嗓子，拿开你的脏手，我是孟林的老婆！

昏暗的工地上就安静了下来，那群男人面面相觑片刻，三三两两地散开了。

愤懑和羞辱像巨大的黑布，兜头就蒙了上来，在这黑漆漆的荒夜里，姚美娟再也顾不上女人的矜持，坐在一堆石棉瓦上，滔滔大哭，是的，她一步步逼近了一个想都没想过的真相，那个发誓要疼她爱她一辈子的孟林有外遇了，他不住工地，肯定是和那个叫小禾的女人住在一起。

不知哭了多久，她听到身边有人咳嗽，是熟悉的声音，然后是熟悉的香烟味，是的，是孟林，肯定是有人给他打了电话。

昏暗中，抽着烟的孟林转来转去，一副难以启齿的样子。

姚美娟就手抓起身边的石头砖头泥巴就往他身上扔，孟林不躲也不闪，任她扔任她砸，扔着扔着，她就停了下来，因为觉得孟林一副你愿打我愿挨的样子，其实是在给她一个出气的机会，也是赎自己内心的罪。

不，她不能让他有赎罪的机会，他是她这辈子的罪人，一辈子都甭想卸下这枷锁！她站起来，扑上去，抱着他的腰，哭着喊着说，你跟我回家回家……

她哭得撕心裂肺，像看见了死神的母狼一样嚎哭着。

天空像块乏弱的布帛，被她的哭声撕碎了。在那个夜晚，除了她的哭声，整个世界都不存在了，她感觉到孟林的胳膊轻轻搭到她的腰上，揽着她，拍了两下，她的心，就更疼了，疼得她很幸福，幸福得恨不能现在就死去，因为这至少是在他的疼爱里死掉的，至于以后会怎么狼狈，她再也不需要面对了。

可是，她的命多贱呀，死不掉，还活着，她被孟林揽着出了小区，塞进了车里，在哭得昏天黑地中，被拉回了市区的家。

进了家门，她才突然想起来，她还没见着那个狐狸精呢，她挣开了孟林，转身往外走。

孟林一把抱住她，问，你干吗？

我要把那个不要脸的小禾撕烂了！

孟林愣了一下，问，小禾？你怎么知道……

我怎么知道？姚美娟咬牙切齿地说道，对，我知道，我什么都知道，我还知道她骚包！认识她的男人都知道！因为她是个千人骑万人压的臭婊子！

话音未落，姚美娟挨了一巴掌，她捂着脸，看着面目狰狞的孟林，说，孟林？你打我？你为了一个臭不要脸的婊子打我？说着，一脑袋就撞进了孟林怀里，一直一直把他抵到了墙上，喊，你杀了我吧！孟林，你杀了我，你这样还不如杀了我，我死了都比现在好受……

姚美娟说的是真心话，现在，她宁肯自己已经死了。

可孟林不肯杀她，因为杀人犯法，得去坐牢，坐牢就见不着小禾了，既然杀了人就见不着小禾了他还杀哪门子人？

姚美娟好像把脑袋当成了钻头，要钻进他的胸膛一样地抵住了他，顶得他的肋骨都快断掉了，可他得忍着疼，不能再打她，他为刚才的那一巴掌懊悔不已，懊悔得他啪啪地抽着自己耳刮子，说，姚美娟，美娟，我错了，我混蛋。

姚美娟就不顶他了，抬起一张泪脸，她像一个狼狈的战士，已是弹尽粮绝，敌人却在步步紧逼，突然间又发现了援兵，她死死地抓着他的胳膊，说，你真知道错了？

孟林知道自己表达错了，姚美娟也领会错了。

刚才那句我错了，其实是为打她那巴掌而说的，却被姚美娟理解成了出轨的忏悔，他推着姚美娟坐在沙发上，自己拖了把凳子，坐的距离和格局，和下午一样。

姚美娟嘤嘤哭着，说，孟林，除了你，我什么都没有。

孟林点了一根烟。

姚美娟也不看他，还是边哭边说，当初她从男人堆里挑了孟林，不光是因为他帅，而是觉得他苦孩子出身，知道惜福，做不出混账事来……在这个世界上，她可以什么都不相信，唯独相信孟林的品质，他现在变成这样，一定是被人带坏了，对，她知道的，工地上其他工程老板经常拉着他出去喝酒胡闹，一定是他们把他带坏了。

孟林皱了皱眉头，他觉得姚美娟的说法简直荒唐，好像他原本是块洁白的布，结果呢，一不小心被居心叵测的人给拽到染缸里了。这要是往前退十年，他会假惺惺地顺应她的说法，因为这至少说明他本质是好的，可现在，孟林觉得，这说法显得他很愚蠢，他一生龙活虎的大男人，怎么可能随便谁一拽就往染缸里跳？他弱智啊他？

但，他皱了皱眉头，没反驳她。

姚美娟边哭边说，情绪已经没先前激烈了，平静了的她也感觉到了自己的荒唐可怜，像因爱而卑贱的妈妈，在拼命劝说叛逆的儿子别离家出走，他所有错事，她都可以原谅。

她的眼肿得像六月的水蜜桃，中间被劈了一条缝，她从缝隙里看着他，问，你为什么不说话？

我听你说。手机在孟林口袋里响了，是小禾的，他给小禾的来电设置了专门的铃声，他没接，手伸到口袋里悄悄挂断了。

姚美娟警觉地看着他，说，为啥不接？

不想。

是那个不要脸的吧？

孟林看了她一眼，带了些嫌恶，没吭声。

姚美娟一脸的不屑，说，听工人说她的口气就不是个好东西！

孟林瞪着她，刹那间，他又有了打人的冲动，使劲攥了攥拳头，忍住了，是的，小禾名声不好，因为她是开足疗店的。

我了解你，一定是她死皮赖脸缠上你了，是不是？她看上你什么了？把你当有钱人了吧？姚美娟愤愤地说，她早不爱晚不爱，偏偏在你看上去人五人六像个老板的时候才爱你，你穷得吃了上顿没下顿、洗了内裤就只能光着屁股穿牛仔裤的时候，她哪儿去了？

孟林想反驳她，可看着她那张悲愤到肿胀的脸，又咽了回去。

他不说话，姚美娟就认为自己推断得正确，已打动孟林，继续往下说的欲望就更强烈了，而且越说越悲愤，越说越来劲，说得嘴角都泛白了。孟林始终不说话，只觉得整个脑袋都嗡嗡作响，是的，他一点儿也不想推卸责任，也承认是他忘恩负义了。

当年他也是爱姚美娟的，爱得把命给她都行，可不知从什么时候起，他的心，像个因为诞生要离开母体的婴儿一样，悄无声息地离开了她，再也回不去了。

现在，他宁肯走在街上随时被人吐唾沫，宁肯被人见人揍，心也回不到姚美娟这里了。

他默默地拿起了茶几上的水果刀。

姚美娟吓了一跳，下意识地捂上嘴。

孟林把刀子颠倒过来，刀刃和刀尖冲着自己，刀柄冲着姚美娟，放到她跟前，说，如果你想，就杀了我吧，我不恨你，我可以提前写好遗书，说我是自杀。说着，把刀子塞进了她手里，说，我是认真的。

你宁肯死也不愿意和我过日子？

孟林艰难地说，我这么操蛋的人，配不上你。

我操你妈！孟林，我操你祖宗！我用不着你这么抬举我，你他妈的想死还得拉我做垫背啊，想死很简单，咱家七楼，你拉开窗户，脑袋朝下扎！说着，姚美娟起身，唰地拉开了窗户，说，你跳吧，我要拉你一下，我就不是姚美娟！

姚美娟不信他会去死，自己这个眼瞅着就要成为弃妇的悲惨人还没一哭二闹三上吊呢，他倒闹起妖来了。

孟林真的站了起来，走到窗前，连一秒也没犹豫就往窗上爬，他真的活够了，他离不开小禾也给不了小禾婚姻，看着可怜巴巴的小禾他觉得自己是个罪人，回到家看着为他葬送青春变成黄脸婆的姚美娟还觉得自己是个罪人，这种处处负罪良心被刀尖戳着的日子他真的过够了，还不如一了百了呢。

他的勇敢赴死，真把姚美娟吓坏了，一把就抱住了他的一条腿，连拖带拉地把他拽下窗户，然后，她趴在地板上，死死抱着孟林的一条腿，号啕大哭。

天蒙蒙亮的时候，孟林蹲下来伏在她耳边，说，你想要什么我都给。

除了婚姻，他什么都可以给姚美娟，可除了婚姻，姚美娟什么都不想要。

一个人在爱着的婚姻，就像背道而驰的战马，所有的努力，都只剩徒增疼痛。姚美娟松了手，不松也没用。她想，或许，这是最后一次道别了，她想让自己体面点儿，就坐了起来，理了理鬓角的头发，刚想跟孟林说，你把我拉起来。获得了自由的孟林像挣脱了绳索的囚徒，噌地就蹿出了门去。

真没有良心，他也不担心悲愤欲绝的老婆会想不开，做出傻事。姚美娟兀自微微地摇着头，叹了口气，知道孟林不爱她了，像把一滴水甩回大海一样地不爱了。

想到这里，她感觉心里有个自己，慢慢爬了起来，站了起来，那个自己矜持极了，她再也不会为孟林伤心。

15

姚美娟和小禾之间的战争还没开始就结束了。

姚美娟给孟林打电话，想约他回来好好谈谈，把婚离了。

她这么说的时候，谁都不信，那个爱孟林爱得都要发疯，恨不能把自己打成肉松喂给孟林的姚美娟，怎么可能主动提出离婚？而且是在知道孟林有外遇了的情况下离婚？她应该死缠烂打，应该苦苦哀求甚至一哭二闹三上吊……

所有人都怀疑这是姚美娟的策略，把孟林骗现身的策略。因为从那天之后，孟林就躲着她，工地上找不到，电话不接，短信不回。

孟林也这么觉得，她怎么轻易就放过他呢？还有她娘家人，不把他生吞活剥就算烧高香了，他对劝他接电话的小禾这么说：绝对是个阴谋。

怕姚美娟去工地找他，他不敢在工地上待，大家就开他的荤玩笑，说他的脑袋让小禾的大腿夹坏了，要不然，咋能豁上啥家产都不要也得和老婆把婚离了？女人嘛，娶回来了，就是进了锅的肉，烂也得烂在锅里，反正也不耽误他在外面打野食，何必非要为了换块肉吃把锅也扔了呢？有人这么劝孟林。

孟林有时候不吭声，有时候会说不离良心受不了。

呸！说完这话，孟林会呸自己一口，但他没撒谎，确实，不离良心受不了。不离小禾也会跟着他，可看着小禾可怜巴巴的样子，他会良心不安；不离就要按时候回家，想着姚美娟怨妇一样地眼泪鼻涕，他还会良心不安，既然不管怎么着都是良心不安，不如离了吧，至少在小禾这头他的良心就安了，至于姚美娟那头，反正离了就见不着了，见不着她，他也就用不着一次又一次地惭愧了。

他给小禾喂安心丸说，他离婚是离定了，但姚美娟不会轻易放过他，所以，现在最有效的办法就是不见她，让她拿他没办法，时间长了，她就死心了，一切也就好办了。

没辙的姚美娟还是每天给孟林发一个短信，让他回来办离婚。姚美丽就训斥她，说，不回来你就让他在外面野着！那女人不是想登堂入室嘛，你就不给腾地方！

可姚美娟不想这样，觉得她和孟林的婚姻，像撒了毒药的沼泽，从孟林把刀子递给她的那一瞬起，她就一刻也不想在那婚姻里待了，是的，她不否认自己还爱着孟林，可是，关于爱情的贱，她再也不想对孟林犯了，否则，她会瞧不起自己。

他还欠我钱呢！姚美丽说。

他说了，他会还的。姚美娟说。

他的话你还信？当年他也说过要对你好一辈子呢！姚美丽气咻咻地看着她。

姚美娟的反应，好像冷不丁心被人捅了一烙铁，疼得一下子就愣住了，眼睛干涩干涩地疼，一滴泪也没有，就那么怔怔地看着姚美丽。

姚美丽也被自己的恶毒吓着了，待了片刻才说，我不是故意的。

两人谁都没说话，过了好半天，姚美丽又说，周大海把我骗了，他和别人结婚了，又生了个女儿，比我儿子小五个月，荒唐吧？

说完，姚美丽就那么直直地看着她，脸上既无悲伤也没愤怒，就好像在告诉邻居，昨天的大风把她晒在外面的一件旧衣服刮走了。

姚美娟的脑子转得飞快，在想她这是猜呢还是想从自己这里证实点儿什么？

姚美丽依然平静得很，说，吃惊吧？

姚美娟的眼泪一下子就掉了下来，说，姐，我早就知道了。姚美丽噢了一下，很轻，好像不相信一个好孩子会干坏事似的，说，你早就知道了？

姚美娟点着头，把她生孩子那天，皮乐乐跑到医院把逼婚的前前后后说了一遍，然后问姚美丽怎么知道的。姚美丽说在复婚这事上，周大海老搪塞她，就起了疑心，问了几个人，就打听出来了，据说皮乐乐得了产后抑郁症，把周大海折腾得够呛。

报应。姚美丽轻轻地说，甚至还笑了一下，微微地，她眼睛明晃晃的，亮得像玻璃，说，美娟，你是不是瞧不起我？

我干吗要瞧不起你？你是我姐，我要瞧不起也是瞧不起周大海瞧不起皮乐乐瞧不起孟林，我怎么会瞧不起你，你多好啊，你好得都无辜了……姚美娟说着说着嗓子就发不出声了，她太了解姚美丽了，做了十几年老师，被人尊敬惯了，自尊心不是一般的强，可就现在，就因为她做了男人的老婆，就因为那个男人混账，她不得不把自尊像扔一件过时的衣服一样扔掉。

当时，姚美丽没想到假离婚会弄假成真，在家产上一点儿都没防备，也就是说，除了这套房子和借给孟林的五十万，其他财产全在周大海名下，等她知道真相的时候，已经过了申请离婚财产重新分割的期限，而且，她已知道周大海再婚的事，也不想让周大海知道。

为什么？姚美娟问。

我是那种知道他和别人结婚了还死皮赖脸地让他养活我的人吗？可是——！不让他养活我怎么办？说着说着姚美丽就再也控制不住，悲从中来，喊道，我——！一个四十三岁的中年女人，没有工作！有一个读高中的女儿，一个刚刚断奶的儿子！你让我怎么活！

看着歇斯底里的姐姐，姚美娟犹如万箭攒心，是的，她知道姐姐心里苦，她也恨周大海，可，再恨他也是她俩孩子的爸爸，恨也换不来面包换不来牛奶换不成物业费换不成电费……

16

姚美娟想卖房，卖房还姚美丽的钱。

她去房产中介打听过了，房价又涨了不少，她花八十多万买的房，现在涨到了一百二十多万，把姐姐的钱还了，还剩不少，她和孟林分了，她拿着属于她的那份，和姐姐合伙做生意去，姐姐有了钱，就不用忍辱含垢地和周大海演戏了，她呢，攒两年钱，再买套一居室，就够她和孟娇住的了，多好。

这么想着，就去中介把房挂上了，她没和姚美丽说，怕告诉了，她横拦竖挡的，房就卖不成了。过了两个多月，有人看好了要买，可房产证在孟林名下，本人不到场过不了户。

姚美娟给孟林打了几个电话，他还是不接，就发短信，说要卖房还姐姐的账，和他把剩下的钱分了就办离婚。

孟林把短信给小禾看，小禾笑得花枝乱颤，说笑死了，见过老公提出离婚老婆一哭二闹三上吊的，就没见过用这么笨拙的办法挽回老公的心的，姚美娟是不是心灵鸡汤文章看多了呀？

孟林也觉得好笑，就给姚美娟回了个短信，说别闹了，房子归你了，卖什么卖，等过两年我回去和你办手续。他早就和小禾说过，因为欠姚美娟太多，离婚的话得净身出户，小禾虽有意见，可看见孟林为她抛妻弃女的份上，就认了。

很快，姚美娟的短信又回来了，说不是闹，是真的，就等他回来签卖房合同过户了，还发来了买房人的手机号，要他自己打电话核实真假。

孟林又给小禾看，小禾拿她的手机拨上姚美娟给的手机号，也没说房子，张口就给冷嘲热讽了一顿，说这是孟林和姚美娟的感情，局外人别跟着瞎掺和。

对方给说得莫名其妙的，还没反应过来，小禾已挂了。

孟林问那边说什么了，小禾撒谎说那人让她说得不好意思了，说是姚美娟求到他这儿了，不好意思不帮。

孟林噢了一声，信了。因为小禾，他彻底知道了爱屋及乌，比如，爱小禾，连小禾的脚气都是喜欢的，觉得小禾有脚气他却没有，简直是脚气对他的蔑视，不行，他一定要得上，好知道他亲爱的小禾脚气发作能痒到何等不耐以便心疼她。于是，他天天把大脚往小禾拖鞋里挤、往她脚丫子上摩挲，终于成功地得了脚气，为此，他带小禾去吃烧烤庆祝了一番。

买房子的人催着签合同过户，姚美娟没辙，只好去工地、去他常去的地方、找他要好的朋友，甚至还去了老板家，老板不在，老板娘吃惊地问，你找他就是为了早点儿和他离婚？

姚美娟说，啊。

老板娘不屑了，说她如果不是和她耍心眼没说实话就是傻，离什么离？把他们往死里耗！

姚美娟说真不是耍心眼，以前她跟孟林犯贱，那是孟林心里有她，贱怎么犯都值，现在孟林心里装着别人，她要再贱，就是真贱了。

老板娘就像给人抽了一巴掌，悻悻地说，孟林这小子现在翅膀硬了，早就不上我们家来了，我上哪儿知道他的准信？

那阵子，认识孟林的人都知道，他老婆正满世界找他，都恨不能挖地三尺了，只是，他们都和孟林一样，以为姚美娟找他是为了押他回家的，什么卖了房子办离婚，简直是鬼都不信的烂理由。

最后，孟林还是周大海帮忙找到的。有天他回家看孩子，听见姚美娟正给孟林的一朋友打电话，就上了心，遂要了孟林的手机号，动用了一点儿职务之便，不一会儿就查到了他和小禾同居的房子，发短信告诉了姚美娟。

姚美娟回了谢谢俩字，但没去找孟林，先回家起草了离婚协议，又上街打印出来，既然孟林认为找他是为了纠缠不休，那么，她还是先给他吃个定心丸吧。她不喜欢被人防着，挺龌龊的感觉，因为知道，人的心里只要起了提防，被提防的那个就形容不堪得猥琐无比……

她是和他过了十年的老婆啊，让他这么看，她会心碎。

次日一大早，她按照周大海给的地址找过去，是郊区的一栋民房，来开门的是孟林，他穿着内衣，披了条毛毯，见是姚美娟，就傻了，结结巴巴地问，你怎么来了？

还在被窝里裸着身子的小禾，连滚带爬起地起来穿衣服，警觉地看着姚美娟，姚美娟连看她都没看，仿佛她是空气，根本就不曾存在，拿了个马扎在客厅坐了，头也不抬地对孟林说，你先把衣服穿上。

孟林狼狈地噢了两声，抓过衣服三把两把穿上。

屋子里，只有孟林和小禾手忙脚乱的穿衣服声，姚美娟就觉得，胸膛里有个什么东西碎成了液体，冰凉冰凉地往地上淌啊淌啊地也淌不完，她一直低着头，突然想起了《游园惊梦》道白里的三个字：韶光贱。

原来韶光贱得不只是寂寞虚度，比寂寞虚度更悲凉的是被辜负在韶光里的相许。她在心里，轻轻地，轻轻地，叹了口气，慢慢抬头，看着满脸不自在的孟林，笑了一下，从包里拿出离婚协议，放在茶几上，往孟林跟前推了推，说，我已经签字了，你看看，没意见的话就把字签了。

孟林拿起离婚协议，看着看着，心脏就疼了，像被人揪住了一样的疼，突然地，他觉得自己浑，羞愧以前所未有的浓度袭击了他，财产分配得很公平，按说，他是过错方，姚美娟完全有理由少分给他财产，但她没有。孟林说，重写一份吧，我净身出户。

姚美娟说不了，感情这东西的珍贵之处就是不值钱，她也不打算卖。

终究，孟林还是没签字，只是陪姚美娟去了趟房产交易中心，把卖房子的手续办了。傍晚回来，小禾已不在了，把他的衣服熨烫得平平整整，叠得方方正正，码在了行李箱里，她一个字都没给他留，用一行李箱熨叠整齐的衣服告诉他，她走了，他也该回家了。

可孟林没回家。偶尔的夜里，会有小禾，她憔悴了，回来了，看着同样憔悴的他，泪流满面，彼此。在梦里。

睡不着的夜里，月亮把院子照得青光光的，他坐在这片青光光里抽烟，想心事，想如果这一切都没发生过该有多好，这一切里，到底包不包括小禾呢？他试着让自己男人一点儿，英雄一点儿，不去后悔，可是，不行。尤其是姚美娟再一次来找他的时候。

还是一大早。

他们之间隔着一张狼狈不堪的玻璃茶几，坐着，彼此平和，像多年不见的老亲戚，一颦一笑里还有些许熟悉的亲近。孟林心里有张嘴，微微张了张，又合上了，想如果姚美娟问，怎么还不回家？或者回家吧。他怎么说？

姚美娟却没这么问。小禾离开孟林后，给她发短信了，说对不起，我把孟林还给你了。她把短信翻来覆去地看了好几遍，冲旁边的空气轻轻呸了一声。

她说之所以这么早过来，是因为白天很忙。她和姚美丽合伙开了一小超市，生意不错，周大海经常贼头贼脑地溜到超市，可怜巴巴地哀求姚美丽收下儿子的抚养费，姚美丽总是接过来，一把扔到街上，然后拿着拖把逼着周大海的脚拖地，一直一直把他拖到街上，才示威似的把拖把一矗。姚美丽站在那儿的样子，很孙二娘，她不仅不要周大海的抚养费，还不让他见儿子，周大海拿她没办法，因为在法律上，儿子和他没关系。

她聊家常似的这么说着。孟林微笑着听，说着说着就没得说了，两人怔怔地看着窗外，大朵大朵的雪花，轻盈地擦着窗玻璃坠落，姚美娟喃喃地说，这雪真大啊。

是啊……这么说的时候，孟林的心，疼得空空洞洞的，想起了曾经的岁月，他曾经很疼眼前这个女人，筒子楼那么冷，他恨不能变成厚厚的被子把她裹在怀里……

他歪着头，看着她和屋子里的一切，渐渐模糊……半天，才傻呵呵地问，你找我干吗?

姚美娟像卖火柴的小女孩正憧憬着暖洋洋的壁炉和香喷喷的烤火鸡，突然被人喊醒，愣了一下，拿出离婚协议，放在茶几上，说，签了吧。

还是原来那份协议，还有一张银行卡，里面存着属于他的那份房款。

孟林点了支烟，抽了一大口，把烟从牙缝里一点点挤出来，眼就像被熏了似的，就那么眯眯地看完了一支烟，才揉了揉眼，一笔一画地签上名字。

从孟林那儿出来，姚美娟哭了，想起了十几年前见孟林，他给她的印象，和今晚一样，挺男人的。时光果然是杀猪刀，人还是那个人，印象还是那个印象，可他们，都已不是当年的自己了。

孟林输得那么倔强，她挺感动的，差点儿又犯了贱。

我没那么好运

1

何晓萌皮肤很白，细眉细眼的，笑起来很喜相，如果说她有什么缺点，那就是看人的时候，怯怯的。

很多年后，大家想起何晓萌，首先想起的，不是她的面容，而是她神情里的怯意。

好像看到了别人看不到的妖魔鬼怪。

这让她显得不伸展，紧缩。为这，做护士的妈妈凶她，开公交的爸爸罚她背壁而站，希望这种机械的训练，能从体态上改善她的气质。但是，没用。一离开墙壁，何晓萌就变回一株被太阳晒蔫了的草。

你究竟怕什么？

妈妈凶凶地质问她，她不说话，两手的指头拧在一起，拧来拧去的，好像看其中某根不顺眼，要把它生生拧断。妈妈哭着把她的手打开，开始为她的人生担忧。

不舒展的女孩子，就像花开残了，连蜜蜂蝴蝶都不爱看。

夜里，何晓萌躺在床上，想，她身体里，住着另外一个自己：肮脏、下流、淫荡。好几次做梦的时候有人把这三个词做成标签，贴在她校服上，还不让她撕，她走到哪里，别人的唾沫就吐到哪里，还有人大声问，何晓萌，你是不是爱上那个老流氓了，万一生出小孩来怎么办?

她大叫着醒来，满头满脸都是汗。

那是何晓萌十二岁的冬天。

因为忘了带钥匙，她发现身体里住着一个令她羞耻的自己。

那天放学回家，她翻遍书包也没找到钥匙，有点儿慌，想去医院找妈妈。可妈妈的医院虽然离家不算远，却没有公交直达，中间要换车，她家就在学校对面，学校统一办学生交通卡的时候，爸妈觉得她用不上，就没给她办，这样，她坐公交就只能投币。

但这周的零花钱，她已花完了。

那是个周五。

她站在楼道里，一筹莫展。冬天的风，从楼道的花墙格子呼呼灌进来，把她的肠胃都冻醒了，咕噜咕噜地叫，再过一会儿天就黑了，她可不想在黑咕隆咚的楼道里站到半夜。

爸爸妈妈都上中班，要半夜才回家。

后来，她想到了隔壁的爷爷奶奶，爸妈和他们相处得不错。尤其是妈妈，虽然只是个护士，隔壁爷爷奶奶却拿她当医生信赖，身体稍不舒服，就跑来问长问短。妈妈也竭尽所能地解答，尽管最后可能还免不了跑医院，但有妈妈这个资深护士做邻居，他们很心安，他们的儿子来拜年时也这么说过，说有爸妈这么好的邻居，他们上班上得也踏实。

何晓萌想，凭他们和妈妈这么要好，或许会收留她到爸妈下班回家，如果没这意思，就跟他们借两块钱，去医院找妈妈。

她礼貌地敲了三下门，并没人应。等了一会儿，她又敲了三下，还是没人应，在她难过得快要哭了时，门开了。

是隔壁爷爷，因为供暖很好，他穿着居家的睡衣睡裤，愣愣地把着门，看上去很警惕很恼怒，那种浸淫在冬天的温暖里被人惊扰了的恼怒。何晓萌有点儿怕，后悔自己的莽撞打扰了他，就怯怯地叫了声爷爷。

一看是她，爷爷才恍然大悟似的，换了一脸春光明媚，说晓萌啊，问她怎么了。何晓萌就说找不到钥匙了，想找他借两块钱坐公交去找妈妈。

爷爷说，大冷天的，跑什么跑？到我们家等着行了。说着，就把何晓萌拉进了他们家。

一进门，何晓萌就被温暖拥抱了个结结实实。

爷爷摘下她的书包，让她去沙发坐，又给她妈妈打了个电话，说何晓萌找不到钥匙了，在他家吃饭写作业，让妈妈放心。隔着茶几，何晓萌都能听见妈妈为隔壁爷爷收留她而感恩戴德。听到妈妈的声音，何晓萌原本有些不安的心，就安静成了一只即将入眠的兔子。

放下电话，爷爷说，写作业不急，先洗手吃饭。

说着，就推着她去卫生间，打开水龙头，旋到热水上，试了试温度，才把她的手拉过去，要帮她洗。何晓萌不好意思，说会自己洗手。爷爷说你们小孩子，自己洗不干净。说着，给她抹上了香皂，细细地把每一根手指都揉过了，才放到水龙头下冲洗干净，末了，拿起来飞快亲了一下，说小手洗得香喷喷的。

见何晓萌有点儿愣，爷爷又说，这楼上的孩子，他最喜欢何晓萌，乖巧、听话，长得也喜相，有女孩样子。

尽管只有八岁，作为女性的少女何晓萌，也醉心于别人夸自己漂亮，脸就红了。

爷爷让她去餐桌那儿坐下，他去做饭。何晓萌这才想起来，进门这么久，没看见奶奶，就问奶奶呢？

爷爷说，小欢病了，没去幼儿园，他爸妈让奶奶过去帮着照顾两天。

小欢是爷爷的孙子，五岁了，胖得小老虎似的，竟也会生病。

饭是奶奶提前做好的，爷爷简单热了一下，就端上了桌，何晓萌吃得特别香，爷爷一边吃一边笑眯眯地问学校的事。恍惚间，让何晓萌想起了去世的爷爷，以前她的爷爷也这么看着她吃饭，永远笑吟吟的，永远怕她吃不饱，可就在去年夏天，爷爷走了，那么突然，早晨还送她上学，傍晚再见就躺在医院太平间了，面容平静，躺得笔直，脸色蜡黄。何晓萌叫了几声爷爷，他一动不动，没回应。何晓萌没法接受从今往后爷爷像桌子椅子一样，无论她怎么哭喊，都无动于衷，面无表情。

妈妈抱着她，让她不要叫了，因为，爷爷再也回应不了她了。

她觉得自己的世界，被一种看不见摸不着的东西，生生劈下了一块，给扔到她看不见也到不了的地方去了，心脏的位置，好疼。后来，他们要拉爷爷去火葬场，她死死拽着冰棺，不让别人把爷爷抬走。

爸爸流着泪，把她抠在冰棺上的手指，一根一根地掰开了，她放声大哭，追着殡仪馆的车跑出去了好远，最后，被姨妈抱住了。一连好几天，她没去上学，晚上睡觉的时候，听妈妈跟姨妈打电话，忧虑地说何晓萌的童年，是在爷爷肩上扛着、手里牵着、怀里抱着的，爷爷走了，让她元气大伤。何晓萌又悄悄地掉了一会儿泪。

现在，隔壁爷爷无微不至地照顾她吃饭，让她觉得幸福，仿佛远去的爷爷，又回来了。

吃完饭，她在爷爷练书法的写字台上写作业，爷爷在一旁目光灼灼地看着，不时纠正她拿笔的姿势。爷爷活着的时候，也这样，写着写着作业，就会纠正她的坐姿，说姿势不对会变成近视眼的，她眼睛这么漂亮，戴眼镜就挡住了，多可惜。在爷爷眼里，她的五官她的皮肤她的心地，都是全天下最好的。

这么想着爷爷的时候，何晓萌的嘴角就翘起了微微的笑。

写完作业，爷爷说，晓萌累了吧？要给她捏捏肩。何晓萌说，不累，真的不累。爷爷不信，手顺着她的肩往下理，一直理到尾椎那儿。

理了一会儿，爷爷就让她上床躺着，要给她理理前面，何晓萌不好意思，说不用。爷爷还是不听，拉着她的手，把她拉到床边，几乎是推倒在床上，平摊了双手，从胸口理到大腿那儿，一下一下地，很用力，他的手越过何晓萌的胸口时，有种异样的感觉。

爷爷说，这样理理，会长大高个。

何晓萌几岁的时候，妈妈也这样理过她小小的身体，说小孩子这样理一理，身材好。所以，何晓萌并没有抗拒。

后来，爷爷又说，掀起衣服来理会更好，也没问她愿不愿意，就把她的毛衣掀上去了，干瘦的手在她胸脯上摸来摸去的，再后来，他又说，晓萌，爷爷可喜欢你了，爷爷亲亲你行不行?

何晓萌云里雾里的，不知道他要怎么亲，就没说话。爷爷就亲了她的胸脯，一直亲一直亲，亲得她的身体都酸酸地发胀了。何晓萌觉得这样不好，就说，爷爷你不要亲我了，我要撒尿。

爷爷说是吗？就要看看，何晓萌害羞，不让他看，爷爷说好孩子就要听大人的话，几乎是强行脱掉了她的裤子，看了一会儿，何晓萌脸就红了，她知道这里不能给人看，两手拽着裤子往上提，但被爷爷挡住了，他趴下去亲她，何晓萌就哭了，爷爷一边亲一边说他特别特别喜欢何晓萌，让她不要怕。

渐渐地，何晓萌就觉得身体肿胀得天崩地裂的。

差五分钟十点的时候，爷爷给她穿好了衣服，把头发也梳整齐了，说，晓萌今天的事情我们不告诉爸爸妈妈好不好?

何晓萌就知道爷爷对她干的是坏事了，但还是懵懵懂懂地点了点头。

十点半，妈妈过来把她接回了家，对爷爷谢了又谢。第二天，又买了水果，让何晓萌送去，感谢爷爷昨晚收留她。何晓萌就想起爷爷亲她时候的样子，觉得他不像好人，不肯去。被妈妈训斥了一顿，说她不懂事，说这叫礼尚往来，昨天爷爷收留了她还给她做饭吃陪她写作业，如果他们不表示感谢，是很不礼貌的。

何晓萌只好去了。

奶奶还没回来，爷爷一看见她，就两眼亮晶晶的，一手接过了水果，一手就要往家拉她。何晓萌挣扎了一下，大声说，我妈让我回家写作业!

就跑了。

爷爷看她的眼神，恋恋的，好像一匹饥饿的老狼眼睁睁看着一只肥美的兔子从眼前跑过。

从那以后，何晓萌每次放学回家，都要蹑手蹑脚地上楼梯、轻手轻脚地开门，因为经常是她刚走上楼梯，隔壁的门就开了，爷爷探出半个身子，热情地招呼她去他家写作业。

何晓萌不愿意和他说话，一看见他，就会觉得羞耻像头怪兽，从天而降。

每次，何晓萌都是手忙脚乱地开门，逃也似的躲回自己家里。

隔壁爷爷清楚地记得爸爸妈妈的排班，所以，只要何晓萌自己在家，他就会打着送水果或其他什么事来摁门铃。

只要门铃响，何晓萌就会蹑手蹑脚走到厨房，从窗户往外看看。她家厨房窗户和大门是平行着的，能看到门外，只要是隔壁爷爷，何晓萌就蹑手蹑脚回屋写作业，大气也不敢出，仿佛他会破门而入。

有一次，妈妈的同事有事，和妈妈换了夜班。

吃完晚饭，妈妈在卫生间梳洗打扮要出门上班，听见有人敲门，让何晓萌去开。

妈妈在家，何晓萌胆子就大，去开门，却发现是隔壁爷爷，托了几串葡萄，一下子就挤了进来，何晓萌吓得大叫一声，转身就往房间跑。

妈妈一边问何晓萌喊什么，一边从卫生间冲出来，和托着葡萄的爷爷撞了个满怀，葡萄滚了一地。其实，自从那次之后，在何晓萌心里，早已不再称呼他爷爷了，叫死老头。死老头显然没想到妈妈会在家，吓了一跳，讪讪地说儿子单位组织下乡摘了著名的大泽山葡萄，想送两串给何晓萌吃。

妈妈就一边谢了他，一边嘟哝着责怪何晓萌喊得跟遇见鬼了似的。死老头就替何晓萌辩解说楼道灯坏了，黑咕隆咚的，可能吓着何晓萌了。

妈妈信以为真，接过葡萄，冲里屋喊何晓萌出来谢谢爷爷。

房间里的何晓萌像睡着了一样沉静。

妈妈又说了一声这孩子，越来越没礼貌了。

死老头说姑娘大了，青春叛逆期呢。

妈妈觉得也是，第二天早晨，还在饭桌上和爸爸说，何晓萌到叛逆期了。何晓萌看了看妈妈，想说不是，可又怕妈妈问她昨晚为什么那么没礼貌，她不能说的，怕妈妈把她当成有缝的臭鸡蛋。有一次，电视上播留守女童被同村男人猥亵的新闻，妈妈就一脸鄙夷地说，苍蝇不叮无缝的蛋，这个女孩子肯定是行为不端才给了男人可乘之机。妈妈是妇科护士，见过不少十几岁就堕胎的女孩子，每次说起来，都是恨其无羞怒其不争。

如果和妈妈说了隔壁死老头对她做的事，会怎样？何晓萌不敢想象。

这是一个羞耻的秘密，像不曾停止生长的怪兽，在她身体里日渐膨胀，胀得她心慌，好像一不留意，就会管不住它，自己冒出来，给更多的人知道，她竟然让死老头耍了流氓，这实在太不知羞耻了，妈妈知道了一定会这么说，说不准还会嫌弃她丢人现眼。

她像躲悍匪一样躲避着隔壁的死老头，竟也躲不过，他经常扯出一些冠冕堂皇的理由，跑来敲门：他要写一幅中堂，让何晓萌过去帮他扯扯宣纸，他要给他们家的猫修剪指甲，眼花了，看不清怕伤了猫，让何晓萌去帮忙……

总之，都是听上去非常合理、让何晓萌的爸妈丝毫不戒备、觉得找何晓萌帮忙是找对了的各种烂事。

何晓萌不去。

爸妈很生气，觉得何晓萌有道德问题，你一言我一语地数落她。何晓萌也不分辩，被说急了，就哭。

她一哭，爸爸就心软了，说算了吧。可妈妈不行，妈妈说性格决定命运，你这么凉薄，将来很麻烦。

何晓萌后来回想，妈妈说的这个麻烦，应该是因凉薄而不被人所爱吧？她很想大声和妈妈说，你知道吗？他是个老色鬼！

随着年龄的增长，何晓萌对男人和女人之间的事，懂得更多了，尤其初中学了生理卫生之后，又在网上看了些让人面红耳赤的文章，对隔壁死老头就更憎恶了，憎恶得她都不愿意回家，因为回家难免遇上死老头，在楼下、楼梯上、楼道里，他色眯眯的笑脸，鬼魂一样存在。每次看见他，她都飞快跑掉。有一次，因为跑得急，差点儿把一个抱着孙子晒太阳的老奶奶撞倒，连歉也没顾上道，就跑回了家。

老奶奶追到家里，非说何晓萌吓着了她孙子，妈妈好一顿道歉，又搭上一箱水果才了了事，之后，妈妈痛心疾首地数落她越来越没个女孩子样了。

何晓萌却什么也不能说。

2

被死老头耍了流氓的秘密，像团发酵的面团，顽固地盘踞在何晓萌脑子里，疯狂地生长，快把她憋疯了，有一天，她实在忍不住了，告诉了冯兰兰和罗友丽，她的好朋友，从小学到初中都是同班同学。

冯兰兰和罗友丽好像听了个惊天动地、闻所未闻的故事，非要和她一起去骂死老头一顿，或者告诉他老婆，让大家都知道知道，别看他整天写毛笔字，装得像个文化人，其实是个老流氓。这可把何晓萌吓坏了，说不行，因为她不想让更多人知道这件事，尤其她爸妈，不知为什么，她总觉得这件事发生在自己身上，是给爸妈脸上抹了黑。

罗友丽都被她的逻辑气坏了，说像死老头这种道貌岸然的伪君子，就应该受到惩罚，付出代价！要不然，以后他还会欺负其他女孩子。

冯兰兰对惩罚死老头没兴趣，她最感兴趣的是何晓萌的胸比她和罗友丽的都大，是不是跟被死老头亲过有关系。罗友丽觉得肯定有关系！

也是从那个时候，何晓萌就明白了一个道理：有些事是应该烂在心里的。说出来，就有了变成灾难的可能。

有一天，放学后，罗友丽请她和冯兰兰去吃肯德基，破天荒的大方，让她们想吃什么就点什么，不用给她省钱，吃完了，又拉她们去逛街，乱七八糟的买了不少东西，何晓萌就奇怪，问罗友丽是不是捡着钱包了。罗友丽一本正经的嗯了一声。可捡着的钱包里有这么多钱，何晓萌很担心，万一失主找到她们呢？罗友丽就看着冯兰兰，诡秘地笑了。

过了好几天，冯兰兰才告诉她，罗友丽没捡钱包，钱是她打着为何晓萌伸张正义的旗号找隔壁死老头要的，也可以说是勒索来的！

何晓萌又吓又恶心，当晚就做了个梦，梦见冯兰兰和罗友丽把她的事告诉了老师，老师又告诉了警察，警察把隔壁死老头抓走了，妈妈却打了她一顿，说她是只臭鸡蛋，还有缝。

何晓萌满头大汗地醒来，特别后悔，后悔告诉她俩。

可是，说出去的话，就像泼出去的水，收不回来了。

早晨，她从妈妈钱包里偷偷拿了五十块钱，请冯兰兰和罗友丽去吃冰淇淋。她觉得必须对她们好点儿，这样，她们才不会把她的事告诉别人。

然后，她一直对她们好，她对她们无条件的好就像黏合剂，把她们三个紧紧黏合在一起，冯兰兰和罗友丽之间的感情，没有她们分别和何晓萌的感情深。

高二下学期，冯兰兰有了男朋友，听说是个列车员，长得特别帅，对冯兰兰很好。冯兰兰还大言不惭地告诉她们，她和男朋友那个了，一点儿而也不像传说中的那么痛，只流了很少一点儿血。

何晓萌听得心怦怦跳。

3

何晓萌读大一时，隔壁死老头死了。

爸妈还去参加了他的追悼会，晚上回来，听他们唏嘘隔壁死老头一辈子的公德。何晓萌就在心里冷笑，想，如果她把死老头猥亵她的事告诉他们，他们怕是恨不能返回追悼会现场冲他尸体吐唾沫吧？

何晓萌在本市读师范。冯兰兰考得不好，只能读民营大学。罗友丽说，如果她是冯兰兰，干脆上班挣钱得了，读什么民营野鸡大学？还不如技校生。

罗友丽在青岛大学读中文，很文青，喜欢泡吧，乜斜着眼睛看人，很高傲的样子。

高傲的罗友丽已经不愿意把冯兰兰当闺蜜了，经常跟何晓萌说冯兰兰的坏话，说有一天，她在街上看见冯兰兰了，和她男朋友一起，她男朋友对她一点儿也不好，自己在前面走得呼呼的，好像脚下踩着风火轮，冯兰兰跟在后面一溜小跑。

罗友丽说甜蜜的情侣不会这样子。

那会儿的罗友丽也有男朋友了，饶是这样，还有不少男生追她，被很多男生追着的罗友丽傲得很，跟何晓萌说，她就喜欢这种被很多男生追，自己却又懒得搭理的感觉，特有公主范。

还没有男朋友的何晓萌就很羡慕。

罗友丽说师范学校男生少，喜欢哪个，你要主动点儿，要不然四年大学就白读了。

罗友丽觉得大学四年学什么不重要，谈很多场恋爱很重要。

何晓萌觉得她说得对，可在男生面前，她总有莫名其妙的自卑感，好像曾经的不堪，会随着自己和对方的进一步交往而暴露无遗。只有像茧一样，深深地把自己包裹在里面，才是安全的，这让她很孤单。

有个周末，冯兰兰过生日，请她出去吃饭。以往，她们三个每逢谁生日，都是互赠个小礼物表达祝福。但这一次，冯兰兰搞得很隆重，要请大家吃饭，还在一家挺高档的饭店。

也请了罗友丽。罗友丽说家里有事，走不开，但对何晓萌说，不想和冯兰兰做朋友了，也鼓捣何晓萌不去，说冯兰兰这种读野鸡大学的人，将来也就是去商场做做服务员，和她们完全不在一个档次上，不值得交往。

何晓萌觉得罗友丽过分，毕竟，她们同学了十二年啊，在要好的十二年里，相互分享秘密，分担忧伤，一起哭过一起笑过，都成亲人了。她忧伤地看着罗友丽，也没反驳她，也知道她拉着自己疏远冯兰兰，是为了从她这里寻求认同，人嘛，做亏心事的时候，都心知肚明，希望自己的小，也能成群结队，仿佛只有这样，就成了真理掌握在大多数人手里，众口铄金就是这个道理，当无耻的势利，可以聚众，就是找到了大部队，淹没在洪流中的无耻，可以被别的无耻相互扶持扶助，自己的不堪，也就不那么显眼了。

罗友丽说大家不都这样吗？不如留着有限的精力去交往几个有价值的人。

何晓萌不想这样，也不想得罪罗友丽，就模棱两可地说看看吧。

然后，何晓萌参加了冯兰兰的生日聚会。

十几个人，除了冯兰兰的男朋友，就是冯兰兰各个时期玩得比较好的同学。吃完饭，去KTV唱歌，冯兰兰的男朋友跟着一路买单，冯兰兰好像感动坏了，从吃饭到唱歌，总是搂着男朋友的脖子又哭又笑的，她男朋友显得很不自在，一次次地把她搂在脖子上的手拿下来。

冯兰兰的男朋友叫黎波，个子很高，但不是列车员，家里养了几辆长途客车，挂靠在长途站，跑青岛至烟台线，生意很好，他的工作就是跑来跑去地协调每一辆车上的大事小情。

冯兰兰说，只要黎波没事她就翘课。何晓萌问翘课干吗。冯兰兰说做爱呀的时候和说吃饭喝水一样自然，何晓萌的脸噌地就红了。

那天晚上，冯兰兰喝醉了，黎波让何晓萌帮他送冯兰兰回家，冯兰兰不肯，要去黎波家，黎波好像有点儿烦，说，今天是周末，你不回家，你妈会问的。

醉眼蒙眬的冯兰兰说，问就问，反正她知道咱俩的事。

黎波没说话，抱起冯兰兰，塞到车后排座上，问何晓萌能不能帮他把冯兰兰送回家。

何晓萌说行。

冯兰兰躺在后排座上，很快就睡着了，嘴里喃喃着谁也听不清的话，黎波也不接茬，好像后排座上没冯兰兰这个人，或者是条狗。车开在黑黢黢的夜里，前排坐着两个半生不熟的男女，多少有点儿尴尬。

何晓萌觉得这情形，倒像是她和黎波是情侣，极有责任感地同心协力送某个酒醉的朋友回家。

车到冯兰兰家楼下，黎波把她晃醒了，让何晓萌扶着她上楼。何晓萌这才知道，黎波和冯兰兰的父母还没见过面。何晓萌很吃惊，说你们都谈好几年了。黎波很干脆，说，不想见。

隐隐地，何晓萌就觉得不好。

何晓萌把冯兰兰送回家，下楼，见黎波还站在楼下，很意外，说，你没走啊？

黎波说，我得把你送回去啊。

何晓萌想说不用，可一看表，都十二点多了，就没再拒绝。一路上，没人说话，气氛安静得尴尬，车到何晓萌家楼下了，她正要下车，黎波却一把抓住了她的胳膊，说，何晓萌，陪我说两句话行不行？

何晓萌并不反感黎波，就说，好啊。

黎波点了支烟，抽了两大口才说，我和她分了很多次手了。

何晓萌知道这个她指的是冯兰兰，其实，他不说她也看出来了，黎波并不爱冯兰兰，或者曾经爱过现在不爱了，今晚上的一切不过是被迫做做样子，可嘴上，还是言不由衷地说，可冯兰兰很爱你呀。

黎波恨恨说了个屁字，说，她爱我我就得爱她啊？

何晓萌就不知道说什么好了。黎波眯着眼，看了她一会，说，你的事，她都跟我说过。

何晓萌的心就怦怦狂跳了起来，嘴里胡乱应着，我能有什么事。

黎波指了指楼上，说，听说那个老流氓已经死了？

何晓萌就羞愤得恨不能找个地缝钻进去，不由得，就恨上了冯兰兰，觉得她出卖朋友的隐私讨好男朋友。

何晓萌一句话也没说，推开车门就下车了。

黎波也下了车，绕到她前面，拦住她的去路，说，我看了你一晚上。

何晓萌说，我要回家。

黎波说，其实你和冯兰兰不是一类人，我很奇怪你们怎么能成为朋友。

何晓萌试图从他身边绕过去，却总也不成功，就没好气地说，你以为你是谁？在这里跟我指手画脚。

黎波说，我以为我喜欢你，我想追你。

青光光的月辉下，何晓萌吃惊地看着这个高大的、有些无耻的男人，说，你再说一遍。

黎波说，我喜欢你，想追你。

何晓萌想也没想，扬手就给了他一巴掌，她自诩有原则，最瞧不上这种对女朋友的闺蜜下手的男人，尽管她并不讨厌黎波，但碰触了原则，是不行的。

这一巴掌打得很结实，黎波也愣了。何晓萌转身往家走，黎波追上来，从背后搂住她，埋头就来找她的唇，一边吻一边说他以前年轻不懂事，现在才知道冯兰兰不是他的菜。

他强盗似的，何晓萌的身子被他攥在怀里，几乎喘不动气，只能用空在外面的两只手不停地打他的腰，打他的背。黎波全然无感，疯狂地吻她，她哭了，说，黎波你这样我会恶心我自己。

黎波不管，就是要爱她。

黎波经常开着黑色的帕萨特去学校找她。

何晓萌不理他，但没跟冯兰兰和罗友丽说。她常常在一个人的时候跟自己说，我保持沉默是为了保护冯兰兰，不想让她受伤。

但高大魁梧的黎波在众目睽睽之下追她，为她招来了那么多的羡慕，她也很受用。

有一次，黎波跟在她身后说，何晓萌我知道你也喜欢我。

何晓萌就回头，说，你就自我感觉良好吧！

黎波跟在她身后继续说，如果你不喜欢我的话，就告诉冯兰兰了，可冯兰兰至今还不知道。

他说每个青年男女在找到自己的真爱之前，都会睡一些过客，他和冯兰兰就是相互的过客，现在是他寻找真爱的时候了。

何晓萌就特别想哭，为什么他是冯兰兰的男朋友呢？就算他有女朋友了，只要不是冯兰兰，她都会无所顾忌地扎进他的怀抱，可偏偏，他就是冯兰兰的男朋友！

4

那段时间，冯兰兰也经常找她，拉着她去酒吧，总有男人过来请她喝酒，喝醉了，她就哭，说黎波不爱她了，要和她分手。

请她喝酒的男人，就趁机占她便宜，搂着她，安慰她，说有哥呢，手还在她身上到处乱跑，何晓萌看不下去，就把她从男人怀里拖出来，气咻咻地拉着她出来，送她回学校。

何晓萌很生气冯兰兰这样，她觉得这样简直是往黎波脸上抹了黑，毕竟，她还是黎波的女朋友嘛。

酒醒以后的冯兰兰，总是全然不记得她说过的话，依然会晒她和黎波的恩爱，比如黎波走路总是把她手揣在口袋里，比如黎波疯狂地和她做爱，恨不能在她身体里扎根，说得何晓萌面红耳赤，说既然你们感情这么好，你就不要去酒吧了，或者说你不觉得你去酒吧很对不起黎波吗？

冯兰兰说，没有啊，我没有对不起黎波。冯兰兰认为，只要她没和其他男人上床，就是没对不起黎波。何晓萌说，作为一个有男朋友的女孩子，在陌生男人怀里哭，你不觉得这对男朋友来说是很掉面子的事吗？

冯兰兰就会像闯下大祸一样，求她千万保密，以后再也不去酒吧买醉了。

何晓萌就觉得心里有个自己撇了撇嘴，开始有了和罗友丽一样的感觉，瞧不起冯兰兰，这种瞧不起，让她很想质问冯兰兰为什么要把自己的秘密告诉黎波，然后，就此绝交！

如果和冯兰兰绝交了，是不是就可以心安理得地接受黎波的追求了？这么想着，何晓萌就开始疏远冯兰兰。可冯兰兰很执着地找她，到家里，到学校。

一边是喜欢却不能接受的黎波在追，一边是冯兰兰对她无条件的信任，把何晓萌搞得像一只被塞进了电饼铛的包子，双面的煎熬，让她日益憔悴。

周五下午，何晓萌想回家，刚出校门，就看见黎波的车在。她心里一暖，但还是装作没看见，匆匆往公交车站走。

黎波当然看见了她，开车跟在她身边，让她上来。

她目不斜视地往前走，好像黎波不过是个厚脸皮的流氓无赖。

在公交车站等车的时候，下起了雨，她没带伞，把双肩背包抱在胸前，瑟瑟地挤在等车的人群里躲雨。黎波按了几声喇叭，她装没听见，目光也不往他车那边去。黎波不耐烦了，下车，像扯一把草似的，一把把她从人群里扯出来，就塞进了车里，并锁上了车门。

湿漉漉的何晓萌拍着车窗，让他开车门。

黎波一声不响地开车，沉着脸，看上去很严肃，好像后面载着的不是何晓萌，而是他刚刚劫银行的收获。

车门锁着，何晓萌推不开，莫名的，就有些欣慰，说，没用的，我不会答应你的。

黎波把车呼呼地开到了郊区，停在一个僻静的地方，下车，坐到后排，虎视眈眈地看着她，说，今天你不答应我，我就把车开到海里去。

何晓萌就哭了。

黎波把她抱在怀里，野狼一样地脱下她的衣服，她哭得身体抖成一团，黎波好容易才打开她的腿。

后来，黎波很吃惊，看着后座上的一坨鲜艳红色说，你第一次？

何晓萌还是哭，不说话。黎波就说了声我操，越发觉得冯兰兰不是个好东西。

何晓萌就愣住了，问黎波为什么要这么说。黎波说，冯兰兰说你十二岁的时候就被隔壁老头诱奸了，之后，老头抓住你不敢告诉父母的心理，总是制造各种各样的机会强奸你。

何晓萌就觉得脑袋嗡的一声，就要去质问冯兰兰为什么要造她的谣，黎波抱着她说，这样不好。

冷静下来，何晓萌也觉得这样不好，到时候，冯兰兰一定会问，她是怎么知道的？黎波为什么会跟她说这么隐秘的话题？想到这里，何晓萌就觉得自己是个无耻的小偷，偷了闺蜜的爱情。

虽然没去找冯兰兰算账，但是，因为这，和黎波在一起，就心安理得多了，冯兰兰已经对不起她在先了嘛。

黎波经常来找她，出去吃饭，或者在车上做爱，但从不拉她回家，何晓萌知道为什么，怕被冯兰兰堵在屋里。

何晓萌知道黎波一直在积极坚决地和冯兰兰分手，但冯兰兰不答应，甚至以死相逼，冯兰兰一次次地找何晓萌哭诉，何晓萌就知道黎波没撒谎。

如果冯兰兰知道黎波劈腿她最要好的朋友，会怎么样呢？

她也问过冯兰兰。

那天冯兰兰揣了一瓶劣质白兰地来学校找她，拉她去宿舍后面的山上，一边喝酒一边哭，说黎波肯定是另外有人了。何晓萌惊得心如擂鼓，问她怎么知道的。冯兰兰说以前黎波也跟她分过手，哪次都没分成，是因为她晓得只要脱光了往黎波怀里一钻，黎波就把分手的事忘了，可现在不行了，她脱光了黎波看都不看她，继续玩他的游戏，好像她是空气。绝对是另外有人了的迹象。

何晓萌心里虚虚的，让她别瞎猜。

冯兰兰灌下最后一口白兰地，用空酒瓶子在一块石头上一下一下地砸着，说，早晚有一天，我能查出是哪个骚货勾引了黎波。

何晓萌的心就更慌了，像杂乱无章的溃败之军，正狼奔豕突在胸膛里，嘤嘤说，查出来有什么用？关键还是要看黎波的态度。

冯兰兰歪头瞪着她，说，何晓萌你还是不是我朋友？

何晓萌说，是，怎么不是？过去将来一直都是。

醉醺醺的冯兰兰几近疯狂地瞪着她，说，你要真是我朋友，就得和我同仇敌忾，挖地三尺帮我找出那个臭不要脸的，一刀一刀地割了她的脸，切了她的肉！解我心头之恨！

说完，冯兰兰就把酒瓶子狠狠地往石头上一砸，砰地就碎了。她握着狼牙般狰狞的半截瓶子，在空气中疯狂地划了几下，好像臆想中的情敌就在眼前，这几下，已把她的脸划成了烂狗肉。

她的疯狂让何晓萌心惊肉跳，身子都软了，几乎是挣扎着，站起来，说，冯兰兰你是不是疯了，为一个根本就不爱你的男人，你值得吗？

冯兰兰大哭，说，你不是我，你怎么知道我的痛。

何晓萌让她哭得心软，过来搂着她的肩劝她，说，好男人多得很，黎波喜欢上别人是他有眼无珠。

在那个瞬间，何晓萌是内疚的，甚至想，以后不理黎波了，她得对得起冯兰兰对她的信任。

她也真做到了，黎波再来找她，她躲着不见，甚至让室友告诉黎波，说她和一个男同学好了。黎波眼珠子就红了，拎着一根棒球棍，满校园找了好几天。

他拎着棍子满校园找可疑分子的样子很疯狂很吓人，甚至都惊动了学校保安，何晓萌被辅导员叫去谈话，没说几句，就哭了，不是害怕也不是内疚，是心疼黎波，因为爱她，变得像条疯狗。

见她哭了，辅导员也没多凶她，只说，她已经是成年人了，恋爱完全可以谈，但不要谈得风声鹤唳，更不能谈出事来，要不然大家都吃不了兜着走，让她妥善处理。

何晓萌的妥善处理就是和黎波继续好了。

他们和好得跟别人不一样。那天，黎波来学校，站在宿舍楼下喊何晓萌，说如果她再不出来，他就冲进来了。其实，要不是舍管阿姨拦着，他早就冲进来了。

室友们都被黎波的痴情感动了，问何晓萌为什么要和他分手。何晓萌不敢说他是我闺蜜的男朋友，也不舍得说黎波多不好，就说觉得他俩不合适。室友们就起哄，说黎波人很帅，还有车，经济情况应该不错，对你又这么痴情，有什么不合适的？何晓萌啊你就别矫情了，现在有经济能力又肯对女生好的男人不多了。其实，何晓萌也想黎波，想得心如刀割，可再一想冯兰兰的痛苦绝望，就一狠心，把这些想，像往水里按一只不肯下沉的葫芦一样，拼命往下摁。

在室友们的起哄里，何晓萌扭扭捏捏地下了楼。

她以为黎波会一把把她搂进怀里，像搂着失而复得的宝贝。

却没有。

黎波定定看了她一会儿，突然破口大骂，说，何晓萌你妈逼的你大学生就了不起了，就可以耍着老子玩了？

何晓萌就让他给骂愣了，怔怔地看了他一会儿，转身就往宿舍走，却被黎波一把拽住了，拖也似的，把她拖到车上，狠狠地瞪着她，问她为什么要这样对他。

何晓萌就哭着说，中间隔着个冯兰兰，良心太受煎熬了。

黎波恨恨地说了句我操！说他和冯兰兰早就分手了。何晓萌说可她还以你的女朋友自居，就把冯兰兰来找她，喝了一瓶白兰地之后说的疯话说了。

黎波说不用理她，他跟冯兰兰已经把话说明白了，他俩不合适。

何晓萌说，可她还去找你。黎波说，她找她的，我不见我的。

黎波说冯兰兰每天都疯狂地打他手机，但他不接。

何晓萌蜷缩在副驾驶座上落泪，说和冯兰兰同学十二年，总觉得对不起她，她和黎波好是要付出代价的，不仅会失去冯兰兰这个朋友，还会成为敌人，冯兰兰肯定还会到处说她不要脸，勾引闺蜜的男朋友。

黎波满脸无所谓，说何晓萌天真，女人只有在没有男朋友的时候才看重友情，一旦有了爱情，就算没矛盾，友情也会变淡，等结婚有了孩子，女人对友情的需要，就像厨房对垃圾桶的需要。

你何必为了一份将会成为垃圾桶的友情放弃幸福的爱情呢？将来，相互陪伴终老的是咱俩，不是她。

黎波这么说。

何晓萌觉得有道理，说，你不会像对冯兰兰那样对我吧？

黎波指天发誓。

5

周末回家，妈妈见何晓萌拿着一个新手机，就问哪儿来的。何晓萌嘤嘤说男朋友送的生日礼物。

妈妈严肃地看着她，说你一个女孩子，谈恋爱的时候收别人这么贵重的礼物，会被人瞧不起的。

何晓萌说，我说不要了，他说我不要他就扔了。

确实，黎波送她手机的时候，她千万般地推脱不要，黎波都火了，要往海里扔，她只好拿着了。

妈妈正要问她男朋友的具体情况时，冯兰兰来了，她憔悴，两眼无神，坐在何晓萌家的沙发上，默默地吃了几根香蕉，也不说话。

何晓萌妈妈把何晓萌叫到一边，问怎么回事。何晓萌心里乱乱的，说，可能失恋了。

妈妈从冰箱里拿出一盒巧克力，说，吃巧克力会让人心情变好。

何晓萌知道，如果不是黎波回心转意，就算把巧克力工厂的仓库给冯兰兰都没用。但她还是把巧克力拿给了冯兰兰。冯兰兰吃了四五颗巧克力，才把目光挪到何晓萌脸上，说，我今天早晨去他家了，他不开门。

何晓萌不知该说什么才好，显得很局促。

冯兰兰好像也不需要她的安慰，又说，我就想见他一面，让他给句明白话，我到底是哪儿不好。

说完，冯兰兰一把抓住何晓萌的手，说，晓萌，你陪我去吧，黎波对你印象很好，他不会不给你开门的。

何晓萌求救似的看着妈妈。

冯兰兰的事，何晓萌跟妈妈说过几嘴，虽然不详细，但妈妈也知道大概，说，你陪兰兰去吧，别吵架，把话说明白就行。

何晓萌只好陪冯兰兰去了。

心里有愧，何晓萌的腿，就跟灌了铅似的，沉甸甸的，几乎是一步步往街上挪，冯兰兰急了，说，晓萌，你再这么磨蹭，黎波就出门了。

说完就来拖她，健步如风到街上，叫了辆出租车，把她塞进去，就直奔黎波家。

一路上，何晓萌用余光睥睨着冯兰兰，想爱情真是一剂让女人变蠢变糊涂的高效药，黎波对她的绝情，都已达到憎恶的程度，她还不认为是黎波不爱她了，而是被其他不要脸的女人迷惑住了，阻止了他感知、发现她的美好，更要命的是，她还坚信，只要自己坚持不懈地努力下去，就一定会拨乱反正，熬到云开日出，重新让黎波看到她的光芒。

真相却是，所有不再被爱的纠缠，都是死有余辜。

但是，何晓萌不能说。

在黎波家楼道里，冯兰兰亲热地和出来扔垃圾的邻居打招呼，仿佛，她早已是黎波的妻子，和街坊邻居搞好关系是责无旁贷的义务。

冯兰兰让何晓萌敲门，说她敲的话，黎波肯定不开。

何晓萌知道黎波自己住，好几次，她想看看他家什么样，黎波没让，说冯兰兰是个神经病，不知道什么时候就会堵在门口跟他诉衷肠。每当这样的时候，何晓萌就会确切地感觉到自己是个小偷，比在街上偷路人钱包的小偷还要可耻。

何晓萌一万个不情愿地敲了敲门。冯兰兰伏在她耳边说，你只敲门，不说自己是谁，他是不会开门的。

何晓萌只好又敲了敲门，说，黎波，是我，何晓萌。

果然，门像突然被旋风卷开的一样，就开了。黎波穿着洗得发白的蓝牛仔裤、细格子衬衣，又帅又干净地站在那儿，像道刚刚被雨水清洗过的阳光。冯兰兰哇的一声就哭了，像受尽了委屈的孩子，终于见着了亲妈，把黎波吓了一跳，下意识地就要关门，却被冯兰兰把住了，她扑上去，搂着他的腰，脸埋在他胸前，呜呜地哭，鼻涕眼泪蹭得黎波满身都是。黎波顾不上她，眼睛死死地看着何晓萌，好像在问这是怎么回事。何晓萌不能出声，只能使劲摇头，表示她并没对冯兰兰说什么。

黎波仿佛明白了，把门开大点儿，让何晓萌进来，任凭冯兰兰像硕大的寄生物一样捆绑在他的胸前，一步一步地往客厅挪。

挪到客厅中央，才去掰冯兰兰的手，让她坐下说话。

冯兰兰就不，脑袋拱在他胸前抽泣。

黎波对何晓萌摊了摊手，让她自己倒水喝。何晓萌心慌意乱，什么心思都没有，只一味用求救的眼神看着黎波，希望他能告诉自己下一步怎么办。

黎波定定地看了她一会儿，胸有成竹地微微点了点头，意思是让她不要管了，由他来处理。

虽然这是第一次到黎波家，可因为内心慌乱，何晓萌顾不上打量房子，黎波让她坐，她找了一圈，觉得那个能埋进大半个身子的单人沙发挺好，特有安全感，就怯怯坐下。

黎波垂着两手，站在客厅中央，一副要豁上这身衣服让冯兰兰拿眼泪鼻涕糟蹋的样子。

冯兰兰的哭声，渐渐小了，依然紧紧地搂着黎波，好像一松手他就会逃掉。

黎波说，冯兰兰，你松开，我们坐下说。

冯兰兰不说话，执拗地哼哼了两声，好像在哭，也好像在撒娇。

黎波的声音，陡然就高了上去，说，你再这样我走了啊！

冯兰兰抬起头，看着黎波的脸，嘴一歪，又要哭，如委屈到无望的小孩。何晓萌想，如果男人爱女人，看到她这表情，会心疼的，可黎波皱了皱眉头，烦得恨不能即刻就从冯兰兰眼前消失的样子。

他把冯兰兰的手拿开，指着沙发，让冯兰兰坐。

冯兰兰听话地坐了，那是个双人长沙发，冯兰兰坐下后，下意识地往一头坐了坐，给黎波留出了足够大的地方，眼巴巴地看着他，希望他能来坐。

黎波从旁边拖了把椅子，坐在冯兰兰对面，挡住了何晓萌。

黎波说，有什么话，你说吧。

冯兰兰哽咽了一下，又要哭。

黎波说，说话！

声音又冷又硬，让何晓萌不由得就怕了，想黎波和冯兰兰好的时候，也曾铁骨柔肠过吧？不爱了，那些柔肠，全都变成了在冰天雪地里蘸过了水的皮鞭。

冯兰兰哽咽着说，我就想知道，你到底为什么不要我了。

黎波说，咱俩不合适。

冯兰兰说，以前怎么就合适？

黎波说，那会儿我蠢。

冯兰兰说，不对！肯定有个不要脸的骚货勾引你。

黎波说，没有。

冯兰兰说，我不信，黎波，你要是觉得我哪里不好，我改行不行，求你了，别不要我了……

冯兰兰哭得如丧考妣。

黎波两手抱着头，好像如果他不抱，脑壳就会爆炸得四处飞溅。自始至终，他没回头看何晓萌，这让何晓萌很感激，觉得黎波是个男人，把一切都揽到自己肩上扛了。

冯兰兰哭了一会儿，声音渐渐低下来，好像没力气了。

黎波有气无力地说，冯兰兰，我已经说很多遍，就算没有别人勾引我，我也没爱上别人，咱俩也结不了婚，我也不想和你结婚。

冯兰兰就把那个愚蠢又没用的问题又问了一遍，说为什么？你为什么要这样？

黎波说，因为我不爱你了。

冯兰兰说，你为什么说就算没人勾引你？

黎波就怔住了，一时答不上来。

冯兰兰就自言自语似的说，说到底还是有人勾引你，是不是？

黎波好像给她弄得很崩溃，破罐子破摔地说，就算是，你想怎么着？

冯兰兰就疯了一样站起来，居高临下地瞪着黎波。黎波也不甘示弱，两人就相互瞪了一会儿，黎波又说，其实没人勾引我，是我看上别人了，遇见她我才知道我一点儿也不爱你。

冯兰兰点点头，好像接受了这个现实，问，她是谁?

黎波没说话。

冯兰兰说，我就想知道，和她相比，我到底差在哪儿。

黎波慢慢回头，看着何晓萌，说，晓萌，我打算实话实说了。

冯兰兰的眼就瞪圆了，这次，她没哭，只有明晃晃的眼泪，噼里啪啦地从瞪得圆圆的眼睛里往下滚，说，晓萌，是你吗?

何晓萌羞愧得无地自容，大气都不敢喘。

黎波说，别怪晓萌，是我追她的。

当真相像岩石一样坚硬地矗立在眼前，冯兰兰好像一下子垮掉了，她的目光，看上去那么软弱无力，无力到好像都不能抵达离她只有三米多远的何晓萌。

何晓萌曾假想了一万遍的疯狂场面没有发生。冯兰兰抿了抿嘴唇，说，黎波，我渴了，你给我倒杯水喝吧。

黎波也被她意外的镇定弄得手足无措，说，好。就去厨房找杯子了。

冯兰兰柔柔地说，何晓萌，你是我最好的朋友啊。

何晓萌低低地说了声对不起。

冯兰兰说，我跟你倾诉痛苦的时候，你是不是一直在心里嘲笑我？

何晓萌慌忙摇头，说，没有。

冯兰兰突然爆破似的大喊了一声，骗子！你们都是骗子！

说着，冯兰兰就像武侠小说里的功夫高手一样，从茶几上抄起水果刀，就扑向何晓萌，一边往她身体里捅一边大喊骗子！

何晓萌甚至连叫都没叫出声，像团窝在沙发里的麻袋，毫无反抗之力地被冯兰兰扎成了血淋淋的马蜂窝，等黎波闻声从厨房跑出来，浑身是血的何晓萌已经闭上了眼，脑袋垂在胸前，好像脖子上没有骨头。

黎波手里的水杯砰地就掉在了地上，冯兰兰回头看着他，咧着嘴，无声地大笑，说，她死了。

黎波的泪，就涌了上来，伸手说，把刀给我。

冯兰兰说，你又爱我了是不是？

黎波说，把刀给我。

冯兰兰就像牵线木偶听到了命令，把水果刀递给了他，黎波接过来就片刻也不曾犹豫地捅进了冯兰兰的身体。

他一共扎了冯兰兰三刀，刀刀毙命。穿着白色亚麻连衣裙的冯兰兰就像一块血染的布匹一样，软塌塌在他的手臂上，眼睛死死地看着他，说，黎波，她都死了，你还不爱我？

黎波嫌弃地抖了一下胳膊，冯兰兰就像堆染残了的布，堆在了地上。

然后，黎波纵身一跃，就从窗户跳了下去。

黎波家住七楼。

他落地就脑浆迸裂，120来了，医生跑过来看了看，就上楼了。

冯兰兰的心脏被黎波扎了三刀，碎得像被狗撕过，身体里的血都流光了，番茄酱一样满地板都是，医生护士进来，都没地下脚。

医生们踮着脚尖走进来，发现身中二十六刀的何晓萌还活着，只是，她的肚子被冯兰兰扎烂了，像一堆被鲜血搅和在一起的碎布头，好在没伤到要害脏器，拉到医院抢救了十个小时，总算保住了命。

6

何晓萌醒过来，已经是第二天了，在重症监护室。

她睁开眼，看见爸爸妈妈正趴在监护室的玻璃窗上往里看，见她醒了，眼泪就滚下来了，擦都擦不迭。

爸爸和妈妈每天都能进监护室一会儿。

妈妈握着她的手哭，说是她害了她，她没想到冯兰兰的男朋友会这么丧心病狂。

何晓萌这才知道，黎波和冯兰兰都死了，巨大的恐惧夹杂着悲痛，像铺天盖地的海啸向她扑来。她哭，哭得全身的伤口都好像要绽开一样剧痛不已，护士吓坏了，把爸爸妈妈赶出去了。

警察也来过，在重症监护室的窗外晃来晃去地往里张望，但没进来。傍晚，护士进来换药，她问警察来干什么，护士说警察想问当时的案发情况，医生怕回忆案发现场太血腥，会刺激到她，没让。

又过了几天，何晓萌出了重症监护室，问妈妈黎波和冯兰兰是怎么死的。

妈妈很吃惊，说，你不知道？

何晓萌摇了摇头。

妈妈自言自语地说她还以为是丧心病狂的黎波先扎了冯兰兰，又一不做二不休地把陪冯兰兰去的何晓萌又扎了才跳楼自杀的。

何晓萌就摇了摇头，说是扎她的是冯兰兰，不是黎波。

妈妈就愣了，说，你好心好意陪她一起去，她凭什么扎你？

何晓萌就羞愧地哭了，说，为了让她死心，黎波说实话了。

什么实话？妈妈显然不愿意相信那个轻易就能猜到的真相。

和黎波好的人是我。

妈妈忙捂上了她的嘴，说，晓萌，这话你跟我说说行了，跟警察不能这么说。

何晓萌明白，如果自己是因为帮闺蜜挽救爱情而被闺蜜的前男友捅了，这是义气，如果是因为偷食闺蜜男友被闺蜜捅了，是不得饶恕的无耻。

何晓萌觉得这么做对不起黎波，当时她被冯兰兰捅得昏了过去，他一定是误会成她被捅死了，才对冯兰兰痛下杀手的，然后，认为最爱的何晓萌已死，也自知逃脱不了法律制裁，剩下的日子已生无可恋，黎波就跳楼自杀了。

她捂着被子，嘤嘤地哭。

妈妈自言自语似的说，你也别觉得这么说对不起黎波，他也不是个好东西。

黎波死都死了，何晓萌不想听关于他的任何不好。妈妈执拗得很，兀自说黎波死了以后，冒出来一个女的，好像是哪家房地产公司售楼处的，自称是黎波的未婚妻。所有人都认为黎波是因为她才和冯兰兰分手的，所以，压根就没人往何晓萌身上想。

何晓萌不相信，以为这是妈妈为了让她早日走出黎波之死的痛苦而瞎编出来的，当然也为了减少她即将要在警察面前撒谎的愧疚。

从重症监护室出来的下午，警察就来了。

尽管内心很挣扎，何晓萌还是按照妈妈教的说了。黎波抛弃了死心塌地爱着他的冯兰兰，冯兰兰不甘心，决定去找黎波谈判，拉着何晓萌给她壮声势，没想到谈判破裂，黎波恼羞成怒，刀捅两人后跳楼自杀。

这个谎，虽然没多高明，但也说得过去，而且因为有个突然冒出来的黎波未婚妻，警察也信了。

事后，何晓萌宽慰自己，刀捅自己的，不管是冯兰兰还是黎波，都已死了，讲得那么清楚也没什么意义，而撒谎唯一的意义，就是能保护她这个尚还活着的人免受舆论的蹂躏。

何晓萌在医院躺了一个月，休了半年学。

虽然黎波已死，爸爸妈妈却还执意要起诉黎波，追究他的民事责任，何晓萌不让，妈妈就伪造了她的授权书，去法院起诉了。

接到开庭传票时，何晓萌已出院，在家休养。

拿到传票，何晓萌几乎片刻也没犹豫，下楼打车去了法院，撤了诉。晚上，爸爸妈妈回家，她心平气和地说，我去法院了。

正吃饭的爸妈，含着满满一口饭菜看她，刹那间好像不知她在说什么，何晓萌说，我去把诉撤了。

妈妈艰难地咽下饭，把筷子往饭桌上一扔，起身去了卧室，砰地摔上门，过了半天，何晓萌听见她喊，我都是为了你好！

爸爸说，我们没有要讹黎波父母的意思，可你看这事闹的，我们要不起诉一下，显得我们好像亏心似的。

何晓萌就哭，说，我们就是亏心，要不是我，黎波和冯兰兰都不会死。

在家休养这些天，何晓萌一直在想她和黎波和冯兰兰之间的事，如果她从一开始就明确地拒绝了黎波，后来的一切，都不会发生，可她没有，罪恶的一切，就发生了，而她，就是那个原罪者。

爸爸火了，说，你跟我们来什么劲？我们起诉一下，是为了强调你的清白你的无辜，有啥不对的？

何晓萌说，黎波都死了，我不要那么清白，也不要那么无辜，我对不起他。

爸爸就扇了她一巴掌，从小到大都没舍得和她大声说过话的爸爸扇了她一巴掌。

爸爸的眼都红了，汪着泪水。

何晓萌也不哭，只是眼泪像决堤的洪水，滔滔地往下流，是啊，在爸爸妈妈心里，黎波反正已经死了，再多背一点儿不是又如何？只要她这个还活着的当事者不吭声，黎波就是个移情别恋而丧心病狂的杀人犯，她就是清白无辜值得同情的被殃及的池鱼。如果她道出真相，那么她就是个侥幸还活着、背了两条人命的罪魁祸首，就要承受世人的鄙弃唾骂。

在家闷了三个月，何晓萌去找了黎波的父母。

黎波父母才五十多岁，头发都白了，他的母亲像木雕一样坐在沙发里，目光空洞，他的父亲坐在一把摇椅上，一支接一支的抽烟，偶尔的，会斜起眼，用眼角瞄一眼窗外白花花的太阳。

何晓萌的造访让他们有些惊慌和羞愧，在他们心目中，毕竟是他们的儿子捅死了她的闺蜜也捅了她二十几刀。

据说，何晓萌的肠子被捅成了十几段，医生像补件千疮百孔的破衣服一样给接起来的。

他们以为何晓萌是来算账的，也打算认这账，说他们知道黎波这二十六刀捅下去，毁了她青春的身体。

是的，从医院出来，何晓萌就没看过自己的身体，刀疤好像系了一肚子的肉疙瘩，夜里睡觉时，她无意识地摸过，也哭过，但不敢看，怕一看就没勇气活下去。

何晓萌说她不要任何赔偿，就想知道那个售楼小姐和黎波到底什么关系。

黎波妈妈说，是黎波的高中同学，喜欢黎波，经常到家里来。黎波妈妈问何晓萌问这个干什么。何晓萌哭着说想知道冯兰兰死得值不值。

其实是想知道自己这二十六刀挨得值不值，如果黎波真是个登徒浪子，冯兰兰就死得太冤了，她也是被蒙蔽的。

黎波妈妈说黎波和那个售楼小姐的同学谈过一阵儿，黎波说不来电，就不再和她联系了，但她还经常到家里来，搞得他们很尴尬，当黎波女朋友吧，黎波不承认，不当黎波女朋友吧，人家又是冲着黎波来的。就这么一直不咸不淡地往来着。

何晓萌就释然了，觉得一块石头，从胸口卸了下来，又跟黎波父母要了售楼小姐的电话，约她出来聊聊。

约在了威海路上的一家咖啡店。

售楼小姐叫李娟，身材高挑，比她和冯兰兰都漂亮。何晓萌就想，爱情真是让人琢磨不透，黎波怎么会放着这么漂亮的姑娘不要，和并不漂亮的冯兰兰好，追并不如李娟漂亮的自己呢？

李娟穿黑色西裤，上衣是浅粉色的竖条衬衣，既优雅又娴静，但那种娴静是伤感的，被漫无边际的悲伤淹没。

何晓萌艰难地说了来意，说作为冯兰兰的闺蜜，她想知道李娟和黎波到底是怎么回事。

李娟说她的第一次给了黎波，在十七岁的时候，她很爱黎波，但黎波贪玩，为这个他们经常闹分手，后来，黎波和她说先分手几年，等他想结婚的时候再去找她，她不答应，和黎波闹，但黎波铁了心，飞快勾上了冯兰兰，还把他俩在一起的照片给她看，她从黎波家出来，去药店买了安眠药，又去了黎波家，想问问黎波，如果分手她就会死，他难不难过，正好遇上冯兰兰来找黎波，她当着他们的面把安眠药吃了，黎波给她打了120。

120来拉她的时候，黎波都没跟着去。

李娟说，当急救人员把她抬出黎波家，黎波无动于衷地关上大门时，她的心，一下子就活了过来，甚至觉得跑到黎波家吃安眠药，是上帝的神谕，让她醒来。

醒来的李娟不会再为黎波去死了，但还是放不下他，偶尔，会去他家看看，陪他父母说会儿话。李娟说黎波的父母喜欢她胜过喜欢冯兰兰，他们曾不止一次地表达过，如果黎波要给她们娶个儿媳妇，他们希望是她。李娟并不知道这话由衷不由衷，只说在今年三月，黎波突然找到她，说想结婚了。

他看上去很憔悴，也很痛苦，又告诉她，他和冯兰兰分手了，但冯兰兰阴魂不散，他问李娟，如果有一天冯兰兰知道他和她复合了来捣乱，她介不介意？李娟说，我只介意你的心是不是真回到我这里了。

黎波泪流满面，说都是自己混蛋。

她也哭了，那天，她和黎波久别重逢的身体，再一次会师。

但那次之后，黎波再没出现，她给他打电话，他就说冯兰兰很棘手，等过一阵儿再和她联系，漫长的五年她都等了，何况一阵儿？

然后，她就等来了噩耗。

李娟说，早知道这样，我应该去找冯兰兰摊牌的。

何晓萌听得心里犹如万马奔鸣，拼命地想三月……是的，三月，是冯兰兰最痛苦、她也因此而内疚和黎波闹分手不见他的时候，黎波却在这时候回头睡了李娟。

和李娟告别，她买了瓶酒，去了冯兰兰的墓地，给她倒上一杯，说，冯兰兰，我知道你不会原谅我，但是，我必须告诉你，你、我还有李娟，都不是黎波的最爱，因为爱会让人有足够的力量抗拒爱人之外的异性的诱惑，我们三个人都没让黎波做到。

夏天的风，携裹着山上的松涛，呜呜咽咽地走过，何晓萌叹了口气，说，你这个人啊，就是太要面子了，李娟的事，我都没听你说过。

离开冯兰兰的墓地，何晓萌想，冯兰兰、李娟和她三个人，如果黎波要娶其中一个的话，应该娶李娟，她对黎波的爱里有包容和宽恕，真正长命的爱就应该是这样子。

她很感激李娟，因为她的出现，让她对黎波的死，不那么愧疚了，或许，自己和冯兰兰一样，不过是他青春荷尔蒙的路过，李娟才是他的归宿，他的死，与她而言，更多是在捅死冯兰兰后自知不能活的自我了结。

这么想的时候，何晓萌倒吸了一口冷气，觉得人心，果然是最可怕的地方。

7

何晓萌是2002年的4月25日被捅的，那一年，她二十二岁，即将大学毕业。

半年后，何晓萌回学校复课了，同学和室友都换了新的，没人知道曾经有个开黑色帕萨特的青年男子狂热地爱过她。

她变得沉默寡言，连梦话都不肯说。

多少知道一点儿她的事的人都认为被捅二十六刀的打击实在是太惨痛了，以至于给她留下了心理阴影。

康复后，和人说话，她从不涉及2002年4月25日之前的内容，好像患了不可治愈的失忆症，这之前的岁月，被一块叫作利己性逃避的橡皮擦清空了。

毕业后，何晓萌分到一所小学做老师，教语文。才一年，就被家长投诉了，家长说孩子们回家反映，何老师总是让她们预习课程，领着她们读一遍课文就算上新课了。

校长找何晓萌谈话，何晓萌主动说她不喜欢说话，所以，她不想当任课老师了，希望学校给她安排个不需要说话的岗位。

校长以为她对学校有意见，推心置腹地和她谈，希望她体谅学校的不易。何晓萌就哭了，说她真的不愿意说话。

当老师的，以说话太多得了咽炎为职业美德，她怎么能不爱说话呢？校长问和何晓萌同办公室的同事，她们说以何老师的性格，确实不适合教课，和她同办公室一年了，说过的话加起来不超过二十句，其中的十几句还是礼貌性问候语。

就这样，人民教师何晓萌主动请缨做了校工，专门负责管理学校里的教学用具。

妈妈听说后，都给气掉泪了。

何晓萌也不辩解，就躺在床上听MP3。

自从黎波和冯兰兰死了，何晓萌内心的天空，就告别了晴空万里，笼罩着一片阴霾。她不说话，是因为不敢。

她是个内心藏着很多秘密的人。

她怕一开口，那些秘密就会像不听话的小畜生一样，从她的口腔里跑出来，拦也拦不住地毁了她。

有时候，她在梦里泪流满面地跟别人讲隔壁的死老头、黎波以及冯兰兰，讲着讲着，就会有漫天的石头从天而降，把置身空旷原野的她砸得头破血流。

很多个夜里，她尖叫着、大哭着醒来。

四周是一片将要把她吞噬掉的黑暗，每当这时，她一定要跳起来，把家里所有的灯都打开，恐惧才会像被灯光逼退的黑暗一样退散而去。

何晓萌除了上班守着一仓库的教具，就是下班回家，面对父母幽怨的眼神。

爸妈越来越老了，他们说何晓萌你该谈男朋友了。

何晓萌就想起了黎波，如果他活着，不知道娶的是她还是李娟。这么想着，就有些失神。

可是，她几乎没有社交生活，能和谁谈恋爱呢？妈妈怂恿身边的亲朋好友给她介绍男朋友，有段时间，何晓萌一下班回家，总能看见妈妈盘腿坐在沙发上，抱着电话机和人喋喋不休地介绍她的情况或是打听对方男孩子的情况，从房子勘探到工资、身高、家境出身，让何晓萌觉得自己是一块垃圾，父母迫不及待要扔出去。

相了几次亲，有的没感觉，有的谈了几个月，拉过手接过吻了，肚子替她拒绝了他们，也可以说当爱情进行到一定程度，他们想和她有肌肤之亲，就看见了她肚子上的刀疤，追问究竟，她就说是被闺蜜的男朋友捅的，他们就落荒而逃了。

对着满是刀疤的肚子，怕满脑子都是刀光剑影吧，哪儿还有男欢女爱的情绪？

在爸妈的愁肠百结里，何晓萌三十一岁了，她的青春年华，连一场正经的爱情都没开始过就要成了过去式。

偶尔的，罗友丽来找她，愤愤地说冯兰兰害了她。何晓萌就笑笑，不应和也不反对，她只是比以往更加地怀念黎波，不管如果他活着娶的是她还是李娟，她都怀念他，怀念他曾经把幸福这两个字，送达了她的生命深处，在夜里，她也做过很多次梦，梦见自己做了黎波的新娘子。可现实残酷，她没那么好运，她总是眼看着幸福远远地来了，却无法如期而至地光临她。

罗友丽大学毕业后进了报社，没多长时间就结婚了，何晓萌参加了她的婚礼，新郎是广告公司老板，看上去比罗友丽大不少，长相一般，黑，且粗糙，微厚外翻的嘴唇让他看上去很粗俗。

冯兰兰活着的时候曾经说过，罗友丽是她们三个人中最漂亮的，何晓萌不明白她为什么要嫁给个配不上她的男人。

这样的困惑，在罗友丽婚后不多的几次见面里，何晓萌隐晦表达过。每次，罗友丽都装没听见。直到离婚后，才愤愤地跟何晓萌说前夫是个骗子，他根本就没有钱，房子和车子都是贷款买的，办公室是租的，她青春大好却有限，不能浪费在帮他还贷款上，就离了。

离了婚的罗友丽，有大把的自由和时间可以挥霍。她曾恬不知耻地告诉何晓萌，工作之外，她不是在男人的床上就是在去往男人床上的路上。

何晓萌问她是不是广泛撒网集中收鱼？罗友丽说没错，其实不结婚也挺好，想和谁睡就和谁睡，想勒索谁的礼物就勒索谁的礼物，拿回家也不用煞费苦心地编造来处搪塞谁。

那会儿，已经有微信了，朋友圈里的罗友丽声色犬马，晒包，晒购买力，晒境外游和高端餐厅，很日常，仿佛纸醉金迷。

但何晓萌知道，罗友丽的生活不完全是这样的，没人请吃饭的时候，麻辣烫、肉夹馍等街边小吃，是她胃囊中最经常的填充物。

何晓萌说你这样是对自己不负责任。罗友丽就笑，说何晓萌你倒对自己负责任，可结果呢？你活得还没我快活。然后，就开导何晓萌，人生就这么一辈子，谁都难逃一死，死了就是死了，所以，活着的时候千万不要枉活，要尽情绽放、要为所欲为、要想干什么就干什么，让何晓萌必须想得开，才算不枉来这世上走一遭。

何晓萌何尝不曾想得开？只是性格使然，纵使她心里圈着一万匹野马，也没有打开栅栏的勇气。

8

有天，快下班了，罗友丽发来微信问她晚上干什么。

何晓萌说回家啊。

何晓萌的人生，一直是学校和家，两点一线，除了学校组织聚餐，她几乎从不在外面吃饭，偶尔晚回去一会儿，爸妈就高兴得手舞足蹈，以为她有情况了，有情况了就离她嫁出去的希望近了一步。这让何晓萌很内疚，觉得没把自己嫁掉，就是对父母最大的不孝。妈妈也常说，我和你爸不指望你飞黄腾达做人上人，只要你健康平安过普通人过得正常日子就行了。

父母眼里的正常日子就是晚上有个男人和她睡一张床，造一个小孩出来喊她们姥姥姥爷。

多简单的愿望啊，她满足不了他们，觉得自己很不孝。所以，她不愿跟罗友丽出去吃饭，因为不想无端挑起父母的希望之后，又让希望像具令人心碎的婴儿的尸体一样，从高处重重跌落。

罗友丽很执着，让她必须去，说下班去学校门口接她。

何晓萌五点半下班，罗友丽的车五点二十就到了，她站在车外，抽一种很细的烟，远远看见何晓萌来了，扔了烟，扑上来，好像不扑上来何晓萌就会跑掉。

上了车，何晓萌问她是不是又遇上什么事了，要拖她去打马虎眼。半年前，罗友丽拖她去吃饭，是因为她和一文化用品公司的老板好了，老板去香港出差，给她捎了礼物，没等给她，被老婆发现了，吵得不行，老板只好撒谎说是买了送一客户的。老婆非让交代这客户是谁，罗友丽就想到了何晓萌，她是学校管教具的嘛，负责采购文具用品也正常。老板老婆还是不信，执意要见这个客户，不得已，罗友丽只好把何晓萌拽出来，提前教了一番瞎话，终于把老板老婆糊弄过去。事后，何晓萌觉得特恶心，自己是那种因为点儿蝇头小利就出卖原则的人吗？可罗友丽又是她闺蜜，不得不帮。

罗友丽指天发誓，这次找她，就是吃饭，没别的。

何晓萌不信，问，真没别的？

罗友丽笑着说，当然还有别人。

她飞快地嚼着口香糖，说，你也知道，没人请客，我是个回家吃方便面的人。意思是，但凡能请何晓萌出来吃饭，肯定是有人买单的。

见何晓萌还在用质疑的眼神看着自己，就又笑着说，是一男的，非要请她吃饭，她对他又没那意思，觉得单独和他吃饭别扭，就拉上了何晓萌。

何晓萌就哼了一声，说，拉我来做屏障啊。

罗友丽挺无耻地说，到时候你看看，说不准你还能看上他呢。

何晓萌就呸了一声，说，谁捡你不要的垃圾。

罗友丽一本正经地说，怎么会是垃圾，人家可是一表人才，有产业的人。

何晓萌没吭声，心想，他要真是一表人才也有产业，你舍得筛漏了啊？

吃饭的地方在丽晶大酒店的日料馆，男人提前订了包间。上楼的时候，罗友丽说男人叫苏斌，今年四十岁，为人特大方，但不是她的菜。

因为是日料馆，进包间要按照日本的风俗脱鞋。何晓萌在脱鞋的时候，就见一高大的男人掀开半截布门帘出来，大声招呼罗友丽，口气很熟稔，好像他们是一起玩到大的小伙伴。

罗友丽忙给苏斌介绍何晓萌，何晓萌刚脱下了一只靴子，正在脱另一只，站起来的时候，一条腿长一条腿短，显得很滑稽，匆忙和苏斌握了握手，就继续换鞋了。

苏斌和罗友丽都开着车，不能喝酒，何晓萌也不喜欢喝酒，就听苏斌如数家珍地介绍这家日料馆的特色菜，她们慢慢品尝。

何晓萌知道，能经常来吃这家日料馆的，就算不是有钱人，至少也得家境殷实。

没喝酒，一餐饭也吃了两个小时，其间，鸡零狗碎地瞎聊。苏斌动辄就哈哈大笑，粗狂而又不失热情，何晓萌对他印象不错，所以，当罗友丽说让苏斌送她回家时，她没拒绝。

一路上，苏斌问了一些她的工作和家人的事，何晓萌简单说了说。送到楼下，苏斌张望着楼上说，这楼有年头了，又问有集中供暖吗？何晓萌说有，又说爸妈买了新房，刚拿钥匙，正找家装公司呢。苏斌就说家装公司还用找吗？咱自己有！说着，就大包大揽，当着何晓萌的面给一装修公司经理打了电话，颐指气使的，好像熟得不行，约着明天去他办公室聊。听他说办公室，何晓萌这才想起来，还没问他是干什么的呢，就问了。

苏斌腔调低低地说，做点儿小生意。

何晓萌对他的好感，就又进了一步，觉得这人挺内敛的。又寒暄了两句，就上了楼。

人还没进门，罗友丽的电话就到了，问她感觉怎么样？完全成功媒婆的腔调，何晓萌脸上一热，说，什么怎么样啊？

罗友丽让她别装了，今天拖她去吃饭，目的就是给她介绍男朋友，难道她还没看出来？

其实，罗友丽让苏斌送她回家的时候，她就看出来了，但她更愿意装傻，似乎只有这样，才能端住了作为女人的矜持。所以，何晓萌认真地说，我真没看出来啊。罗友丽就没好气地说，怪不得还没嫁出去呢。

何晓萌满心满肺洋溢着暖烘烘的幸福，已经很多年没有这种感觉了，这突如其来的幸福感让她说了句轻佻的刻薄话，嫁出去有什么光荣的？有本事你别离婚啊。

罗友丽就给噎住了，说，何晓萌你可以啊，幸福生活还没开始呢，就开始讽刺挖苦我们这些失婚的了。

其实，话一出口，何晓萌也觉得刻薄，就后悔了，只是话一出口，就如水泼落地，没法往回收了，就讪讪地笑了一下，说，我没讽刺你的意思。

罗友丽就说，行了行了，甭虚情假意地忏悔了，你打开窗看看，说不准他还在你家楼底下呢。

何晓萌顾不上寒暄，拉开窗，冬天的冷冽空气扑了她一个满面。果然，苏斌还在楼下站着呢，仰着头，傻乎乎地看着她的样子，让她心里暖暖的，就冲他摆了摆手。

她推窗的声音，把妈妈吵醒了，披着外套出来问怎么了。

何晓萌忙关了窗户，说没什么，朋友送她回来，打个招呼。

妈妈忙凑到窗前，拉开了窗户，就看见了苏斌。

苏斌似乎正打算离去，见窗户又开了，愣了一下，但探出来的面孔，不是何晓萌，他大抵也猜到了是何晓萌的妈妈，就礼貌地招了招手，上车走了。

妈妈关上窗户，一脸惊喜地问何晓萌是不是男朋友。

何晓萌说算不上，是罗友丽介绍的，今天第一次见面呢。妈妈很兴奋，甚至都把爸爸也喊醒了。

妈妈兴奋得就像个欠了一大笔债的穷人捡着了金子，

说，他肯定看上你了，要不然怎么能在楼下站这么久。

何晓萌没反驳，但觉得迎合妈妈的话，显得自己盼嫁跟盼疯了似的，就笑笑没说话。妈妈就晃晃爸爸的胳膊，说，老何你说呢？

爸爸到底是男人，不像女人似的把婚姻看得比天大，就问他叫什么名字？多大了？都四十岁了，应该是离过婚吧？离过婚的话，应该有孩子吧？孩子跟谁？他做什么生意的？房子多大？

爸爸一连串的问题，把何晓萌问倒了。妈妈好像生怕爸爸把这桩眼看着要成的婚事给搅黄了似的，嫌爸爸问得太多，男女刚认识就问这么多问题，显得多市侩啊，处一处不都知道了？

何晓萌被爸爸提醒了，觉得这些都是问题，回房间就在微信上问罗友丽。罗友丽说他离过婚，没孩子。何晓萌问离婚原因。罗友丽说前妻出轨被他发现了。何晓萌松了一口气，还好，不是因为他出轨，她对道德上有缺口的人有种天然的抗拒。

又问罗友丽他是干什么工作的，罗友丽吞吞吐吐了一会儿，才说，你不要因为他的生意误会他啊。何晓萌说，做什么生意还不是做，这有什么好误会的？罗友丽就问，你知道那个什么夜总会吧？何晓萌说，听说过，是本市最大的，也听过关于这家夜总会的谣传，里面的小姐特漂亮。

罗友丽说，这家夜总会是苏斌的。

何晓萌心里万鼓齐擂，说怎么会是开夜总会的？

罗友丽又替他辩解，别看他是开夜总会的，可人品好着呢，从不乱来。

何晓萌说，知道了，我再想想。罗友丽说，你可别想时间太长啊，像他这种有产业，外形也不错的单身男人，在婚恋市场抢手得很。

好像何晓萌一说不要，苏斌就会被里三层外三层的女人扑上来抢走。

见何晓萌半天没话，罗友丽又说，何晓萌一进楼道，苏斌就给她打电话了，说他后半辈子就交给何晓萌了。

难得罗友丽处处为她面子着想，记得时时给她递台阶，何晓萌就说我也觉得他不错。罗友丽发过来一串大笑的表情包说本来就是嘛。

接着，有个叫曾经沧海的男人加她微信，说他是苏斌。何晓萌通过了他的申请。苏斌一开口，就替罗友丽卖了半天好，说他纠缠了罗友丽半天，罗友丽才答应把你微信名片推给他。

何晓萌不知说什么好，就谢了他晚上送自己回来。

苏斌说顺道的事，有什么好谢的，然后又问她家新房子在什么地方，多大面积，想装修个什么风格，问清楚了他明天和家装公司的经理详谈。

何晓萌觉得才认识呢，就让他掺和自己家的事有失端庄，就说装修的事都是她妈在张罗，让他别管了。苏斌执拗地和她客套了一会儿就相互道了晚安。

第二天下班回家，妈妈就满脸兴奋地说，今天苏斌带着家装公司的人去新房了，说过几天就给设计方案。说完，妈妈又感慨万千地说苏斌虽然比她大了九岁，但看着挺年轻的，虽然离过婚，好在没孩子，跟一婚没什么区别。

何晓萌有点恼。昨晚才认识呢，今天就以她男朋友的身份闯到家里，展开金钱攻势，大包大揽了爸妈新房子的装修，怎么想都有点霸王仗着有钱要硬上弓的架势，就跟妈妈吵了一架。

妈妈并没觉得自己哪儿错了，很不服气，让何晓萌把身份证拿出来。何晓萌问，要身份证干什么。妈妈说，我让你拿你就拿！何晓萌想反正在家里，妈妈总不至于拿着她的身份证去代她和苏斌登记吧，就拿出来递给了妈妈。妈妈接过去，把身份证的正面冲着何晓萌，一下一下地点着她出生年月日，说，何晓萌，你今年三十一了，你当你还十八呢？！

何晓萌就明白了，妈妈被苏斌热情澎湃的示好给收买了，恨不能她这就嫁给苏斌，就一把夺回身份证，生气地说，她和苏斌刚认识，妈妈就接受苏斌的好处，让苏斌怎么看她？万一相处的过程中发现对方不合适，怎么分手？

妈妈没接她茬，看样子，根本没打算她会和苏斌分手，又说今天问苏斌的工作了，虽然夜总会难免让人浮想联翩，可工作是工作，他人品归人品，你总不能说安全套厂的工人都是性欲泛滥是不是？

何晓萌让妈妈给逗笑了，一瞬间，觉得妈妈很可怜，为了把她体面地嫁出去，也算煞费苦心了。

就这样，何晓萌跟苏斌谈起了恋爱。其间，何晓萌觉得，苏斌言行做事，所谓的大气豪爽，难免有表演的感觉，也去他家看过，一百多平的二居室，完全没有拥有本市最大的夜总会的老板的气派，就旁敲侧击地问罗友丽。

罗友丽这才说，苏斌是那家夜总会的CEO，也就是说，苏斌不过是别人聘请的经理人。

何晓萌不是拜金女，但苏斌浮夸的身份露了底，还是让她不舒服。所以，苏斌约她去看电影，就没应，回到家，妈妈问她怎么郁郁寡欢。何晓萌说觉得自己上当受骗了。妈妈吓了一跳，问让谁骗了，说眼瞅着就要和苏斌结婚了，这时候千万别弄出幺蛾子来。

何晓萌怔怔地看着妈妈，说，妈，在你眼里，苏斌就那么好？

妈妈说他哪里不好了的时候，瞪大了眼睛看着她，好像要把她吃掉。

何晓萌就说，夜总会不是苏斌的，就像有人开了家工厂招聘了个厂长，只拿工资，厂不是他的。

妈妈愣了一下，然后问她，夜总会是苏斌的，是苏斌告诉她的还是她听谁说的？何晓萌想了一会儿，苏斌确实没说过夜总会是他的，倒是罗友丽再三强调。妈妈说这不就结了，不是他说的，怎么成他骗你了？让何晓萌安安心，别整天疑神疑鬼的，她都三张开外了，能遇上苏斌，已经是她造化了。

苏斌也很像个称职的女婿，把何晓萌爸妈的新房装修得漂漂亮亮的，又过了几个月，搬了家，按照青岛当地风俗，苏斌带着大宗礼物给爸妈烧炕，顺道求了婚。

求婚的钻戒不大也不小，估计要七八万吧，据说沉浸在爱情里的女孩子被男朋友求婚会哭，可何晓萌很平静，戒指是妈妈帮她收下的。

妈妈擎着戒指对着灯光感慨了半天，跟爸爸说，等她们金婚的时候，要去买对镶钻的对戒。

苏斌说，等到金婚纪念，手都长老年斑了，人生该享受的，一定要尽早，因为只有在身体好也能享用的时候，得到的一切才是真正属于自己的，老得走不动了，给个王国都是身外之物，因为你支配不动它们了，只剩徒增悲凉。

就因为这段话，何晓萌才觉得苏斌是可以嫁的，觉得他懂人生，很多人，活了长长的一辈子，都像一头猪，无从知道生命的神圣伟大与悲凉。

第二天，苏斌就给爸妈买了一对钻戒，不大，但心意美好。

苏斌来给爸妈送戒指的这天，何晓萌跟苏斌说，她以前被人捅过。

苏斌说她知道，她所有的事，罗友丽都告诉他了，何晓萌有点儿失落，甚至憎恶罗友丽，觉得自己向苏斌说这些事，本是一次和苏斌相互敞开心扉的机会，却因罗友丽的轻佻而被剥夺了。

何晓萌很想告诉苏斌，他听到的关于黎波、冯兰兰和她的传说，是个盗版，正版在她这里。

却启不了齿。说到家，她对苏斌，并不信任。很多时候，她觉得苏斌是个假人，他彬彬有礼的做派，经常让她觉得不真实。后来，她才想起来，当初罗友丽介绍苏斌给她认识的时候，曾经当着苏斌的面说青岛市最大的夜总会是苏斌的，苏斌并没反对，也没解释，这不也是撒谎吗？只是被动配合谎言而已。

好几次，何晓萌想去看看夜总会到底是什么样子，苏斌不让，说她是好女人，不要去那种场合。何晓萌就说，那你呢？苏斌说，我是男人啊，把守在那儿当份安身立命的工作，不是那种混夜总会的乱七八糟人，如果是，我还结什么婚？夜总会上百号的小姐，我随便搞。

何晓萌觉得也是，他这么热烈地追自己，讨好她的父母，还不就是为了顺利地把她娶到手吗？她自知不是个漂亮的，随便一个夜总会小姐就能艳压自己，可他还把恋爱谈得这样兢兢业业，只能说明一个问题：他把工作和私生活分得很清楚，未必不是个好男人。

谈恋爱期间，苏斌和她搂搂抱抱过，也上下其手摸过，但没有进一步的要求。何晓萌是有过性经历的人，就有点儿失落，想他可能是在夜总会看穿着暴露的小姐们看多了，对女人的身体已经有了最基本的免疫力。

9

何晓萌和苏斌是转年八月结的婚。

青岛的八月，又潮又闷，婚纱看上去轻盈，事实却是又沉又闷，让何晓萌感觉像是被装进了粗粝沉重的麻袋包，虽然酒店的冷气足够强大，可她还是有随时要被热昏过去的可能，只想快点儿结束婚礼程序，卸下这身美丽却沉重的盔甲。

可要命的是婚宴设了两场，中午这场是两边家里的亲戚，苏斌父母走得早，只来了一些姑姑舅舅什么的，看样子平时也不怎么走动，言语中都能感觉出生疏。

晚场是苏斌的朋友和同事们，他们设计了很多下流的小游戏让她和苏斌当众表演，粗俗得令人作呕，何晓萌的心情就更糟了，更觉得以前苏斌在自己和家人面前的表现，是在演戏，因为有人说了，看一个人是什么人，不能看亲戚，因为亲戚无法选择，而朋友却都是自己选择的。

苏斌的朋友们满嘴粗话，为能设计出那么高明的下流游戏而洋洋自得，一遍遍地起哄让苏斌和何晓萌表演。何晓萌坐在那儿，一动不动，脸色惨白。

苏斌大概看出了她的不悦和鄙夷，跟他的兄弟们抱拳作揖，说何晓萌是大学生，知识分子，别瞎起哄，他兴致勃勃的兄弟们很败兴，七嘴八舌地说着脏话，喝酒去了。

可能觉得何晓萌的表现挺对不住弟兄们的，苏斌就拼命敬酒，喝得烂醉如泥。

新婚之夜，何晓萌是在收拾苏斌呕吐的秽物中度过的。

看着死猪一样躺在床上打呼噜的苏斌，何晓萌隐隐觉得不好，这种不好的感觉，就是你一脚踏下去，就已知道了前面是深渊，却已收不回脚了。

第二天早晨，何晓萌睡得蒙蒙眬眬的，突然感觉有人解自己的上衣，知道是苏斌醒了，她觉得羞涩，没睁眼。

后来，苏斌把她和自己都脱光了，两具身体纠缠在一起磨蹭了一会儿，苏斌就停了下来，问她早晨饭吃什么。

何晓萌已被调动起了情绪，只想酣畅淋漓地释放一次，什么也不想吃，但又不好直说，只好嘤嘤说不饿。苏斌却一丝不苟地穿上了衣服，要下楼买饭。

何晓萌坐在婚床上，呆呆的，失神了一会儿，想，或许每个男人的风格不一样吧，以前和黎波在一起的时候，只要和她在一起，黎波恨不能不吃不喝没白没黑地和她做爱。

苏斌却在她兴致最高的时候，下楼买早饭去了。

也有可能昨晚吐就把身体里吐空了，他要吃饱了才有兴致吧？俗话不说了嘛，饱暖思淫欲。

十几分钟后，苏斌拎着几根油条和茶蛋豆浆上来了，招呼她出去吃饭。

心还在床上，何晓萌的饭就吃得心不在焉。

苏斌稀里哗啦地吃完了，就去刷牙洗脸了，然后说，这几天夜总会事多，他得过去盯着点儿。

何晓萌就听见失落像被凌空砸碎的冰一样稀里哗啦地往地上掉，说，你没有婚假啊？苏斌说，夜总会这种单位，说白了，是个体的，跟正规单位完全不是一回事。

意思是让何晓萌别指望他会陪她七天了，该做自己的打算就做自己的打算。

何晓萌只好说，你去吧，早点儿回来。

等苏斌走了，她掉了一会儿泪，觉得委屈，那种你把自己当点心送到别人嘴边，别人却扭过头去的委屈。

何晓萌在家玩了一天手机游戏，在学校管理教具，平时也没什么事，全靠手机游戏打发时间，玩到晚上十点，苏斌还没回，不由得，心里就有了怨气，那种无端的，就被人漠视了的怨气，给他发了个微信，连称呼也没有，直接问怎么还不回家。

很快，苏斌回了话，说夜总会里遇到点儿特殊情况，一时半会回不来，让她先睡。

何晓萌就赌气躺下了，翻来覆去的，竟然也睡着了，等醒来，已经是第二天早晨，苏斌已买好了早饭，喊她起来吃。何晓萌心里憋屈得要命，除了空气，什么也咽不下去，就说不吃。苏斌坐在床边，摸了摸她的额头，问怎么了。何晓萌没说话，眼睛潮潮的，怕眼泪掉出来，一直没睁眼。

苏斌好像也有点儿不是意思，拿出一个硕大的红包放在床头柜上，说他们老板给的红包，让她收好。

何晓萌没吭声，想我嫁给你是想甜甜蜜蜜地过日子的，又不是为了钱。

见何晓萌不吭声，苏斌坐了一会就走了，连再见也没和她说。

听见大门响，何晓萌飞速睁开眼，坐起来，看着床头柜上的红包，很厚，至少也得有两万吧，她抓起来，看都没看就扔到了对面的墙上，粉色的钱从钱包里甩出来，花瓣雨一样，满房间飞。

何晓萌哭了。

后来，何晓萌想，或许是苏斌回来的时候，见她已经睡了，没舍得打扰她。这么想着，就原谅了苏斌，甚至觉得他体贴。

所以，这天晚上，她洗澡以后，特意没穿衣服，还喷了香水，蜷缩在被窝里，想苏斌再木讷的人，一掀被子，见她光着，也会明白自己该怎么做吧？

可苏斌又让她失望了。

她又安安静静地睡了一夜，好像她的身体，不过是被子的一部分，丝毫不能唤起苏斌的兴致。

何晓萌再也忍不住了，回娘家和妈妈哭，说苏斌可能有毛病。

妈妈仿佛听到了天方夜谭，说怎么可能，就苏斌那五大三粗的身体，怎么会不行？何晓萌说，要是行的话，他怎么会不碰我？

妈妈让何晓萌不要胡思乱想，也不排除苏斌最近忙得没心情，男人嘛，心情一不好，那方面就受影响，这时候，女人就要耐心，不能催更不能急。

何晓萌就耐着性子等，可苏斌每天早晨都早早出门，晚上不是等她睡着了才回来，就是带着一身酒气醉醺醺地一头扎在床上，破口大骂，骂一些她不熟悉的名字，吐得满床都是。还有一次，何晓萌正睡得蒙蒙眬眬，听见客厅有哗啦哗啦的水响，心里一毛，以为是哪儿漏了，忙开灯，就见冰箱门拉开了，苏斌站在冰箱前，一手扶着冰箱一手扶着他的老二，正骂骂咧咧地冲冰箱里撒尿。

何晓萌登时就崩溃了，冲上去推开他，说，苏斌，你有病啊你？

苏斌愣愣地看着她，突然指着她的鼻子骂，我他妈的就是因为有病才娶了你这个破鞋！

何晓萌被他骂愣了，脑子嗡嗡的，说，苏斌你再给我说一遍！

苏斌抖了抖他的老二，提上裤子，指着她的鼻子说，破鞋！破鞋，你这个十二岁就让骚老头破了处的破鞋！

何晓萌气得浑身颤抖，说，苏斌，我要和你离婚！

苏斌恬不知耻地笑着说，想得美！先把我花在你身上的钱还了再离！

说完，苏斌就趔趔趄趄地歪到沙发上，从他包里摸出一个小本本，一字一顿地念他某年某月为何晓萌花过多少钱，总共多少，让何晓萌还。

何晓萌万万没想到苏斌和她谈恋爱时还记了账，就恶心得不行，转身回了卧室，把门摔上，想，这日子不能过了，再过她就崩溃了。

第二天，给罗友丽打了个电话，说要跟苏斌离婚。罗友丽并没像她想象的那样吃惊，她很平淡，连为什么都没问，只说听苏斌说在你身上花了不少钱，怕是不能跟你算完。

何晓萌突然就惭愧，好像有见不得人的短处，被罗友丽攥在了手里。如果现在让何晓萌说她为什么要嫁给苏斌，她能说上来的，不外是苏斌对他们家出手大方，博得了妈妈的欢心，在妈妈唯恐她嫁不出去的怂恿里，她为苏斌穿了嫁衣。

罗友丽又安慰了她半天，说苏斌身上虽然有这样那样的缺点，可大家都知道苏斌对老婆好，在外面喝酒吃饭，开口闭口就是我老婆如何如何，把在座的女人馋得不行，也羡慕何晓萌，觉得能嫁给时时念着老婆好的男人是莫大的福分。

何晓萌这才知道，苏斌经常和罗友丽她们一起吃饭，回家却从没和她说过，不由得，就酸溜溜的，说，他要真有那么好，你为什么不嫁呢?

罗友丽被她呛得半天没说上话，末了，才吭哧吭哧说，你怎么这样啊?

何晓萌说，我哪样了?

罗友丽说，你饿了，别人递个面包给你，还递出罪来了?

何晓萌说，好像你是个饱似的，你不也离婚了嘛。

罗友丽说，因为我让婚姻伤了，不想结婚了啊。

何晓萌让她说得哑口无言，憋了半天，才鼓起勇气，说苏斌从来不和她过夫妻生活。罗友丽表示很吃惊，说，一次也没有?何晓萌就哭了，说，没有。罗友丽忙安慰他，说，看样子不像啊。何晓萌说，不像什么?罗友丽说，阳痿。过了一会儿，又说，也难说，夜总会百十号小姐，哪个不比良家妇女活好……

挂了电话，何晓萌才想起来，她给罗友丽打电话，原本是想质问她为什么要在苏斌跟前造她的谣，或许，苏斌就是因为听信了她的谣言，也有了上当受骗感，才不碰她的。可电话一打通，居然说两岔道去了 ，提也没提，只控诉了苏斌不碰她。

作为女人，还有什么是比被男人娶回来却从没交过欢是更耻辱的事？她竟然这么轻易地就告诉了罗友丽！这感觉，就像把自己身上最丑陋的一块伤疤主动掀给人看，自取其辱啊。

何晓萌悔爆了，却覆水难收，决定去夜总会捉奸，只要捉到了苏斌的奸，就可以把耻辱转嫁到夜总会的小婊子们身上。

10

何晓萌是晚上八点半去的夜总会。

八点钟的夜总会还没开始上客，何晓萌下了公交，站在离夜总会门口二十几米的地方朝里张望，像唐僧站在妖怪的洞口，却又必须返回去取因匆忙逃走而遗忘在里面的经文，显得既胆怯，又迫切。

她局促地徘徊，引起了保安的注意，问她是干什么的。

夜总会保安大都有双火眼金睛，除去自家夜总会的小姐，哪些是外围女，哪些是老板的自带口粮，哪些是疑神疑鬼上门来捉丈夫奸的良家妇女，一打眼就能看出来。但凡后者，必得拦住了，这是老板的交代。夜总会这种地方，只有让客人们有安全感，才能玩得开心尽兴，客人们玩得开心尽兴了，他们才能财源滚滚。

让客人们有安全感的标准之一，是保安保证能把杀上门来的正房太太拦在门外，正房太太来夜总会捉奸是有标志的，大都局促不安、满眼的羞愤几欲喷薄而出。

所以，他们也拦住了何晓萌。

何晓萌认识他们，在婚礼上见过，但他们不认识她了，因为他们在婚礼上见到的是一个穿着婚纱化着浓妆的何晓萌，眼下的何晓萌，家常便装，平常得很。

何晓萌告诉保安她来找苏斌，是他老婆。

保安这才恍然大悟，说嫂子啊。让其中一个领何晓萌去保安部找苏斌。何晓萌心头一愣，说，保安部，他在保安部干什么？

保安说，苏哥是我们的头，当然在保安部。

何晓萌的脑子里，再一次一片稀里哗啦，她怔怔地看着保安，说，苏斌是你们这里的保安？

保安一脸仰慕地说，苏哥可不是一般保安。

见何晓萌还一脸云里雾里，保安又补充说，我们都听苏哥的。

何晓萌想，苏斌大约是保安的头吧？就觉得身上的血冰凉冰凉地在肢体里四处流窜，晕头晕脑地被保安领进了保安室。

苏斌正仰在转椅上玩手机游戏，一边玩一边骂，听见门响，才抬起头，见是何晓萌，就愣了，放下手机，挥手让保安走了，自己去关上门，说，你怎么来了？

何晓萌说，苏斌你这个骗子。

苏斌说，我骗你什么了？

何晓萌说，你是个保安！说白了，就是夜总会打手！

苏斌说，我打过你吗？

何晓萌哭了，说，你还不如打我一顿！我要跟你离婚！

苏斌说，你他妈想得美！

当所有面具都被摘下来，苏斌索性就不伪装了，骂骂咧咧的，说何晓萌是罗友丽还他的一笔债，想离婚，门也没有。

何晓萌蒙了，问罗友丽拿她还什么债？

苏斌一开始不说，被问急了，才说他和罗友丽谈了俩月，罗友丽狮子大张口，花了他二十多万，他带着几个兄弟去找她算账，罗友丽怂了，承诺她保证给苏斌介绍个能和他结婚的女朋友，把这笔账抵了，见她也真还不上钱，苏斌就答应了。

何晓萌万没想到，自己结的这场婚，是替罗友丽还债来的。

从夜总会出来，何晓萌直奔罗友丽家。

罗友丽和她的新男友已经上床了，何晓萌顾不了那么多，指着卧室说，你让他穿衣服走人，今天我有话要和你说。

罗友丽不肯。何晓萌就一字一顿地说，那你就不要怪我了。

罗友丽觉出了她决不妥协的凌厉，忙回卧室，哄男人起床穿好衣服走了，才把自己埋沙发里，让何晓萌说。

何晓萌声泪俱下，说，罗友丽我哪里对不起你？你要这么对我。

罗友丽呵呵地冷笑了两声，说，我是强奸你了还是骗你钱了？

何晓萌就把苏斌跟她说的话说了，然后目光咄咄地逼视着她，说，今天你必须跟我说实话，你为什么要把我介绍给他还你的债？凭什么？

罗友丽显得有些气短，说，就凭你妈都跟我说多少次了，让我给你介绍男朋友啊。

何晓萌说，那你为什么要给他编一个虚假的身份骗我？

罗友丽恬不知耻地说，怎么是我骗你？明明是他骗了我，我信以为真了。

何晓萌说，你和他上过床？

罗友丽扑哧就笑了，可能又觉得自己笑得不对头，就点了支烟，抽了两口，吐烟圈玩，对何晓萌看都不看。

何晓萌哭了，说，你是不是早就知道他阳痿？你就是因为这个才和他分手的。

罗友丽咦了一声，斩钉截铁说，没有。

何晓萌不信，两人陷入僵局，相互瞪着，谁也不说话。可能因为心虚，罗友丽先绷不住了，说苏斌说过，他前妻有外遇，为了证明外遇的正当性，满世界吆喝苏斌不是男人，她是守不了活寡才外遇的，弄得苏斌抬不起头来，为了证明自己没问题，离婚后，他对恋爱结婚这事特别积极。

一切昭然若揭。何晓萌呜呜地哭。

罗友丽并不想承担帮苏斌蒙蔽了何晓萌的责任，就说，你怎么就不想想，他一个大男人，要是正常的话，能谈了十个月的恋爱不动你？

何晓萌说，我没你那么无耻。

罗友丽说，别把自己说得那么清高，你是想结婚想疯了。

何晓萌斩钉截铁说，我要离婚。

罗友丽说，那就看你本事了。

11

何晓萌搬回了娘家，要起诉离婚。

妈妈很生气，说他是夜总会保安和是夜总会经理，有啥区别？都是份工作！

何晓萌说，我不能守一辈子活寡。妈妈就更是痛心疾首了，说两口子结婚，是情投意合，不单单是为了夜里那点儿事，这要传出去，得多丢人？！

何晓萌不管，她想，这次她一定要自己做主，中午休息的时候，去找了在网上联系的律师，把她和苏斌的事详细说了。律师说她和苏斌没有婚内共同财产，是个小案子，也收不了几个钱，他不想为这几个小钱葬送安生日子，就没接何晓萌的案子。

何晓萌这才知道，像苏斌这种在夜总会干保安的，都有黑社会性质，平时不惹着的时候，你好我好大家好，一旦闹起来，连命都不要，什么事都能干出来。

何晓萌觉得律师危言耸听了，下午回学校，照着网上的范本，写了份离婚起诉书，打印出来，打算第二天去法院起诉。

晚上回家，就见苏斌带着几个陌生男人在家坐着，爸爸妈妈被他们夹在中间，大气都不敢喘的样子。

何晓萌努力镇定下来，说，苏斌咱俩的事，不要牵扯上我爸妈。

苏斌说，我攒了半辈子的钱，都搭在你们家了，你怎么能说和他们没关系？

何晓萌说，当初你追我花了多少钱我还你，只要你别为难我爸妈。

苏斌说，不行，我诚心诚意地谈恋爱结婚，可被你们耍了，我面子没地儿搁。言下之意，他不离婚，只要何晓萌回去继续做他老婆。

何晓萌心平气和地说，你根本就不需要老婆。

苏斌跳起来就把何晓萌按倒打了一顿。爸妈想来拉，被两三个男人死死按住了，妈妈就哭，说，苏斌你看在我平日待你好的份上，放过晓萌吧。

苏斌回头就骂了一句脏话，妈妈就吓得连哭都不敢张嘴了，她紧紧地闭着嘴呜呜大哭的样子，真是让人心碎。

苏斌一边打何晓萌一边骂，骂她和他前妻一样不是东西，自己出去偷人，却把屎盆子往他头上扣！又骂何晓萌打小就不是个正经东西，十二岁就被隔壁的骚老头睡了！

何晓萌的爸妈就愣了，她妈哭着说，苏斌，你不想离婚我们就说不离婚的话，可不能胡说八道往别人身上泼脏水。

苏斌说她打小一身脏水还用别人泼？！不信去问罗友丽，是何晓萌告诉罗友丽，罗友丽告诉他的！

何晓萌爸颤着声问何晓萌这是不是真的。

何晓萌只剩了哭。

她的爸爸，头发都花白了的爸爸，嗷地大叫了一声，跳跃着，想跳起来去打人，却被摁得死死的，他就用脚一下一下地跺地板，说，晓萌你怎么不早告诉我，你怎么不早告诉我？！

何晓萌看见爸爸的眼泪大颗大颗地滚下来，大概，他终于知道，何晓萌为什么总是怯怯的了吧？

何晓萌觉得自己的心碎了，就像她在医院醒过来，知道黎波跳楼死了一样，心碎成一片一片的，到处都是，她没法收拾。

邻居听到何家声音不对，打了110。

警察来问了问情况，简单做了一下记录，说这是家务事，他们不管。

12

婚姻，就像一个人，没撕破脸皮，大家能忍的忍，能装的装，脸皮一撕下来，就破罐子破摔了。

自从在警察眼皮底下把何晓萌从娘家扛回来，苏斌就有恃无恐了。

他把何晓萌像扔破麻袋包似的往沙发上一扔，指着她鼻子说，我告诉你，老子不是不行，是不想弄你，我要是为了弄你才娶你，那是我傻逼了我，夜总会有多少女人我不能弄？

何晓萌咬牙切齿，说，那你为什么要娶我？

苏斌说，娶给别人看！

何晓萌就呸了他一下，说，那方面行的男人，用不着娶个老婆给别人看！

苏斌就又打了她一顿，说从今往后她要再敢提离婚这俩字，就是今天这下场，如果她敢在外面对人说他不行，一旦让他知道了，没别的，有的是胖揍等着她！

第二天，妈妈来电话，哭着求她，说苏斌虽然不是东西，可对她还是真心的，有多少人一辈子没夫妻生活，也没死，让她咬咬牙认了吧，以后别往家跑了。

何晓萌说，妈，你们就不要我了？

妈说，我们惹不起他。过了一会儿，才说，昨天帮他们家打110的对门邻居，大门上被泼了油漆，红彤彤的，满地都是，太吓人了。

何晓萌说知道了。但还是不想认命，就去法院起诉立了案。

从法院出来的路上，她想，从立案到传票送到苏斌手里，大概要半个月，也就是说，她还有半个月的安稳日子过，想想，就觉得挺凄凉的，就好像一个人，知道再过半个月自己就要死掉。

可是，苏斌还没收到法院传票，就出事了。

何晓萌起诉一周后，黑社会抢地盘，夜总会发生了械斗，苏斌一马当先冲在前面，失手打死了对方的小弟，被随后赶来的警察带走了。

何晓萌这才知道，苏斌连夜总会的保安都不是，是混黑道的，还是个小喽啰。在这世界上，一行有一行的规矩，黑道老大会往自己地盘上的娱乐场所派驻小弟看场子，以防其他黑帮来抢，说白了，苏斌就是黑老大派到夜总会看场子的小弟。

接到苏斌被抓的消息，何晓萌去见了律师。律师说像苏斌这种情况，可能要判死刑，最少也是个无期。

何晓萌点点头说知道了，付了咨询费，起身就走，律师诧异，问她想不想请律师为苏斌做轻罪辩护？何晓萌嫣然一笑，说不了。

坐公交回学校的路上，她心情很好，像突然被上帝眷顾了。

管他死刑还是无期，只要这辈子再也见不着他就好。晚上，她把苏斌的东西收拾出来，装了几箱子，扛到楼下扔进了垃圾箱。第二天，又去法院撤了诉，他都要死刑了，干吗还要离婚呢？在法律意义上保留他妻子的身份，至少还可以继承他这套房子。

这么想的时候，心里美滋滋的，给爸妈打了个电话，用报喜的口气说苏斌被抓进去了，很可能死刑。

被苏斌闹过一次之后，爸妈还心有余悸，没过多表达喜悦之情，只提醒她凡事谨慎着点，不要做得太过。

何晓萌说知道。

苏斌在看守所关了三个月才判，其间，托人捎信让何晓萌给送衣服，说天冷了。

何晓萌本不想送，又觉得他是要死的人了，毕竟还给她留了套一百多平米的二居室，就买了几件新衣服给他送了去。

苏斌很意外，嫌何晓萌不知道过日子，在看守所这种地方，随便一件旧衣服能保暖就行，何必浪费这钱。何晓萌让他说得心酸，就说在这种地方，心情肯定灰呛呛的，穿件新的，心情好。

苏斌嘿嘿傻笑了一会儿，好像很幸福的样子，然后小声说，对不起啊。把何晓萌说愣了，蒙蒙地看着他没说话。苏斌又说罗友丽不是个好东西，让何晓萌以后离她远点儿。

何晓萌就想起了人之将死，其言也善，也唏嘘得很，说，知道了。

苏斌定定地看着她，好像正在酝酿勇气跟她说点儿什么，狱警推门进来，说时间到了。苏斌恋恋地起身，看着何晓萌，眼里似乎有泪，突然大声说，我真的不行，我前妻就因为这和我离的婚，弄得我在人前抬不起头，我才想娶个老婆堵别人的嘴。

何晓萌怔怔地看着他，觉得他也可怜，哪个男人不都想自己很行很厉害？可自己说了不算，尤其他们这种在道上混的男人，那个不行，是天大的耻辱。

反正从今往后他再也不会和自己的人生发生交集了。

何晓萌在心里原谅了苏斌。

出于物伤其类的悲悯，苏斌判决那天，何晓萌去了，坐在旁听席的最后一排。整个审判过程中，苏斌不停地回头看她，像不安的孩子一次次看往母亲的方向。莫名的，何晓萌就想起来他的一些好，眼睛竟也潮湿了。

苏斌被判无期。

何晓萌松了一口气，回家第一件事，就是上网找了家装修公司，把房子重新装修了。

当何晓萌站在焕然一新的家里，慢慢地笑了，觉得上帝真公平，给了她一段磨难，补偿了她一套房子。

还有多少人，受了比她更多的磨难，却没被补偿。来看她装修的新房子的罗友丽这么说。

罗友丽说早知道这样，我就咬咬牙和他把婚结了，熬一年换他大房子，多划算。

何晓萌，你运气真好。罗友丽说。

何晓萌笑，不说话。

13

监狱里不断传来苏斌的坏消息。

入狱上半年和狱友打架把眼睛打坏了，右眼几近失明，下半年从楼梯滚下来，不知怎么的腿就瘸了。

变成瘸子的苏斌越来越胖，第二年夏天，脑出血后引发了心梗，医院给植入了三个支架，病情稍一稳定，监狱就把他送回家保外就医了。

何晓萌傻了。

进门看着装修一新的家，苏斌也傻了。

看着愣到不知所措的何晓萌，很快，他就明白了一切，原来何晓萌没打算他还能活着回这个家。他破口大骂，到处找他的东西，翻他的衣服，什么也没找到，就晓得何晓萌已经把他从这个家清零了。他勃然大怒，挥着手杖把何晓萌走街串巷淘来的摆件砸了一地，指着何晓萌的鼻子骂，说别看他残了，可揍何晓萌还小菜一碟，何况他还有一群生龙活虎的兄弟们！

何晓萌不想和他争吵，收拾东西回娘家，第二天，去法院起诉，要离婚。

过了二十多天，法院开庭，苏斌的律师拿出一份文件，说苏斌现在的身体状况，属于重度伤残，生活不能自理，夫妻之间有相互抚养的义务，何晓萌想离婚也可以，除非她出资雇保姆照料苏斌的生活，给足相应的生活费，否则就是遗弃。

雇保姆再加上生活费，七七八八加起来，每月要七八千，何晓萌的工资才六千不到，满足不了苏斌律师的条件，诉讼被驳回。

又过了半个多月，何晓萌收到传票，苏斌起诉她遗弃，要求她回家照料他。

何晓萌既没愤怒也没伤心，因为知道没用，给法官打了个电话，提出庭前和解，让苏斌撤诉，她回家照顾他。

她收拾东西搬回苏斌家的时候，妈妈哭得很惨，说她不该一时迷糊，怂恿她和苏斌结婚毁了她一辈子。何晓萌劝了一会儿妈妈，说，谁毁了谁还不一定呢。

妈妈吓了一跳，张着一张泪脸，愣愣地看着她，说，晓萌，你不会做傻事吧？

何晓萌轻描淡写地说，不会。

14

何晓萌搬回了她和苏斌的家。一开始，苏斌总拿老鼠戒备猫的眼神看她。何晓萌在厨房做饭，他拖把凳子在厨房门口盯着，何晓萌叫回外卖，他都是看何晓萌先吃，再把何晓萌吃的那份抢过来，好像何晓萌会给他下毒。何晓萌也不恼，总是无所谓地笑笑，劝苏斌不必这样，说她已经认命了。

而且，说到做到，把苏斌照顾得很好，买回来很多花，养在阳台上，还捡回家一只流浪狗给苏斌做伴，洗得干干净净的，又去宠物医院做了驱虫，打了各种疫苗。

她做这些的时候，苏斌一直冷眼看着，她上班了，流浪狗在脚边转来转去地讨好他，他烦了，就一手杖打过去，狗哀鸣着翻滚到一边，爬起来，又蹭到他身边摇着尾巴讨好他，也不记仇。渐渐的，他的心就不绷那么紧了，甚至觉得，自己和狗，都曾被这世界嫌弃，都是苦命的生灵，对狗也就不那么凶了，在家觉得闷，就拄着拐杖下楼遛遛狗。可这栋楼太老，电梯总坏，只要电梯一坏，苏斌就被困在了楼下或者家里。何晓萌就和他商量把旧房卖了，换到物业管理好一些的新小区去。苏斌觉得可以，她上班后，他在家积极上网找房源，看到合适的，就抄下来，她下班回来拿给她看。何晓萌也会对他选的房源评头论足一番，逐一打电话去问，周末忙里忙外地跑着看房子。

好像，真的认了命。

苏斌也时不时地说，就是嘛，就我这身体，不知哪天就嘎巴了，还不都是你的?

他说这话的时候，指着整套房子。

何晓萌就笑，说，我可没那么好运。

是啊，多少次了，她明明是被上帝眷顾了，可后来，都变成了磨砺。

一开始，苏斌听她这么说会恼，听次数多了，就觉不出恶意了，甚至当成了夫妻间的调侃，用来佐料乏味的生活。

日子一天天过去，风平浪静，有一天，何晓萌在窗外的晾衣绳上晒衣服，有条内裤被风刮到最边角上去了，她够了半天也没够下来，就跟苏斌说，你胳膊长，帮我够下来吧。

苏斌一瘸一拐地走到阳台，看了看像旗子一样在晾衣绳上飞舞的内裤，说了句脏话，把手杖扔到一边，探出了大半个身子。

原本安安静静站在他身后的何晓萌，突然弯下腰，抱起苏斌的腿，奋力把他掀出了窗子。

二十三楼。苏斌头着地，当场无救。

何晓萌趴在窗户上，远远看着在地面开成了鲜红大花的苏斌，哭得如丧考妣。后来，她在法庭上说，她哭，不是因为害怕也不是难过，是高兴。

苏斌死了不到一小时，何晓萌就被警察带走了。

苏斌家对面楼上住着一个闲极无聊的人，见何晓萌一下一下地努力往外探着身子却够不着晾衣绳上的衣服，觉得滑稽，想拍视频传到网上博人眼球，结果拍到了她的犯罪过程，打了110，还出庭作了证。他说的一切，何晓萌没否认，只淡淡地说，为了让他放松警惕，我准备了半年多，没想到让你给毁了。

执行死刑前夕，妈妈去看何晓萌，哭得直不起腰，说就苏斌那身体，不知哪天就死了，你何必把自己填进去……

何晓萌幽幽地说，妈，我没那么好运。

谁在追杀妖女沙乐美

1

沙乐美是个怎样的女孩子？哦，巷子里的人都知道，她经常撒谎，还喜欢吹牛，也就是虚荣，而且很流氓，那时候，人们还不大说风骚这个词，形容一个人的作风不好，大家都会说这是个流氓，喏，所以，巷子里的孩子都叫沙乐美小流氓。

一个女孩子能被人追在屁股后喊小流氓，她做到了什么程度？可想而知。以至于父母看见她就眉头紧皱，她的父亲更是酒后放风说，或许，沙乐美不是他的种，很有可能在医院和别人家孩子抱错了，多嘴的街坊们就起哄：老沙，去做个DNA鉴定吧。

沙乐美的父亲悻悻地说，有那钱，还不如留着买酒喝。

十五岁的夏天，沙乐美再一次用事实证明，她赢得小流氓这个称号绝非是街坊们口舌歹毒，因为她勇敢地给一个在本校读高二的男生写了封信，结果，被男生的班主任截获了，课间操时，那个男生的班主任站在教室门口，当着全班同学的面，大声问，谁是沙乐美？

大家齐刷刷地把目光移到沙乐美身上，沙乐美满不在乎地站起来，懒洋洋地说，我就是。

那个胖胖的班主任用带了针的目光，恶狠狠地上下剜剔着沙乐美，然后，非常之不屑地说，请把你写给张小飞的情书收回去。

全班同学哇地惊叫着，纷纷看着沙乐美，那天的沙乐美穿了一件果绿色连衣裙，美得像棵刚刚淋过雨的小树，清新干净。

对，她是昂着头走到教室门口的，一把夺过信，仔细看了看，问那位胖胖的女老师，说，你拆开看了？

女老师不屑地说，你还有脸问？

沙乐美轻描淡写地说了句——你侵犯学生的隐私，不配当老师。然后，扭扭打打地往回走，那位女老师的脸，像猪肝一样暴紫。

沙乐美为此付出了代价，她的爸爸妈妈被班主任叫来，带着沙乐美去向那位高中部老师道歉。

之后，听说沙乐美被母亲暴骂了一顿，被父亲暴打了一顿，因为那位老师是她哥哥的班主任，张小飞和沙乐美的哥哥是好哥们。

再之后，沙乐美没来上学。

再之后的之后，再也没人看见过沙乐美，据说，她离家出走了，像一片风中的叶子，被风带出了小巷，不知所踪。

偶尔的，会有人看见沙乐美的母亲痴痴呆呆地站在巷子口，怔怔地望着马路，半天不说一句话，巷口的阳光把她一天天晒老了，像一张渐渐失去了颜色的老照片，恍惚着，模糊了，渐渐的，后来出生的孩子们，不记得沙乐美了，沙乐美就成了一个传说。

八年后，沙乐美回来了，她已经长大了，她站在小巷的旧址上彷徨，久久，现在，小巷已不见了，取而代之的是一片拔地而起的高层建筑，小巷像她一样长大了，变美了，二十三岁的沙乐美美得像一株盛开的兰花，妖娆而修长，皮肤白皙，媚眼似狐，樱唇圆润。

可是，我们的沙乐美却哭了，她拖着巨大的行李箱，蹲在高楼林立的夹缝里，噼里啪啦地掉着眼泪。

2

沙乐美并没有急着去找她的亲人，而是去找张小飞了。

她找到了在千叶街开书店的张小飞。

她拖着大大的行李箱，站在书店门口，忽闪着浩渺的长睫毛，寻觅张小飞的踪迹，然后，欢快地喊，张小飞！

一个坐在门口收银机旁的面目安静的女子应声抬头，看了一眼沙乐美，尔后，眼神就恍惚了，她迟迟疑疑地小声问，你是……沙乐美？

沙乐美瞪大了眼睛，说，你怎么认识我？你是……

沙乐美拧着好看的眉毛，用手拍了拍饱满的脑门，说，你是文……文……

文碧玉。女子干脆地替她答出来，尔后大叫，小飞！小飞！你看，谁来了……

喊着喊着，她的声音就低了下去，似乎为刚才的唐突有些后悔，疑惑地看着沙乐美，问，什么时候回来的？

沙乐美张望着书店后面的那扇小门，说，刚下飞机。

文碧玉哦了一声，表情冷静了很多，说，你回家了没？

沙乐美看也不看她，还是盯着那扇小门，说，没回去，永远不打算回去。

文碧玉又问，这些年，你去哪里了？

在南方，嗯，这是我的行李，放这里了，你帮我照看一下，我去找张小飞。说完，沙乐美就往里闯，把一个站在书架前看书的少年撞了一个趔趄，少年恼怒地抬起头，看了沙乐美一眼，脸上的怒气，就缓缓地消散了。

这一幕，让文碧玉看得有些发呆。

她站起来，冲沙乐美喊，张小飞有可能从后门出去了。

沙乐美站下，回头，说，是吗？我进去看看。

文碧玉突然红着脸说，张小飞是我未婚夫。

沙乐美怔怔地看着她，半天回不过神，说，你未婚夫？

文碧玉点点头，就坐下了，表情冷漠，希望沙乐美快些离开的样子。

沙乐美没有离开，她在那里站了一会儿，好像在拼命去想一件被遗忘了很久的往事。

张小飞就是这时从那扇小门出来的，八年的时间，让他足够英俊挺拔，沙乐美飞快地眨着眼睛，说，张小飞？

英俊的张小飞低下头来，俯瞰着这个美丽的女子，慢慢说，你果然回来了。

沙乐美的表情突然柔软，说，你有没有收到过我的信？

张小飞摇了摇头。

一定是被那肥婆娘扣下了，我还给你家里寄过两封。沙乐美的脸上，有了浅浅的恨意。

张小飞有点感伤地说，后来，我搬家了。

沙乐美噢了一声。两人静静地站在那里，眼里都有历经沧桑的伤感，倒是文碧玉，高声道，张小飞，你打个电话给沙乐宝，让他来接沙乐美回家。

张小飞犹豫了一下，说很多年没和沙乐宝联系了，不知道他电话是多少，说着，还是掏出了手机，说，我问一下其他同学。却被沙乐美一把按住了，说，我不想回家，不要告诉他们。张小飞有些尴尬地看着她，沙乐美突然就哭了，说，其实，当年我并没真的离家出走，我在火车站等他们去找我，我坐了两天两夜，没人找我，我就走了。

张小飞轻声问，这些年，你吃了不少苦吧？

沙乐美飞快地擦干眼泪，说，还好。

3

那天晚上，张小飞给沙乐美接风，带她去吃印度菜，还有文碧玉。

吃饭期间，张小飞问沙乐美回来有什么打算，沙乐美很茫然，说不知道。张小飞就说，要不，到我店里干吧。

文碧玉飞快地说，你真能说笑，让沙乐美到咱的小店打工，多屈才。又对沙乐美说，他能开出来的工资，估计还不够你买双鞋子的。

沙乐美一身名牌，单是脚上的鞋子，就得两千块，文碧玉在商场看见过，往返流连几次，没舍得买。

沙乐美看着文碧玉笑，我身上的行头，都是人送的。

文碧玉噢了一声，眼睛睁好大，说，你男朋友这么有钱？

沙乐美睥睨着她笑，我没男朋友。

说完，沙乐美就埋头吃一块咖喱牛肉，不打算再回答文碧玉任何问题的样子，文碧玉讪讪的，也埋头吃菜。

其实，文碧玉很想问，这些年，沙乐美都在南方做什么？一个初三就离家出走的女孩子，也能混得衣锦还乡，她很好奇。

所以，在回家路上，文碧玉问走在张小飞右侧的沙乐美，沙乐美，南方好大的，你在哪座城市？

沙乐美简短地说了两个字，广州。就对张小飞说，我能不能在你家住几天？过几天，我就走。

张小飞说，没问题。文碧玉问沙乐美过几天去哪里，沙乐美踟蹰一下，说，不知道。文碧玉就更是奇怪了，说，你真神秘啊，简直就像一股神秘的风，八年前，你消失得无影无踪，突然回来了，又要走。

沙乐美说，我这辈子就这样了，最终会漂到哪里，我也不知道。

那天晚上，沙乐美睡在张小飞家客厅沙发上，夜里，她听见卧室里的文碧玉嘀嘀咕咕地和张小飞说话，最后，文碧玉似乎哭了，一点儿也不掩饰声音，好像哭给她听的，后来，她的哭声，好像被什么堵上了，应该是张小飞的嘴吧？后来，那断断续续的哭，就变成了隐约的呻吟，在寂静的暗夜里，略有夸张。

沙乐美怔怔地看了一会儿天花板，猛地拉起毛巾被，盖在头上，又烦恼地扔到地板上，从沙发上下来，从包里摸索出一支烟，点上，倚在窗边，望着蓝蓝的幽夜安静地抽。

去厕所的张小飞看见了依在窗边抽烟的沙乐美，定了一下，望着她，忽然低下头去，匆匆进了厕所，冲水马桶的声音很刺耳，轰隆轰隆地响着。

等他出来，沙乐美已躺在沙发上睡着了，幽静的月光洒在她脸上，使她的脸分外的白，像抛了光的纸。

张小飞站了一会儿，就回卧室了，床头灯开着，文碧玉的眼睛瞪得很大，看着他，说，去了这么久，在客厅欣赏睡美人了吧？

张小飞顿了顿，什么都没说，躺下，扯过毛巾被盖搭在身上，文碧玉愤怒地看了他一会儿，猛地扯下毛巾被，扔到地板上，说，是不是沙乐美一回来你就不稀罕我了？

张小飞下床，捡起毛巾被盖在身上，说，睡吧，别找事了。

文碧玉开始哭，谁不知道当年你和沙乐美好过？你不用和我装傻。

张小飞抱着她的腰，说，当年，我们是小孩子，懂什么？

那她为什么会回来找你？她还给你写过信。

或许，是她信任我。

信任就是爱的信号。

张小飞拍拍文碧玉，说，睡吧，我困了。

你是不愿意和我说话。文碧玉索性坐起来，小声说，看她那妖样吧，这些年，谁知道她是靠什么活下来的。

张小飞不高兴了，说，别瞎猜。

文碧玉用鼻子哼了一声，说，以后，我不回我妈那边住了。

张小飞说，好。

4

凌晨时，沙乐美在蒙眬中睁开看，看见文碧玉站在沙发前，也不开灯，双手背在身后，用冰冷穿心的目光，一动不动地望着自己，沙乐美揉了揉眼睛，问她，我有那么好看吗？

文碧玉微微笑了一下，说，很好看。然后，坐在沙乐美脚边的位置，沙乐美觉得脚上飕飕地冷了一下，坐起来，看见文碧玉手里握了把刀，就笑着问，想谋杀我？

文碧玉笑，然后说，我突然想吃水果。说着，就从茶几上的果盘里拿起一只蜜宝瓜，托在掌心里，细细地拿刀切它，很快，那只小小的蜜宝瓜就被切成了一朵莲花瓣的样子，向四周散开，瓜汁淅淅沥沥地滴下来。

文碧玉用刀挑起一块，向她伸了伸胳膊，说，来一片？

沙乐美摇头，然后说，我回来很让你害怕吗？

文碧玉笑着说，怎么可能？

沙乐美看了她一会儿，突然说，碧玉。

文碧玉愣了一下，她有点儿不习惯沙乐美这样叫她碧玉，在学校里，她坐沙乐美的前排，沙乐美是那种没女孩缘的孩子，在班里，基本没女朋友，因为她既漂亮又骄傲，女生们背后都叫她狐狸精，再恶毒一点儿就叫她小流氓。她男生缘比较好，走到哪里，身后都跟了几个劣迹斑斑的男生，那些男生平时都跟霸王似的，唯独在沙乐美面前，简直就像听话的小绵羊，奉沙乐美的话为圣旨，所以，尽管女生不喜欢沙乐美，却没人敢明目张胆地欺负她，就是他们的功劳。

背地里，大家都叫他们是沙乐美的狗腿子。

见文碧玉愣愣的，沙乐美就笑着说，我住几天就会走，不会多打扰你们。

文碧玉看着她，等待下文，沙乐美有些不是很流畅地说，希望你不要把我回来的消息告诉任何人，就当我没回来过一样，好吗？

为什么？文碧玉问。

我不想见任何一个熟人，最好所有人都已忘记了曾经有过沙乐美这个人。说完，沙乐美就躺下了，把毛巾被往上拽了拽，笑着说，你和张小飞很般配，祝福你们。

文碧玉不置可否地笑，真心话？

沙乐美点点头。

文碧玉坐在那里，客厅很静，只有她清脆细碎的咀嚼声，吃完那只蜜宝瓜，文碧玉把水果刀在手掌上仔细地蹭了蹭，放回果盘，就去卫生间洗手了。

客厅里一片黎明前的黑暗。

5

很快，沙乐美就找到房子，不大的一室一厅房，格局合理，装饰也蛮淡雅干净，很适合单身女子住，是沙乐美自己找到的，找到后，就把行李拖了过去，收拾停当了，才给张小飞打了个电话，说要走了，并为这几天打扰他和文碧玉而道歉，张小飞问她要去哪里，她笑了笑，说别问了，谢谢你这几天的收留。然后告诉他，她把钥匙留在茶几上了。

张小飞放下电话，文碧玉就追着问沙乐美的去向，张小飞说他也不知道，文碧玉用受伤的目光看着他，似乎不相信，张小飞只好又郑重重申一次，说，我真的不知道，她不告诉我。

文碧玉就陷入了沉思，说，太神秘了。

张小飞去整理书架，文碧玉小声说，嗨，我猜，沙乐美在广州从事的肯定不是正当行业。

张小飞没搭腔，文碧玉又道，我早晚会知道的，我有几个高中同学大学毕业后留在了广州。

你打算干什么？张小飞回头看着她。

调查调查沙乐美的底细，一个初三就辍学的女人，风风光光地回来了，而且行踪诡秘，你觉得正常吗？说不准，她是在外面犯了事跑回来避难呢，不然，她搞那么神秘干什么？连要去哪里都不让我们知道。文碧玉很得意于自己的推理逻辑，一边对着镜子补唇彩一边说。

张小飞别着脸，很安静地看着她，一句话不说，文碧玉又对着镜子卷了一阵睫毛，说，看什么看？

张小飞笑笑，旁边的音像店在放歌，是卡朋特的《昔日重来》，调子低回婉转，忧伤沙沙地走过张小飞的眼睛，他想起了很多年前，他去沙乐宝家写作业的时光，那时的沙乐美还没长开，却已然很是漂亮，她总是抱着一本书，躺在沙发上，一声不响地看，有时笑，有时落泪，她的声音，总是能把他握笔的手惊出汗来。

有时候，她还会发出一惊一乍的尖叫，吓得张小飞手里的笔，一下子就落了地，沙乐宝就拍拍他的肩，说，你怎么这么胆小？

他不好意思地笑笑，说，你妹妹没事吧？

沙乐宝瞥了客厅一眼，说，她是个神经病，别理她，我发现一个问题，只要你一来我家写作业，她就变成豌豆公主了，看见只蟑螂都能吓得跳起来，靠，假装胆小的。有一次，我和爸爸妈妈去看电影，她自己在家弄饭吃，愣是拿锅铲打死了一窝潜伏在厨房里的老鼠。

见张小飞愣愣的，沙乐宝就坏笑着拍拍他的肩膀，说，我妹妹对你有意思，你不来我家时，她安静得像个哑巴，她这样，是想引起你的注意。

十八岁的张小飞的脸，一下子红到脖子，说，你胡说什么。

不知为什么几天不见沙乐美他就会心慌，就像身体里缺了点儿什么补不上，挨到放学，就主动搭着沙乐宝的肩，说，去你家写作业行吧？

沙乐宝鬼鬼地看着他，说，为什么不带我去你家写作业？

张小飞就局促地说，我爷爷整天在家看电视，写不安心。

沙乐宝很仗义地勾着他的肩，说，好，去我家。

有时候，他们会偷沙乐宝爸爸的啤酒喝，还偷着抽过沙乐宝爸爸的香烟，那烟很便宜，很难抽。他们偷偷喝酒的时候，沙乐美瞪着眼睛在一边看，也尝了一口，就吐到痰桶里了，张着漂亮的小嘴不停地呼扇手，说，真难喝。

有个周末，张小飞背着书包去找沙乐宝写作业，沙乐宝不在，沙乐美坐在一张小板凳上哭得很伤心，因为爸爸妈妈带沙乐宝去郊区玩了，留她在家看家。

不知为什么，爸爸很讨厌沙乐美，尽管所有邻居都说她长得漂亮、嘴巴甜，比吊儿郎当的沙乐宝不知可爱多少倍，但他就是不喜欢她，仿佛她是仇人寄养在这里的一孩子，妈妈也是，懦弱了一辈子，爸爸的脸色就是她情绪的阴晴表，连给沙乐美一点儿温暖都是偷偷的，沙乐美曾经哭着问妈妈，爸爸为什么不喜欢她，是不是自己是捡来的，妈妈说不是的。

那天，沙乐美说了很多话，一边哭一边说，她想快点儿长大、嫁人、离开这个寒冷的家。

她掰着指头数，当她数到还有八年才能到结婚年龄时，她哭得就更凶了，不停地问张小飞，我该怎么办？怎么办？

张小飞不知该如何回答她，沙乐美突然不哭了，擎着满眼的泪问他，等我长大了，你娶我，好不好？

张小飞用力点头。

再后来，沙乐美就说，你抱抱我好吗？

张小飞笨手笨脚地拥抱了她，然后，两人又笨手笨脚不得要领地接了吻，当他的唇一挨到沙乐美的唇，就觉得整个身体里流过了一束电流，他被迅速击中，身体就熊熊地燃烧了起来。

就在那个下午，在厨房后面临时搭建的那间逼仄的小房间里，他们完成了相互交换身体的仪式。沙乐美流了很多血，他吓坏了，张皇着手脚，不知怎么做才好，沙乐美眼里含着泪，表情却像只幸福的小兔子，蜷缩在床上，笑眯眯地看着他。

那是他们人生的第一次，也是最后一次，一个月后，沙乐美因写信给张小飞闹出了麻烦，她离家出走，消息杳无。

沙乐美究竟在那封信里说了些什么？张小飞不知道，他本想这次见面时问问沙乐美的，可沙乐美只是笑，没有答他。

此后的张小飞一蹶不振，高考失利，读了一所末流大学，毕业后，开了一家小书店，再然后，有了文碧玉，她是沙乐美的同班同学，他喜欢和她在一起，仅仅是因为，他们可以经常谈论沙乐美。

文碧玉的记忆力特好，多年之后，依然能把沙乐美描述得活灵活现，让张小飞觉得，沙乐美依然生活在自己身边，像一个透明而灵动的影子，在他心里缠绕不停。

6

搬进租来房子的沙乐美真的消失了，像八年前从张小飞眼前消失一样，这让他很恍惚，觉得她在客厅沙发上睡过的那几夜，像梦境一样不真实，可，卫生间里，有她遗留下的一瓶洗面奶，是木瓜味的，清香淡淡，有微微的苦，他每天早晨用它洗脸，用得很是珍惜，当洗面奶的香味在脸上滑润地弥漫开去，他就有了想哭的感觉，这就是沙乐美的味道，八年前，她依偎在他怀里，皮肤上就弥漫着一层这样微苦而清淡的香。

过了几天，这瓶洗面奶不见了，他问文碧玉，文碧玉不屑地说，扔了，上面还不知沾了多少传染病和细菌呢。

她用清冷冷的眼睛看着他，仿佛要从他表情中找出点儿蛛丝马迹。

他什么都没说，能说什么呢？文碧玉早就把一辈子都押在他身上了，他不想要，也晚了。

秋天渐渐深了时，张小飞在街上看见了沙乐美，她戴了个大大的墨镜匆匆走在街上，尽管如此，他还是凭直觉认出了她，刹那间，他的心脏几乎是停止了跳动，待了一个短短的瞬间后，就飞快追过去，喊了一声，沙乐美！

沙乐美猛地一回头，看着他，缓缓地，就笑了。

张小飞突然有种被喜悦击中的感觉，他不管不顾地跑上前去，猛地拥抱了她，生怕她再从自己眼前消失一样，说，你为什么要骗我说去了外地？我打你手机，你怎么不接？

沙乐美推开他，小声说，不要大声喊我的名字。

为什么？张小飞看着她。

她淡静地笑笑，说，我不想让人知道我是曾经的沙乐美，如果你在外面遇见我，就叫我罗锦瑟。

那天，他们在一间茶楼里坐了很久，张小飞问她最近忙什么，沙乐美说在上班，已找到一份工作，张小飞问什么工作，沙乐美没回答，只说，我有点儿后悔去找你了。

张小飞心里一阵难过，低低地说，对不起，其实，我和文碧玉……

沙乐美笑笑，说，别说了。

他们饮了一下午茶，很多时候，都是在沉默，张小飞问她这些年在广州做什么，沙乐美只是笑着说，混着呗，干哪一行不是混?

他还想问她为什么突然回来，又是为了什么不肯和家里人联系，但，看着沙乐美懒洋洋的表情，就识趣地闭了嘴。

他问沙乐美以后有什么打算，沙乐美看着他，慢慢地说，过一天是一天。

话，就再也没法说下去了，张小飞不想和沙乐美聊文碧玉，或许，她也没兴趣知道。

张小飞的手机响了无数次，他总是拿起来看看就放下。沙乐美笑着问，是不是文碧玉催他了，张小飞摇头，沙乐美就笑着把包挎在肩上，说，回去吧，忘了我，还有，不要告诉任何人我还在青岛，记住，是任何人。

说着，向外走，张小飞猛地喊住了她，待沙乐美回头，已见张小飞满脸是泪，她呆呆地看了他一会儿，咬了咬嘴唇，就走了。

张小飞失魂落魄地回了书店，迎面看见文碧玉愤怒的目光，才突然想起，自己是去托运中心提新书的，却空着两手回来了。

他以为文碧玉会发一顿火，追问他究竟干什么去了，为什么不接电话。却没有，文碧玉只是愤怒地看着他，然后就埋头哭了。

张小飞觉得自己挺不是东西，主动说了对不起，就要去提书，被文碧玉一声给喝了回来，才见，天已黑透了，秋天的夜，来得越来越早了。

那天夜里，文碧玉也没再追问他整个下午的去向，口气很冷静地告诉他，她有种直觉，沙乐美并没有离开青岛，她就在这座城市的某个房间里。

她的话，把张小飞的心，惊得一颤一颤的，心虚地抱着文碧玉的肩，要她不要胡说，文碧玉却嗡嗡地哭了，她哭着说，沙乐美回来，是因为旧情难忘，她是遵守约定，回来找他结婚的，因为，几年前，文碧玉曾去找过那位高中部的班主任，千方百计地问出了当年沙乐美写给张小飞那封信的内容，沙乐美在信里说，她的理想就是在二十三岁的时候成为张小飞的新娘。

突然间，张小飞就觉得心脏有股被炸碎的疼，一句话，都说不出来。

他突然明白，沙乐美为什么突现出现的原因了，她真的像在八年前说的那样，回来找他了，而他，做了些什么？

7

后来，书店有什么外出的业务，都是文碧玉跑里跑外，让张小飞看店，张小飞明白，文碧玉是担心自己出门会去找沙乐美。她坚信沙乐美并没有离开青岛，并经常漫不经心地提起沙乐美，装作很关心她的样子，猜测她正在做什么，张小飞就不吭声，他真的一无所知，去了又回、回了又去的沙乐美就像一个谜团，缠绕在他心上，其实，他比谁都想知道沙乐美究竟住在哪里，在做着一份怎样的工作。

有时，在家里，他和文碧玉坐在一起看电视，看着看着，就失神了，文碧玉把手在他眼前晃晃，说，嗨，想谁呢？

她不问想什么，问在想谁。

他侧过脸，看着她笑，说，想我们刚在一起的那阵儿。

文碧玉瞪大眼睛，说，真的？

文碧玉的眼睛像杏子似的，圆而大大的，总像是受了惊吓的样子，有很多人跟张小飞夸过她漂亮，不知为什么，张小飞从没觉得她漂亮过，和她在一起，他总感觉自己老了，像一条在墙根下晒太阳的老狗一样，靠回忆打发日子。

有一天，文碧玉从外面回来，兴高采烈地跟张小飞说，猜猜看，我在街上遇见谁了？

张小飞的心里，一阵狂喜，从文碧玉满脸兴奋的样子，以为她肯定遇上了沙乐美，突然出现又突然消失的沙乐美就像一个小小的炸弹，被种植在了文碧玉心里，她忐忑不安，唯恐她会在某个时候猝不及防地炸毁了她的爱情。张小飞面上却不动声色，问，遇到谁能让你高兴成这样子？

沙乐美的哥哥，沙乐宝！他问了很多你的事，这些年，你们怎么不联系了？文碧玉看着他，问得很认真。

这个问题，以前她也曾问过，他只说，沙乐宝家动迁后就失去了联系，其实，谁都知道，这是不足以取信的事，眼下，通讯发达，电话手机无处不在，像人人手里都有一串的钥匙环，还有网络这台人肉搜索机，一个人想要安然地藏匿在某个角落安度余生，实在不是件容易事。

文碧玉说，她已经把店里的电话留给了沙乐宝，当年，沙乐宝高考落榜，在老城区开了一家小店面，经营传统快餐，生意不算大，足以支撑他和家人的小康日子，沙乐宝已于去年结婚，妻子是在店里打工的一外地服务员，很是漂亮，沙乐宝没费多少力气就追到了手。

张小飞小心地问，你没和他说其他事吧？

文碧玉看着他笑，仿佛已望穿了他所有心事，说，是问我有没有把沙乐美回来的事告诉他吧？

张小飞心虚地笑着。文碧玉撇了撇嘴，说，我没那么八婆。

张小飞抱抱她，文碧玉趴在他肩上，一声不响。等她离开后，他才发现，自己的肩，湿了一片。

8

几天后，沙乐宝打来电话，他没变，还是满嘴的话没一句靠谱的，除了吹嘘自己多么受女人欢迎，就是吹嘘自己的店，一副家大业大成功人士的嘴脸。

张小飞心不在焉地听着，其实，他不是很喜欢沙乐宝，曾经的接近，是因为沙乐美。

张小飞客套地敷衍着沙乐宝的话，心里却烦得要命，只想快点儿把电话挂断，沙乐宝却突然故作神秘地说，哥们，你还记得我妹妹沙乐美吗？

张小飞就像被一颗子弹击中，震了一下，看看旁边的文碧玉，故作轻松说，记得。

沙乐宝又说，她走了以后，我爸拦着我妈不让找，嫌找回来也是丢人现眼，我妈哭得，这两年已经基本看不见东西了。

张小飞刚刚振奋起来的心情，就蔫了下去，嘴里说，是吧是吧，你多安慰安慰她老人家。

沙乐宝突然说，前几天，我在街上看见一个女的，很像沙乐美，我上前问她来着，她说我认错人了，哎，哥们，不过，我觉得她长得和沙乐美真像，尤其是那眼神。

张小飞就道，可能，长得像的人多了去了，你在哪里看见她的？

在儿童公园附近，后来，她到电子信息城去了，不说这事了，哪天你有时间了，咱们一起坐坐吧？沙乐宝的声音模糊起来，好像有人找他，等张小飞说完好，他就匆匆扣了电话。

一直站在一旁看张小飞接电话的文碧玉凑过来问，沙乐宝和你说什么了？

张小飞轻描淡写地说，约我一起坐坐。

文碧玉疑惑地看着他，仿佛不相信他说的是真的。

9

一周后，沙乐宝又打电话约张小飞，当着文碧玉的面，张小飞应了，定在当天晚上。

他出门前，文碧玉笑着问，可不可以带家眷，张小飞说，算了吧，两个男人叙旧，带着她，不方便说话吹牛，文碧玉就温顺地把着门，对正要出门的张小飞说，我妈来电话了，催着咱俩快点儿把事办了。

张小飞头也不回地说，好，日子你选。

他们在一起也三年多了，他曾去文碧玉家商量结婚的事，被文碧玉的妈妈给抢白了回来，她总觉得张小飞像强盗一样没花一分银子就把她辛苦拉扯大的女儿抢走了，很是不开心，为此，张小飞不再主动和文碧玉提婚事，要提，也是她提，每次都是提完之后就没了下文。

很多时候，张小飞就想，如果自己是身价雄厚的钻石王老五，或许局面不会是这样，穷男人的短处就是，在爱情面前，都是缺钙的，连说句话都不理直气壮，他非常体谅文碧玉母亲的心情，天下母亲，谁不想让女儿过上衣食无忧的好日子呢？他不过是开一爿小书店维持生计的庸常城市青年，不被人看好，是正常的。

张小飞心事重重地上了公共汽车，望着车窗外细雨中的街景发呆。

秋雨太凉了，每一个在细雨中行走的人，都是一脸瑟瑟的寒意，步履匆忙地要奔回温暖的家里。

他有些惶惑，他和文碧玉，真的能相互温暖一辈子吗？

他擦了擦车窗玻璃上的雾气，往外看，突然，他看见了一个熟悉的身影，是的，那就是沙乐美，她打了一把粉色的雨伞，一件白色的短外套下，是发白的牛仔裤衬托出的修长美腿，雨伞遮住了她的头，但是，张小飞还是非常坚信她就是沙乐美。

他急切地望着沙乐美的去向，站起身子，很想大声喊出来，但是，公交车一拐弯，沙乐美就消失了。

张小飞垂头丧气地坐下来，拼命想沙乐美为什么会出现在这里，她手里仿佛拎了些东西，好像是水果和吃的什么东西，他猛然地拍了一下脑袋，对，在这样的天气里，手里拎着日常要吃的东西，只有一个可能，她就住在这附近。

他对自己推理出来的结果很兴奋，原先有些不快的心情，也就淡了。

他相信自己一定能找到沙乐美，至于为什么一定要找到她，他没有明确的目的，也不是对她的过往很感兴趣，就是觉得只有知道她确切的行踪，知道她平安而幸福，自己的心，才能安宁。

在心里，他默默地记牢了沙乐美在雨中出现的街口。

10

那天晚上，张小飞喝得有点儿大，沙乐宝也喝大了，看样子，他对目前的生活境遇很满意，说他年轻漂亮的老婆是如何体贴贤惠，最后，连她在床上的表现都卖弄了一顿，卖弄得连原本站在他身后为他们服务的一女服务生都脸红脖子粗地闪到一边去了。

最后，沙乐宝拍拍张小飞的手，说，你老婆也不错，床上表现怎么样？男人娶老婆，不能光好看，还要好用。

张小飞有点儿局促地说，我们还没结婚呢。

醉醺醺的沙乐宝说，别告诉我，你没碰过她。

张小飞笑着说，我们同居一年多了。

这还差不多，不过，哥们，说句真心话，如果不是沙乐美离家出走了，你俩真般配，你也别瞒我，我知道你对沙乐美有意思，她对你也是。沙乐宝坏坏地笑着，说，我妹妹比文碧玉漂亮多了。

那是。酒精让张小飞难以掩饰脸上的惆怅。

后来，他们又说了一会儿沙乐美，沙乐宝又把那天在儿童公园附近看见沙乐美的情形重述了一遍，张小飞默默地听着，没说什么。

末了，沙乐宝猛地拍了张小飞的肩膀一下，说，哥们，你对兄弟不义气。

张小飞惊异地看着他。

沙乐美回青岛了，是文碧玉告诉我的，还不让我和你说是她说的呢，我很纳闷，她为什么不回家？我爸是对她不太好，可是，还有我妈呢？她总不能连亲妈都不认了吧？沙乐宝喝了一口啤酒，眼睛通红地看着张小飞，说，以前，我也不太懂事，总欺负她，说真的，我现在很后悔，也挺想她的。

张小飞知道瞒不下去了，索性，就把沙乐美去找自己的前后过程说了一下，后来在街上又遇见沙乐美的事，他没提，一个人存心要把自己藏起来，肯定是有原因的，他不想因为自己多嘴，给沙乐美造成麻烦。

沙乐宝听完，叹口气，说，她还记家里人的仇呢，如果她再去找你，你告诉她一声，家里人都很想她。

张小飞点了点头，说，好。

沙乐宝喝大了，连站都站不稳了，最后，张小飞架着他在街边拦出租车，出租车停下，看看满身酒气的沙乐宝就摆摆手，开走了。张小飞没辙，只好架着他一步一步往他快餐店的方向挪，沙乐宝吐了他一身，胃液、酒精、菜肴这三样混合的味道，要多难闻就有多难闻，醉意蒙胧的张小飞心里惦记着与自己擦肩而过的沙乐美，沮丧得就甭提了。

等把沙乐宝送回去，再回家，已是凌晨了，文碧玉皱着眉头捂着鼻子看着他，用两根手指捏着他脱下来的衣服扔在卫生间的淋浴喷头下，拼命地冲，嘴里嘟哝着，恶心死了。

他散了架一样地瘫痪在沙发上，情不自禁地想，如果是沙乐美呢？她是不是也会这样？想着想着，眼泪就流了出来，昏昏地睡过去了。

11

三天后，张小飞接到了沙乐美的电话，当时，店里人不多，文碧玉出去提货了，他正在玩手机游戏，冷不丁的，手机就响了，他还吓了一跳，接起来一听，是沙乐美的，她好像很愤怒，质问他是不是把自己回来的消息告诉沙乐宝了。

张小飞没说是文碧玉说的，一个劲儿地说对不起，是自己一不小心说漏了。

文碧玉跟了他这么多年，并没得到过什么，甚至都没真正得到过他的爱，他不想让沙乐美因此怨恨她，算是对她的一点儿小小的回报吧。

听张小飞承认之后，沙乐美就哭了，说，你是不是巴不得我死？

张小飞一下子就觉得事情严重了，说，怎么会呢？我希望你快乐、平安、幸福。

原来，和张小飞喝完酒的第二天，沙乐宝就去报社登了寻人启事，寻找失踪多年的妹妹沙乐美，寻人启事上还刊登了沙乐美少女时代的照片，害得沙乐美一出门就得戴墨镜。

张小飞讷讷地说，都这么多年了，他们也觉得当年有点儿对不起你，你为什么不回去看看他们呢？

沙乐美冷冷地说，这是我自己的事，如果以后你再见到沙乐宝，麻烦你转告他，这辈子我永远不回那个家，让他们不必找我了，我活得很好。

你总不能藏着活一辈子吧？张小飞小心翼翼地劝说沙乐美回家看看，并告诉她，她母亲的眼睛已经近乎失明了。

沙乐美半天没说话，最后说她自有安排，也许，很快，她就要离开青岛了。

张小飞有点儿难过，问她是不是有点恨自己。

沙乐美用鼻子笑了一下，很轻，呼吸一样的轻，就扣了电话。

张小飞顿了一会儿，飞快拨回去，沙乐美接起来，劈头就说，不要再给我打电话了。

张小飞径直问，你是不是在外地遇到了什么麻烦，要回来躲避一阵？

沙乐美干脆利索地否认了，说只是想回来看看生活了十几年的城市，看完就走，没任何原因。

既然只是回来住几天，你为什么不住酒店而是租了房子？张小飞觉得，有些话，不必猜来猜去了，不知道哪一天，他就再也找不到这个叫沙乐美的女子，有疑问，还是尽早问出来的好，不要等她再一次人间蒸发了，才后悔没及时问出口，就晚了。

沙乐美很安静地听完了他的疑问，却没有做出回答，好半天，才说，张小飞，我回来，是想嫁给你的，可是，我回来晚了。

听完这句话，张小飞就像雕塑一样呆在了那里，半天才回过神，他喂了两声，电话已经被挂断了，这时，文碧玉回来，她一边指挥搬运工人把书放下一边诧异地看着呆若木鸡的张小飞，问，你怎么了？

他连连说，没什么没什么。

文碧玉从收银台旁的抽屉里抽出几张纸递给他，说把脸擦干净了，他这才发现，自己已是泪流满面。

文碧玉坐在收银台那里记账，看也不看他，晚上，关了店门后，文碧玉没和他一起走，一个人闷着头，往公共汽车站走，张小飞追过去，一把拉住她，问，你要去哪儿？

文碧玉冷冷地说，回家。

张小飞拉着她，声音低低地说，别这样，是我不好。

文碧玉突然就泪流满面，猛地挣脱了他的手，说，你滚去找你的沙乐美吧，不必勉强自己和我在一起。

一些过路的人停下来，打算看热闹的样子，张小飞不想在街头被人看闹剧，只好松了手，放文碧玉走了。

晚上，张小飞失眠了，他给文碧玉发了无数个道歉短信，文碧玉没回，他打沙乐美的手机，沙乐美关机了，他突然想起了报纸，忙下楼，去报箱取来看，果然在当天晚报的第三版有关于沙乐美的寻人启事，大意是沙乐美离家多年，听说她最近回青岛了，家人都无比牵挂她，希望她和家里人联系云云，下面是沙乐美的照片，她站在一棵小小的树下，笑得很拘谨，样子有些楚楚可怜。

看着沙乐美的样子，张小飞的心里，一阵阵地难过。

他又给沙乐宝打了个电话，问沙乐美有没有回去？

沙乐宝丧气地告诉他，沙乐美没回去，看样子，她是铁了心要和家里人断绝联系了。

12

第二天，张小飞开了店门，正琢磨文碧玉会不会来呢，她就进来了，一句话不说，把包一扔，就把张小飞从收银台的椅子上扒拉开，说，别占我地方。

张小飞小心地笑着，讪讪地看着她，说不出话。

我知道你讨厌我。文碧玉垂着眼皮，看样子又要哭，张小飞连忙说，我什么时候讨厌你了？

你是不是很生气我把沙乐美回来的事告诉沙乐宝了？文碧玉用面纸盖在鼻子上，无声地拧了一下。

张小飞无可奈何地看着文碧玉，说，她不想和家里人联系，肯定有她的难处和想法，你告诉沙乐宝干什么呢？

文碧玉没再吭声，整整一天，他们很少说话，文碧玉看他的眼神总是带着揣测的，还带着冷冷的笑，仿佛有个预言的结局即将到来似的，张小飞尽量不去碰触她的目光。

日子沉闷地过了一天又一天，张小飞很想去上次在公交车上看见沙乐美的地方走走看看，希望能再次遇上她，可是，每当他要出门，文碧玉总有理由跟着，每次的寻找，都不得不在出门时改变了方向。

有天晚上，沙乐宝突然打来电话，声音有些惶恐不安地说，哥们，我家可能要有麻烦了。

当时，张小飞在看报纸，文碧玉正削苹果，张小飞瞄了一眼文碧玉，文碧玉也在用余光看他。

怎么回事？凭直觉，张小飞觉得这事可能和沙乐美有关，碍于文碧玉在身旁，不好直接问出口。

沙乐宝说最近经常有陌生人在他家周围徘徊，还有人冒充推销员去家里打探过沙乐美的消息，看样子，绝对是来者不善。

张小飞的心，一下子就悬了起来，他不得不承认一个事实，沙乐美突然回来，并不是回来找他结婚的，而是，她确实遇到了麻烦，回来躲避一阵的。

张小飞在电话里安慰沙乐宝，不必一惊一乍地瞎担心，应该不会有什么事。

沙乐宝愤愤地说，都是那个寻人启事惹的祸，早知如此，他才用不着多此一举地拿热脸去贴沙乐美的冷屁股呢，如今，不仅没贴上沙乐美的冷屁股，反而给家里招来了麻烦。

张小飞又宽慰了他半天，才心事重重地扣了电话。见文碧玉看着自己，知道好多话她已听了去，就道，沙乐宝说有可疑的陌生人去他家里打探沙乐美的消息。

文碧玉好像很吃惊的样子，说，我就说嘛，她神出鬼没的，肯定不会有好事，哎——！你说，她会不会是在广州招惹了黑道上的什么人？正被人追杀才逃回青岛的。

张小飞心里一紧，嘴上说，她一个女孩子，身单力薄的，能招惹黑道上的什么人？

文碧玉撇撇嘴，说，那可不见得，你以为她这些年在广州靠什么生活？看她穿得那么体面，肯定不是在作坊里打工，可是，就凭她初中都没毕业的学历，不在作坊打工，活得貌似很体面，除了傍个什么人，哪有别的路可走？她长那么漂亮，有这资本。

张小飞不得不承认文碧玉说得很有道理，可是，在感情上，他却难以接受沙乐美在广州是靠色相生活，这让他感觉心又酸又疼到了难以言说的地步。

文碧玉仿佛看穿了他内心，瞅着他的样子，轻描淡写地说，难过了吧？

张小飞没理她。

文碧玉好像说得还不够过瘾，又追了一句，说白了，在广州，要么她是个零卖给很多男人的婊子，要么是个批发给了某个男人的婊子，总之，不清白。

张小飞突然转身，冲她怒目而视，高声大喊，你说够了没有！

张小飞闷在书店的角落里抽闷烟，文碧玉收声敛息地看着他，大气不敢出。

过了一会儿，他拿出手机，给沙乐美打电话，依然是关机，索性他给沙乐美发了短信，告诉她，有陌生人在四处找她，希望她行迹谨慎。

文碧玉好像猜到了他正在干什么，冷冷地看着他，什么都没说。

大约过了一个小时，张小飞收到了沙乐美的短信，第一个短信，只有两个字：谢谢。

少顷，又来一短信，内容让张小飞瞠目结舌：我正被一贩毒团伙追杀，麻烦你转告我哥，让家里人都小心些。

13

张小飞呆呆地看着短信，脑子一片混乱，沙乐美怎么会惹上贩毒集团的人呢？一个看上去那么柔弱的女子。一旁的文碧玉微微抬着眼睛，带了些轻描淡写的审视，一声不响地看着他，手指在收银机旁的电脑上无聊地敲打着，好像正和人聊天。

张小飞收回目光，冲她勉强地笑了一下，说，我出去一趟，你照看好店。

去哪？文碧玉的声音冷冷静静地带着一股子杀气。

事关重大，他不想撒谎了，便道，去找沙乐宝。

找他干什么？

有事……嗯，是大事！张小飞故意加重了语气，匆匆往外走，文碧玉追出来，说，是为了她的事吧？

张小飞知道文碧玉嘴里的她是指沙乐美，微微一愣，扫了她一眼，就跑到街边去拦出租车了。

文碧玉站在人行道上，昏黄的路灯照得她有些憔悴，看张小飞乘的出租车远了，才怏怏转身，狠狠地踢了店门一脚，玻璃门坚硬而结实，把脚弄得很疼，那疼，像是骨头断了，沿着腿一直往上蔓延。

她蹲在那里，捂着脚流了半天泪，透过玻璃门，她看见店内的一个顾客正飞快地把一本书往被包里塞。

她本能地想去制止，却又停住了，偷吧偷吧，偷光了才好，连张小飞的心都要保不住了，她还在意一本破书干什么？

14

快九点了，沙乐宝的快餐店已经闲散下来了，一个胖胖的女服务员正慢腾腾地收拾桌椅，沙乐宝的妻子秋易好像正在结一天的账，飞快地按着计算器按键，一旁的沙乐宝正心事重重地抽烟，听见店门响，便抬了一下眼，见是张小飞，便把烟头往地上一扔，迎上来，说，小飞，你怎么来了？

秋易的眼睛从计算器上抬起来，看着张小飞，满脸热情地迎上来，说，您就是张小飞呀，乐宝经常提起你呢。说着就张罗着让服务员去给泡茶，自己拖了把椅子推到张小飞眼前，张小飞忙说，不用了，我和乐宝一会儿出去坐。边说边跟沙乐宝丢眼色。

沙乐宝明白，对秋易说，我和小飞出去吃烧烤去，你们别忙活了。

说着就拽着张小飞往外走，秋易追到门口，说，少灌点儿马尿！

沙乐宝回头，说，你这是说话呢还是喷粪？！

秋易巧笑着，说，对你这号人，不喷粪还能喷香水啊。

张小飞忙打圆场，说，嫂子，我不让乐宝喝酒，你放心好了。

沙乐宝拽着张小飞继续往外走，嘴里嘟哝着，别搭理她，我一贯拿她说话当放屁听。

张小飞突然有点儿难过，男人和女人一旦成了夫妻怎么会这样说话呢？简直就是赤裸相见，毫不介意对方看见自己的丑陋，到底，这算不算是爱呢？有人说，只要你爱一个人，哪怕明知道自己是麻雀，也要在对方面前表演出孔雀的美来。

当情爱的对方让人失去了表演欲望时，就是对对方连一丝敬意都没了，男女之间相互没有敬意和欣赏，会有爱吗？

他这么想着，身体已被沙乐宝拽进了街角的一家烧烤店里，沙乐宝要了两串烤鱿鱼和烤比目鱼，又要了些烤肉，问张小飞，还要什么？

张小飞这才猛地回过神一样，说，什么都不要，我有事要和你说。

沙乐宝有点儿凝重地看着他，说，和沙乐美有关？

张小飞点点头，说，下午她给我发短信了。说着，看了看四周，压低声音，说，她让我告诉你一声，她正在被一贩毒团伙追杀，让家里人注意一点儿，还有，她埋怨我不该告诉你她回来了，你的寻人启事给她惹麻烦了，看来，她在青岛藏不住了。

沙乐宝大大地张着嘴巴，显得有点儿蠢，说，哥们，你再说一遍，沙乐美怎么会被贩毒团伙追杀？

她就在短信里和我说了一下，具体原因，也没和我说。张小飞拿出手机，翻出沙乐美的那条短消息给沙乐宝看。

沙乐宝拿过手机，看了一会儿，默默地还给他，说，我真……她是不是因为这个才不回家的？

张小飞点点头，说，或许，她不想给家里人带来麻烦。

沙乐宝没心没肺的表情被凝重覆盖，他喝了一大口啤酒，心事重重地吧嗒了吧嗒嘴巴，看张小飞，说，她现在安全不安全?

张小飞的心揪了一下，说，具体情况我也不知道，问她住在哪里，她也不说，我很为她担心呢，嗯，对了，如果有人跟你打听沙乐美的消息，你什么都别说，谁也别说。

知道，我连秋易都不告诉，她问起来，我就说是讹传，沙乐美根本就没回来。沙乐宝用杯子碰碰张小飞的酒杯，说，希望她安全，如果她再和你联系，你告诉她，有事可以找我，我是她哥，一直是。

张小飞抿了一口酒，把杯子推到一边，说，我不喝了，你也少喝点儿。

沙乐宝有点儿伤心，说，你跟她说，别嫉恨我爸了，他瘫在床上都两年多了，我爸对她不好，也是有原因的。说完，紧紧盯着张小飞，说，具体原因，你别问。

张小飞点了点头，心里，却翻云覆雨地猜上了，猜沙乐美的身世。

沙乐宝喝得眼皮都抬不起来了，说了不少没头没尾的废话，张小飞听得有一搭没一搭，突然，沙乐宝像是终于忍不住似的说，哥们，我知道你心里一直放不下沙乐美，我也就不瞒你了，沙乐美真的不是我爸的种，我爸也是因为这，才对她不好的。

沙乐宝微黑的脸上，一双黑白分明的眼睛飞快地忽闪着，神秘兮兮地打量着张小飞的反应。当然想知道下文的张小飞也忽闪着眼睛看他。

沙乐宝卖关子似的又喝了一大口酒，说，沙乐美是我叔叔的女儿，家里大人都知道，就瞒着沙乐美。以前，我叔叔和我们住一起，我爸爱喝酒，经常打我妈，我叔叔常常护着我妈，两人就勾搭上了，我爸被厂里派到外地出差的时候，他们种下了沙乐美，一开始我爸不知道，等沙乐美生下来，我爸一算日子，觉得不对，打了我妈一顿，我叔叔一急，就承认了，然后，被我爸打跑了，再也没回来。

张小飞静静地听着，心里很是难过，为沙乐美。

沙乐宝拍拍张小飞的手，说，我叔叔跑了，我爸就拿沙乐美撒气，可怜的沙乐美，至今都不知道爸爸为什么那么恨她，喏，哥们，这事，你知道就成了，别告诉沙乐美。

张小飞点头。

沙乐宝又喝醉了，满嘴酒气地骂秋易是个贼婆娘，整天防贼似的防着他，因为她是在店里做服务员时和沙乐宝好上的，嫁给沙乐宝后，自作主张地把店里的服务员换了一遍，稍有点儿姿色的服务员全给辞了，换上了几个又丑又胖的服务员。沙乐宝骂咧咧地说，靠，客人老给我提意见，说店里的服务员相貌实在是影响食欲，秋易那贼婆娘说，影响食欲怕什么，现在不是流行减肥嘛，影响食欲比影响性欲好多了。

张小飞心不在焉地听着，心里，却在拼命想沙乐美究竟住在哪？既然有人在绕城找她追杀她，那么她的饮食起居是不是也成了问题？他不放心地再一次跟沙乐宝强调：不管是什么人去家里打听沙乐美，你一定要一问三不知。

沙乐宝瞪着醉眼，说，为什么？

张小飞恨恨地把他的酒杯拿走，说，你就不能少喝两杯？！为什么？为什么你还不知道啊？为了支开他们！对了，你还要假装不知道他们为什么找沙乐美，而且还要假装很关心沙乐美的样子跟他们打听他们知不知道沙乐美的去向？明白不明白？

沙乐宝晕头晕脑地说，明白，明白，就是装蠢把他们当蠢蛋耍。

张小飞重重地叹了口气，说，别喝了，我明天给你打电话吧，你醉成这样，说了你也记不住。

15

送沙乐宝回快餐店后，张小飞一个人在路上摇摇晃晃地走着，也没乘车，他有种很奇怪的感觉，好像身后一直有人跟着他，几次，他机警地转了身，却什么都没发现，街道上只有婆娑的树影在摇曳以及三三两两行踪毫不可疑的路人。偶尔，会有车子嗖地擦身而过。

张小飞继续往前走，走过一个街角时，突然，一辆出租车在身边停下，车门飞快打开，一只手探出来，猛地把他揪进了车里。

张小飞刚要失声大叫，突然，嘴就被一双绵绵软软的手捂住了，他转头，便看见了沙乐美，她穿了一套男式休闲外套，戴了一顶棒球帽。他微微地张了张嘴，却见沙乐美柔和地笑了，眼波里荡漾着温柔的笑意。

张小飞也笑了笑，松弛了下来，无声地笑着看她。沙乐美看了他一会儿，转向前方，眯着眼睛，像在努力想起什么的样子，眼里却是一片寂寥，空空荡荡。

张小飞低声地说，沙……

沙乐美的食指竖在唇上，轻轻地嘘了一下，目光依然是越过出租车副驾驶的座位望着前方。

出租车停在梦巴黎小区外，张小飞忙掏零钱付车费，沙乐美也没和他抢，只是笑吟吟地坐在那里，看他收好钱包，下车，转过来，为她拉开车门，才款款地下来。张小飞不敢开口说话，生怕话说不在点子上，惹了沙乐美不悦，让这一场千盼万盼来的相遇又泡了汤。

沙乐美虽然是穿了男款的休闲外套，走路的样子却依然是婷婷袅袅地婀娜着，张小飞默默地看着她的背影，跟在身后越过了一栋楼又一栋楼，在梦巴黎小区的最深处，进了一栋楼的单元。

沙乐美打开房门，倚在门上笑着看他。

张小飞期期艾艾地进去了，一室一厅的房子很是温馨，客厅里只有一个巨大的真皮单人沙发，再就是电视机，电视机柜上堆满了碟片，沙乐美的目光跟着张小飞落在碟片上，说，我的时间都荒废在这些碟片上了。

说着，把沙发上的一只乳白色的大毛毛熊抱起来，拍了拍，说，坐吧。

张小飞局促地坐下来，仰头四处看。

沙乐美已点了一支烟，慢慢地抽了一口，说，我跟踪了你。

张小飞笑笑。

不问我为什么跟踪你吗？沙乐美坐在一个简单的真皮凳子上。

只要你高兴，随便你怎么做都可以。张小飞的声音很小，内心荡漾着无边的柔情，眼前，这个消瘦而平静的沙乐美突然让他有流泪的感觉，说，他们为什么要追杀你？

沙乐美轻笑，说，人知道的真相太多，是很危险的。

张小飞看了看他和沙乐美之间的距离，大约有一米半，他只要尽力探一下身子，就能把她拉过来，他忍住了想要拉她手的冲动，说，我怎么做才能让你过上平安的日子呢？

沙乐美茫然地看了他一会儿，悲凉地摇摇头，说，你怎么做都不能。

他们已经知道你在青岛了，你是不是离开青岛更安全一些？张小飞担忧地说。

我哪里都不去，最危险的地方往往是最安全的，说不准他们以为我已经闻风离开了呢。沙乐美把烟按灭了。

我能帮你做点儿什么？张小飞看着她。

你什么都帮不了我，你去找沙乐宝了？

张小飞点点头。

你和他怎么说的？

我给他看了你的短信。

沙乐美点点头，好像很是无话的样子，过了一会儿，突然问，你要和文碧玉结婚了吧？

张小飞没想到她会这样问，一时不知怎么回答。

别为难，按照你原来设计的生活轨迹走吧，不要因为我而否定了你和她的感情，我不配，真的不配你那么做。

说着，就别过脸去。张小飞看见有亮晶晶的液体顺着她的脸滚落下来，张小飞的心针刺般的痛楚，猛地站起来，站到她身边，把她揽在怀里，说，沙乐美，我想你，想了八年了，你像块珠玉镶嵌在我心里。

沙乐美的脸埋在他的胸口，泪水大朵大朵地开出来，说，我不配，张小飞，我真的不配做你心里的珠玉，你不知道这些年我是怎么活过来的……

莫名的，张小飞突然很害怕，害怕沙乐美继续说下去，好像那些话，会带着刀枪将他无情地刺伤，他忙弯下腰去，用唇堵住了沙乐美的嘴，含混不清地说，不要说，求你了，不要说。

沙乐美张着大大的眼睛，任他吻着，大朵大朵的泪花绽开在眼眸里，张小飞的心脏一阵阵地剧疼，像被什么击中了一样的疼。

他们跪在客厅冰冷的大理石地板上，忘情地相吻，张小飞像摘掉一片苍老的花瓣一样摘掉了沙乐美身上的男式外套，手探进了她的薄衫下，突然，他的手摸到了一片小小的坑凹，在沙乐美的小腹皮肤上。

沙乐美像是被电流击中一样，飞快冷静下来，从他的臂弯中挣脱了出来，说，我们不能这样了。

张小飞抿着唇看了她一会儿，他已经感觉到了，那些坑凹的形状像是烟头烫出来的一圈小花，在她的小腹上组成了一朵朵花儿，他不在意沙乐美的身体曾经过了怎样的一些男人，可是，他却在意那些男人让她的肉身受到了伤害。他怔怔地看着她，问，谁？是谁弄伤了你？

沙乐美坐在地板上，猛然地抬起了头，说，没谁弄伤我，是我自己烫的。

我不信！张小飞斩钉截铁地说。

你真想知道？沙乐美仰了头，用泪水淋淋的眼望着他。

张小飞没说话，点了点头。

沙乐美站起来，坐到沙发上，脸上又恢复了淡然的平静，说，离开青岛以后，在广州，我做过卖花女，做过酒水推销小姐，后来，有人对我好，我太孤单了，就和他好了，可是，我想你，又觉得对不起你，想你想得厉害时，我就在小腹上烫一朵烟花，算是对自己的惩罚……

张小飞一声不响地看着她，踱到她眼前，沙乐美笑，嗤笑我了吗？你嗤笑我的虚伪和矫情吧。

张小飞猛地抱起她，像抱起一团柔软的绸缎，紧紧地贴在胸口上，说，沙乐美沙乐美，我和文碧玉在一起就是因为她会经常说起你，她记得你所有的事，记得那么清楚，我喜欢在她讲你的时候回想你，像温习一场经典老电影那样温习你，这些年我想你恨你，恨你为什么要离开青岛。

沙乐美薄薄的肩，在他的胸口一抽一抽地抖着。

沙乐美，你跟我走好不好？

我跟你去哪里？沙乐美看着他。

去哪里都行，只要我们在一起。张小飞有些茫然了。

别说傻话了，我是女人，我知道女人的心，文碧玉很爱你的，你别毁了她。说着，沙乐美便从他怀里抽身出来。

夜，阑珊着，深了，静了。

沙乐美幽幽地叹了口气，说，我找你，是有事想请你帮忙，因为沙乐宝在报纸上发了寻人启事，下午房东给我打电话了，说我的家人找我。

张小飞心里一阵发紧，说，你怎么说的？

我告诉他认错人了，不过，看来，我不能继续住在这里了，得搬走，可是，我不能自己出去找房子，不然，又会被人认出来，小飞……我能不能麻烦你帮我找套僻静点儿的房子？

好，我明天就去帮你找房子，这几天，你不要轻易外出了，缺什么，打电话给我，我给你送，等这阵风头过去就好了。

两人的言语气氛有些紧张，那些轻然冒出的身体里的情丝，被紧张给镇压了下去。沙乐美低声说，对不起，我又给你添麻烦了，我总是给你添麻烦。

她低着头，细腻的脖子那么白皙那么令人心疼地弯曲着，像优美而忧伤的天鹅。在张小飞的心里，他的手，早已伸出去了，将她紧紧地拥在怀里。而现实中的他，却只能这样感伤而木讷地看着她，看着她。

情爱人生中的悲哀，莫过于此吧？当面对着挚爱，自己却失去了拥抱的资格，只能无望地对望。

别这么说。张小飞握了她的手一下，说，我回去了。

他有很多话想问沙乐美，却又不忍问，怕是一问，她的心就伤了。

他想知道，这些年，她和谁好过？他究竟是怎么样的一个人？她有没有爱过他？他给她的是不是温暖的疼爱？

怎么会呢，如果他给了她温暖的爱，她就不至于被贩毒团伙追杀了吧？

16

文碧玉在看电视，张小飞进来，她连眼皮都没抬一下，拿起遥控器换了个频道。

张小飞换下鞋子，坐到她身边，文碧玉把身子往旁边一闪，说，一点了。

沙乐宝喝得有点儿多。张小飞平静地说，也拿起遥控器，换到体育频道。

沙乐宝十点半就回家了。文碧玉冷冷地看着他，目光里藏了锋利的刀刃。

张小飞侧着目光看她，什么都没说。文碧玉突然就泪如雨下，说，去见那个骚货了吧？我就知道她还在青岛，你骗不了我，你眼里还有她留下的影子呢。

张小飞心里发虚，嘴上却大着气说，你怎么这么爱胡说八道？

文碧玉噌地站起来，说，张小飞，你少把我当弱智糊弄，你去照照镜子，看看你自己的眼神！说着，文碧玉站起来，猛地开了顶灯，雪白的灯光充满了整个房间，张小飞的眼睛被刺得晃了一下，文碧玉冲过来，拉着张小飞站在镶了整整一面墙的镜子前，张小飞就看到了自己眼里的寥落，满当当的，毫无生气可言。

他木木地看了自己一会儿，转过身，看着文碧玉，说，你何必多想折磨自己呢？我会和你好好过一辈子的。

文碧玉鄙薄地看着他，说，张小飞，我怎么感觉你的语气里有恩施的成分？你当自己是上帝啊？和我过一辈子是对我的恩赐？

你怎么会这么想？

那么，张小飞，你告诉我，我要怎么想才对？文碧玉抱着胳膊，虎视眈眈地看着他。

上床，一人占据了床的一边，背对着背，谁都不理谁。张小飞在黑暗中叹着气，爱上一个男人的女人都是敏感的，他知道怪不得文碧玉，她爱他。所谓爱情，不过是以爱情的名义相互霸占就是了。

黑暗中，文碧玉翻了个身，手悄悄地探过来，在他的背上温柔地抚摸，张小飞顿了顿，翻过身，搂着文碧玉，心却难受得要命，知道文碧玉主动求欢的目的，不过是考证一下自己的猜想，想用这种方式考证和沙乐宝分手后他有没有和她所怀疑的女人上床。

张小飞的身体热烈地回应了她的召唤，如果这样能打消她的怀疑，为什么不呢？怀疑是很折磨人的，不仅折磨被怀疑者，也更是折磨怀疑者本身。

他用生龙活虎的身体，生动地打消了文碧玉的揣测。

早晨，文碧玉满脸阳光灿烂地下厨去了。

听着文碧玉在厨房里哧哧地煎蛋，他突然有点儿担心，不方便出门的沙乐美可有饭吃？

17

沙乐美觉得自己成了一只被囚禁在房子里的困兽，她知道是谁在找自己，是的，他们不是贩毒团伙更不是来追杀自己的，可，如果他们找到她，其结果，是不是比被追杀还要令人恐怖呢？

她之所以和张小飞说是贩毒集团在追杀自己，不过是在强调那些在寻找自己的人的危险性，关于贩毒团伙的传说，在坊间是比较令人恐怖的。那些一旦被他们起了疑心的人，哪个不是被杀了灭口呢？她称他们是贩毒团伙的人，不过是在向张小飞强调这些人的危险性以及让张小飞转达给沙乐宝，让沙乐宝死了继续找她的心。如果没什么事，沙乐宝当然愿意找她回去，可，当她沙乐美因为被贩毒团伙的追杀而变成了一颗危险的炸弹时，他就会放弃寻找了吧？谁愿意没事生非地找一危险放在家里呢。

沙乐美陷在巨大的沙发里，寂寥地抽着烟，觉得自己就像一座孤岛，被往事和秘密与世隔绝了。

一走出去，就是遍地的伤害。

她曾以为张小飞是收到了她的信的，他正一心一意地等着自己回来。

可是，命运再次捉弄了她，那些痴情的等待是她一个人的幻想，没人等她回来，就如当年她的出走，从没有人执着地找过她。

当然，她也不能否认，如果不是那件事的发生，可能，她永远不会回来，尽管，在心底里，她对张小飞还有无数的念想。

念想这东西，是用来怀旧用来宽慰失望的，真的要把它变成现实，未必是美的，就如梁山伯和祝英台，如果他们终成眷属了，未必真有美感可言，潦倒到要为米面发愁的光阴里，浪漫甜蜜不过是个奢侈的幻梦。

爱情不过是肉身在被安逸地养活之后的一场情绪游戏。

她想起了周秦，和他认识时，她只有十七岁，还是未成年的女孩子，在酒吧里推销酒水，他不是第一个打她肉身主意的男人，却比其他男人幸运，因为他得逞了。

不过是他没有像其他男子那样轻薄，他是那样的温暖，令她觉得，在她生命成长过程中的那些缺失全数被他的温暖弥补了。

他没有急着向她的肉身进攻，而是用温暖一点点地瓦解了她心上的戒备。

他待她好，把她从灯红酒绿的酒吧中拉出来，为她买了房，让她安心地在那套阳光充足的房子里长大成人，原因只有一个，她长得太像他早夭的妹妹。

她不知道周秦的名字是不是真的，更不知道他是做什么的，只知道这个男人对她很好，满足了她所有的愿望。她也不多问一句话，既然他不想说，何必多此一举呢？直到后来，她在电视上看见了周秦，才知他是某著名企业的老总。当时，她愣愣地看着电视，半天没说出话，末了，给他打了个电话，通了，还是什么都没说，只说，哥哥，我想你了。

她一直叫他哥哥。

周秦也喜欢她这么叫。

后来，周秦来，她什么都没问，就如同依然是什么都不知道。

就在那天晚上，她把自己交给了周秦。

周秦很难过，因为她和他想象中的不一样，她，不是处女了，周秦问，是被迫的吗？

她垂着长长的睫毛不说话，想起了张小飞，想起了张小飞说他会娶她，就哭了，觉得自己的身体就像块被随便处理了的垃圾一样，再也配不上张小飞了。

周秦安慰她说没什么没什么，待他走了，她试着抽烟，对，就在那晚，她学会了抽烟，抽醉了，坐在卫生间里狂吐，五脏六腑都要被吐出来了，然后趴在马桶边上，用烟头烫了一枚烟花烙。

皮肤上的剧疼唤醒了她，她心上的疼，就感觉不到了。

后来，每当她觉得心很疼的时候，都会用烟头在身上烫一枚烟花烙，周秦看见了，就会抚摸着烟花烙，温暖地问，为什么？

她从来不说。

她跟周秦说自己是个孤儿，来自青岛，周秦知道她是骗他的，却不质问，他从不为难她，给她足够的钱，甚至还给她买了一辆火红的小跑车，让她尽情地做她喜欢的事，不必为钱担忧，当然，由着她做自己喜欢的事不包括她可以爱上别人。

有时，周秦会当着她面接电话，她知道他有老婆了，还有个女儿。但，她不问，因为知道问了也是毫无意义，她从未想过周秦会娶她，就像她也从未想过要嫁给周秦。

不想，是因为知道不可能，是水生动物和陆生动物之间的不可能。

她要做的，只是享受他的好就成了，就像饥饿的人享受一盘免费的美味那样，心怀感激地享受。

直到后来，有个女人来找她。

她敲开门，环顾着整间房子，自得地坐下来，说，他对你很好吗？

你是谁？沙乐美惶惑着，坐立不安。

女人像女主人一样悠然地往后倚了一下，说，和你一样，是他的情人。

沙乐美松了一口气，不是他的妻就好。

女人自我介绍说她叫薛米，周秦喜欢叫她雪米儿，他们认识有段时间了，现在，她怀了他的孩子。沙乐美抿着唇看她，问，这件事，你应该去和周秦的妻子谈，而不是来找我。

薛米笑了一下，说，他又不会离婚娶我，我为什么要去和他的妻子谈呢？这么说吧，我不介意他妻子的存在，却介意你的存在，他的妻子是既成事实，在爱上他时，他的妻子作为他的人生背景，已被我全盘接受了，但是，你却不同，你是我的敌人。

沙乐美便明了了事情的原委，大多女人都会这样，一旦爱上已婚男人，通常不会吃他妻子的醋，却会吃他另外一个情人的醋。

沙乐美没再说什么，兀自打开了电视，专心致志地看电视剧。

薛米说，我希望你离开周秦。

这话，你去和周秦说吧，对不起，我要去做瑜伽了。沙乐美起身，做要离开的姿态逐客。薛米说，好吧，改天我再来，你需要什么条件才离开周秦，请告诉我。

沙乐美拉开门，看着薛米。

从那以后，薛米经常来，一坐便是半天，沙乐美烦透了，让她去找周秦解决这件事，薛米却说这是她们两个女人之间的战争，周秦不过是战争目的，他的出现不会解决任何问题，所以，也请沙乐美不要把周秦拽进来。

沙乐美把薛米经常过来的事，告诉了周秦，然后说，你另外还有多少女人，我不管，但是，请你不要让她们来打扰我的生活。

周秦抱着她说对不起，说薛米是丧心病狂了，仗着肚子里怀了他的孩子以为就能成功地要挟他离婚，他早就不理她了。

沙乐美问他为什么要这样？是不是和很多女人上床很刺激？

周秦沉默了一会儿，说自己很累，在商场上，他要做冠冕堂皇的正人君子，要对付那些和他一样冠冕堂皇的正人君子们的尔虞我诈，只有和女人在一起的时候，他才会有彻底放松的感觉。

沙乐美说，噢，明白了，你可以用钱消遣女人们的身体。

周秦说，沙乐美你别这样说，对你，我是认真的，我爱你，不，我一看见你，就情不自禁地想来疼爱你，疼爱你的时候我觉得自己很伟大很了不起，我再也不会让她来骚扰你了。

很快，周秦就给她另买了一套房子，她静悄悄地搬走了。在新家里，她想象着薛米挺着微微凸起的肚子疯狂地敲门，门却一直用沉默嘲讽了她时，她就忍不住地笑了。

可是，半个月后，薛米再一次找到了她，她站在门口，幸灾乐祸地看着她，说，无论你搬到哪里，我都会找到你的。

然后，薛米扁着身子，挤了进来。

再然后薛米像个偏执狂病人一样，天天来，沙乐美不在家，她就坐在门口等，逢了邻居或物业人员来问，她就说沙乐美趁她怀孕勾引了她的老公，她是来找沙乐美谈判的。

沙乐美再进出小区时，背上，就多了些指指点点和非议纷纷。

没辙，她只好请薛米进来，任她乖戾地坐在沙发上胡说八道。

这样的时光，大约持续了一个月，薛米死了。

死在了沙乐美家的沙发上，在她进了沙乐美家半个小时后。

其实，那天沙乐美很累，因为她刚刚从九寨沟回来，是周秦带她去的。薛米进门，把东西踢得东倒西歪，阴阳怪气地说沙乐美不必费心思躲自己，躲是躲不过去的。

沙乐美没好气地说，你不过是周秦甩掉的一块垃圾，我用不着为一块垃圾费心。

薛米倒也不生气，阴阳怪气地嚼着口香糖，说，你不必急着嘲笑我，早晚有一天，你也会变成垃圾。

沙乐美气咻咻地进卧室关上了门。

她在卧室里看完了一本时尚杂志，觉得有些困了，便站起来伸了个懒腰，突然地，她有些不安，因为客厅安静得有些异常。

她便悄悄拉开门看了一下。薛米握着一瓶矿泉水坐在沙发上，好像睡着了一样。沙乐美蹑手蹑脚地出来，站在她身边一看，便吓坏了，薛米居然是睁着眼睛的。

沙乐美觉得有些不对劲儿，就推了推她，说，你怎么了？

薛米的脑袋便软塌塌地萎了下来，沙乐美把手指放在她鼻下试了试，惊得一下子跳了起来，薛米死了。

沙乐美尖利地大叫了一声，又飞快捂上了嘴巴，天呐，薛米死了。

她拿起电话，飞快拨上120，又飞快按键，然后拨通了周秦的电话，说，薛米死了！

周秦那边很嘈杂，他大声地吆喝着，你大点儿声，我听不见。

薛米死了！薛米死了！沙乐美对着电话喊得声嘶力竭。尔后，周遭一片安静，周秦挂断了电话。

沙乐美手足无措地看着脑袋低垂到胸口的薛米，还有她微微隆起的小腹，她怀孕了，大约再有五个月就要做妈妈了吧？方才，她还气势汹汹地要她不必太早得意呢，怎么一眨眼就死了呢？

眼泪从沙乐美眼里跑出来，这些眼泪，一部分表达了她的恐惧，一部分表达了她的悲凉，在爱情中沦丧的为什么总是女人？

薛米究竟是为什么死的呢？她没有口吐白沫也没有七窍流血，只是脸色有些苍白，手里，还紧紧攥着那个矿泉水瓶子，水只喝了三分之一，这瓶矿泉水是薛米自己从客厅角落里的矿泉水箱子里拿的，因为沙乐美平时只喝瓶装矿泉水，所以，她每周都会从超市里搬两箱放在家里囤着。

沙乐美小心翼翼地把矿泉水瓶子从她手里拿出来，又烫着一样放在了茶几上，呆呆地看着薛米的尸体，害怕极了，不知道该不该报警该不该把她送到医院。

一会儿，周秦像出膛的子弹冲了进来，他看了看窝在沙发里的薛米又看看沙乐美，言辞锋利地问，为什么会这样？

沙乐美惶惑着摇了摇头，把薛米来了之后的情景说了一遍，周秦皱着眉头，不相信似的看着她，问，沙乐美，你怎么可以杀人？

我没有杀她！沙乐美往后退了一步。

周秦目光咄咄地看着她，拿起矿泉水瓶子，说，这是你平时喝的矿泉水？

沙乐美点头。

你喝一口。周秦把瓶子凑到沙乐美嘴边，说，你给我喝一口看看！让我相信这不是你干的？沙乐美，你蠢到家了，你为什么要在自己家里谋杀她？

沙乐美就蒙了，说，我没有谋杀她。

周秦指着薛米的尸体，说，看看她，她是你的情敌，又死在了你的家里，你用脑子想一想，会有人相信你的话吗？

周秦丢下呆若木鸡的沙乐美，一头闯了出去，临出门前，说，你，什么都不要做，等我回来。

二十分钟后，周秦回来了，他带回了一条活鲤鱼，一头扎进了卫生间，沙乐美就听到哗哗的放水声。

周秦折出来，拿起那瓶矿泉水，又钻进了卫生间，沙乐美小心翼翼地跟进去，周秦把鱼扔到放了半盆水的面盆中，然后，倒进去一点矿泉水，少顷，鱼便安静地颤抖了一下，肚子朝上地浮了起来。

周秦回头，用寒冷的目光逼视着沙乐美，说，看到了吗？

沙乐美讷讷地摇着头，说，不是我，真的不是我。

周秦慢慢冷静下来，没再难为沙乐美，倒是有些凄楚地说没想到会这样，要她不要慌也不要再做什么傻事，给他两天时间，考虑一下怎么处理这件事。

沙乐美哭着求他留下来陪她，他答应了，却趁沙乐美睡着之后，悄悄溜走了，等沙乐美醒来，家里，已再也找不到周秦的痕迹，他带走了所有属于他的东西，除了薛米，她的尸体依然窝在沙发里，初春的惨淡阳光打在她的脸上，让她看上去很是安宁。

沙乐美在房间里转来转去，知道周秦再也不会回来了，他不愿豁上自己的好名声来和她承担一桩命案，他对她的感情，也不过是主人对宠物的感情而已，当宠物疑似携带了致命细菌，他便理所当然地弃之而去了。

所以，两天之后，沙乐美离开了广州，业已僵硬的薛米，依然蜷缩在沙发里。

18

张小飞得找合理的借口跑出去为沙乐美找房子，便对文碧玉说，碧玉，你真的愿意嫁给我吗?

正下楼梯的文碧玉停了下来，回头，仰望着上面的张小飞，说，你什么意思?你不会打算在这段破败的楼梯上跟我求婚吧?

张小飞讪讪地笑了一下，说，我要问好了你才能去买戒指嘛。

文碧玉笑着跑上来，挎着他的胳膊，说，这还差不多。说着，甜蜜地偎在他胳膊上。

因为张小飞在楼梯上的那番话，文碧玉的心情很好，一个上午都满面笑容，对顾客的态度好得都有些犯贱了。

张小飞便漫不经心地说，既然要结婚，房子也是要重新装修一下的，很多东西，都要筹备。文碧玉说，你就得了吧，差不多就成，我要真是那种想住豪华大宅的主，也不会死皮赖脸地和你谈恋爱，我这人天生命贱，差不多就成了。

张小飞满脸是笑地敷衍着文碧玉的幸福絮叨，心里，却在拼命地想，究竟怎样才能从店里脱身去帮沙乐美找房子呢？

挨到快中午了，张小飞才突然想起一样地说，想起有个朋友，在大学里学的是室内设计，结婚这事不能太草率，不然，会被她妈埋怨的。

心情很好的文碧玉也点头，说，也是，我怎么都好说，你要是草草把我娶回去，我妈的心还不跟被人挖了去那么疼？

张小飞说，我这就去找那朋友去家里看看，说完抬脚就走，文碧玉喊早点儿回来啊。

19

张小飞奔到街上，也真的先给那朋友打了个电话，也真的说了要装修房子结婚这回事。不为别的，即使以后给沙乐美租好了房子，搬了家，她要藏起来不被人发现就会不方便外出，总会有些事需要他去帮忙的，到时候，没借口他怎么往外跑？装修房子是个烦琐的活儿，今天缺了这个明天缺了那个是很正常的事，这样，他就可以打着买东西的幌子去帮沙乐美买东西了。

张小飞和朋友约好时间后，就一头扎进了房屋中介所，又追贼似的匆匆看了几套房子就定了一套地角比较安静的，在青岛山下，很僻静的地方，因为不是交通要道，那里的街道晚上都静得有点儿吓人。

张小飞匆匆交好了定金，就给沙乐美打了个电话，说房子找到了，沙乐美有点儿吃惊，说这么快啊？

张小飞有点儿得意地嗯了一声。说房子以他的名字租的，到时候她搬进去住就是了，不用她出面和人打交道。

沙乐美说，谢谢你张小飞。

张小飞爽快地说，客气什么，我喜欢为你忙活。说完，自觉言语有点儿闪失，现在有文碧玉在身边，说这样的话，岂不是让她难受吗？

张小飞顿了一会儿，说晚上我去交上租金，明天给你送钥匙。沙乐美说好的。两个人在电话里就沉默了起来，仿佛谁也找不到合适的话说。

张小飞小声问，你不方便出门，家里还有吃的吗？

沙乐美说，还有的，你别担心，我没事。

张小飞道了声珍重，收了线，觉得心里空落落的，路过一家比萨店时，特意进去订了份外卖，让服务生送到沙乐美那里去。

从比萨店出来，张小飞给沙乐美发了个短信，说自己订了外卖，钱已付了，到时，让服务生放在门口，他们走了她再出去取就是。

沙乐美回了几个字：张小飞，别对我太好。

20

沙乐美吃着余温尚在的比萨，眼泪滚滚地就落了下来。

从广州离开那会儿，她就知道薛米的尸体早晚会被发现的，因为以前薛米和她的争吵，所有邻居肯定都会向警方证明她们是一对情敌，那么，依据常识推断，她是非常具有谋杀薛米动机的，加上薛米是死在了她的家里，她却不知所踪，这杀人的嫌疑，更是洗脱不了了。

她曾想，如果大家一口咬定是她谋杀了薛米，也没什么，不就是搭上一条不值钱的烂命而已吗？可是，她有心愿未了，她要回来看看亲爱的张小飞，看看他有没有像她所幻想的那样在痴情地等待自己回来，如果是，即使死，也无憾了。

她很失望，亲爱的张小飞并没孤单着等她，他的身边有了文碧玉，按说，她该绝望才是，可为什么，她竟比任何时候都贪恋活着，这是为什么呢？

她想起了张小飞看她的眼神，是有爱的，那样炙热的温度，是周秦眼中不曾有过的，周秦看她的眼神里，只有宠爱，宠爱和深爱是不一样的，宠爱来自肉身欢娱，深爱来自灵魂的纠缠。

爱会让人贪生怕死。

爱太美好了。只有活得无趣味的人才会无所畏惧。

她没有告诉张小飞实话，因为她不想让张小飞和她一起害怕，更怕他会意气用事，试图还她清白而跑去了广州，她不想让他对自己的往事知道得太过清楚，仅此而已。如果没有薛米的死，或许，她永远不会回来，不是因为不爱他了，而是，她也知道，有些美好是回不去了的。

从八年前她决绝地离开青岛时，她就意识到了这一点，她永远地失去了张小飞。

这都是宿命。

像现在这样，旁观着他，也好。

沙乐宝说经常有些神秘的人去家里打探自己的消息，从这点来看，大约是薛米的尸体已经被发现了，而且还报了警，那些人大约就是警察，只是为了不打草惊蛇穿了便衣而已。想到这里，沙乐美有点儿恨沙乐宝，如果不是他自作多情地找她，或许，她可以在青岛安静地藏匿到底呢。

吃完比萨，沙乐美看了一会儿电视就睡着了。

次日上午，张小飞早早来了，拎着大包小包的吃的，告诉她说房租已交了，但不要白天搬，还是晚上吧，反正也没多少东西，装好了，打辆出租车就过去了，既然想藏起来，就没必要白天行动。

沙乐美握着两串钥匙，犹豫了一会儿，拿出一串给他，张小飞看了看钥匙，面带难色地放回去，说，我不能拿，她要是看见我身上多了串钥匙，会起疑心的。

沙乐美有点儿尴尬，觉得像是自作多情地投怀送抱被拒绝了一样。张小飞也感觉出了她的尴尬，便揽了揽她的肩，说，别多想，我只是不想制造一些没必要的麻烦，大不了我每次去敲门就是了。

沙乐美苦涩地笑了一下，开始收拾行李。张小飞跟在她身后转来转去地看着，想帮忙又不知该从哪里下手的样子。

沙乐美一个人默默地忙着，说，你离开得太久，她会找的。

当年，你为什么一定要离家出走呢？你为什么不能忍一忍？

你一定不知道被家人当作垃圾厌恶的滋味。沙乐美不动声色地继续收拾东西。

张小飞很想抱抱她细细的腰，又怕太唐突让沙乐美讨厌，就忍住了，正进退不是着，手机就响了，是文碧玉的，问他在哪，要他不必太挑剔装修材料，反正也是旧房子了，差不多装一下就可以。

张小飞嘴里嗯嗯着，说知道了，要她不必操心。沙乐美看了他一眼，埋头继续收拾东西，待张小飞收了线才说，是要结婚了吧？

张小飞突然不知该怎么向沙乐美解释才好，若说是为了有更多机会跑到她这里才装修房子的，怕她觉得自己是在向她卖乖讨好，若说是要和文碧玉结婚了才装房子，又怕她伤心，就含糊着答非所问说，房子太旧，该收拾一下了。

沙乐美笑了笑，把行李箱合上，说，你去忙你的吧，晚上我自己打辆车过去就成了，你不要频繁往外跑，她会起疑心的，何况我也不想让她知道我还待在青岛。

张小飞点点头，说晚上会尽量过来帮她，沙乐美拉开门，看着他下了楼，才重重地合上门，眼泪簌簌地掉下来。

21

房子要装修，人是不能再住了，文碧玉说索性一起搬到母亲家住吧，另租房子浪费钱，没必要。

张小飞不肯，说要回自己母亲那边住。文碧玉噘着嘴，老半天不高兴，她和张小飞的母亲处得并不是特别好，因为知道张小飞的母亲并不是特别中意自己，心里，一直系着疙瘩呢。但，她也明白，让张小飞和她一起回她母亲家住，也是不现实的，她的母亲就像张小飞的母亲没看好她一样没看好张小飞，张小飞虽然不是个小气量的男子，可，母亲的絮叨把张小飞惹恼肯定是早晚的事。

文碧玉把自己和张小飞的东西分别打好包，望着他，说，我会每天晚上都打电话给你。

张小飞明白她的用心，她想知道自己是不是每晚都在家，虽然有点儿反感，却还是点了点头。

你每晚睡觉前也要给我一个电话。文碧玉意犹未尽地说。

你去买个远程监控器装在我身上吧。张小飞不动声色地拎了拎一只行李箱。

别激我，逼急了，我真会给你装一监控器。文碧玉把化妆品稀里哗啦地扫到一只小箱子里。

张小飞看看她，说，碧玉，我都要和你结婚了。

现在离婚率很高。文碧玉把一只箱子推到张小飞眼前，说，帮我送到我妈家。

张小飞扛起箱子，下楼，飞快想，送文碧玉回她母亲家后，正好顺路去沙乐美那里一趟，大约她也该把自己安顿好了吧？想着沙乐美一个人拎着行李箱走在黑漆漆的街上时，他的心，一阵难过。

22

扛着行李到了文碧玉的母亲家，文碧玉母亲边帮着收拾行李边嘟哝，屁大点儿的房子，也值得装啊？还不如把它卖了做首付买套大点儿的房子呢。

张小飞把行李一件件拿上来，一声不吭。

文碧玉母亲不干了，说，小张，我和你说话，你听见了没？

张小飞说，听见了。

文碧玉怕母亲把张小飞惹恼，忙插言道，妈，你就少操点儿心吧，我就喜欢那小房子。

文碧玉母亲噘了噘嘴，说，是真心喜欢啊还是真的没钱？

张小飞觉得坐也不是站也不是地尴尬着，好像自己就是一天生花言巧语的骗子，存心要把文碧玉这宝贝骗回家去摆着。

文碧玉见他脸色不好，忙推着他往外走，说，好了，剩下的，我自己收拾就行了，你去忙你的。

到了门外，文碧玉小声说，我妈就这样，你别放在心上，我也不喜欢她。

张小飞看了她一会儿，说，碧玉……

张小飞的声音很温柔，这让文碧玉很是意外，她柔柔地看着他，问，怎么了？

嫁给我，实在是委屈了你……张小飞觉得喉咙里有点儿难受，想起这些年，文碧玉就像一忠诚的奴仆一样跟着自己吃苦受累，他却什么都给不了她，这些尚不算重要，重要的是，他怎么可以不爱她呢？

可爱情是个不讲规矩的东西，他管不了它，它是属于灵魂的事，只要灵魂不启动，他再怎么努力都没用，眼下，他所能做到的，就是给她婚姻，那么，他爱的沙乐美呢？他想把心给她，可是，他的心在身体里装着，他的身体和文碧玉在一起，单是在愿望上想把心给她，又是多么虚妄的一件事？

文碧玉抱着他的腰，说，别说蠢话了，我天生爱犯贱，就愿意在你手里受委屈。

张小飞摸了摸她的头发，就走了。

路过青岛山时，他望着有沙乐美的小区，站在路边，抽了两支烟，又去旁边的超市买了一大包吃的，拎着去敲沙乐美的门。

23

沙乐美切了一只火龙果，递给他一片。

张小飞摇了摇头，说，我对水果没兴趣。

我可不行，我可以不吃饭，却不能不吃水果。沙乐美托着火龙果，小心地咬了一口，很是享受的样子，接着说，我最爱吃榴梿和芒果，都是热带水果，在广州那边便宜。

张小飞看了她一会儿，说，这边也有，改天我买给你。

沙乐美愣了一下，放下火龙果皮，说，我只是说说……

张小飞看着她，心里弥漫着无边的忧伤，很多话，哽咽在嗓子里，说不出来。良久，才叫了一声，沙乐美……

沙乐美好看的睫毛忽闪忽闪地，说，怎么了？

你总不能藏一辈子，要想个办法才是。张小飞的声音很低，是的，让沙乐美像见不得日头的土拨鼠一样过一辈子，这样的事，他想想都难受。

沙乐美看了他好久，才小声说，说，你的意思……

既然他们是贩毒团伙，警察肯定会抓他们的，我是想，要不，我陪你去公安机关报案，怎么样？你总不能藏一辈子。张小飞很诚挚地看着她，是的，他越来越觉得已无力给予沙乐美温暖的一生了，更或许，自己所能给的贫瘠生活，她也不稀罕，那么，他愿意让她轻松快乐地生活在阳光下。

沙乐美拿起一片火龙果默默地吃着，目光茫然而悲凄。她拼命地想，告不告诉张小飞自己跑回来藏着的真正原因呢？去报案，岂不是自投罗网？从沙乐宝所说的一切来看，广州的警方已追到青岛了。不，她不能自投罗网，因为她无法证实薛米不是自己所杀。

她还想好好地活着，哪怕没有爱情，只要活在张小飞身边，享受他温暖细腻的照顾也是一种幸福，虽然她知道这样做很自私，可，她真的无路可去。

她不能告诉他真相，否则，他会为自己惶惶不可终日而担心一生的。

你不懂黑道上的事，你太单纯了。沙乐美擦了擦手上的果汁，站起来，转了两圈，说，这套房子很安静。

张小飞仰在沙发上，心思沉重地看着她。

沙乐美忽然呵地笑了一声，说，过一天混一天，我的事，你就别想了。说完，坐到他身旁，认真地看着他，有些孩子气地说，小飞……你说，在这世上，你是不是对我最好的人？

张小飞摇了摇头，说，算是其中之一吧？

是唯一。说完，沙乐美就笑了，笑着笑着，脸就缓缓下沉，说，小飞，除了你，我没人可以信任了。

不要这么悲观，其实，你哥也很担心你的。说这句话时，张小飞的心很虚，他比谁都清楚沙乐宝的心思，和沙乐宝喝完酒的第二天早晨，他又给沙乐宝打过电话，把晚上说过的话重复强调了一遍，在电话里，沙乐宝的态度很明确，如果沙乐美没带任何后患地回来，他是无比欢迎的，但是，沙乐美的归来是背负了危险的，他不得不为家人的安全着想……

沙乐美也没反驳他，只是用鼻子轻轻哼了一声，无所谓地笑着说，或许，不知哪天，我会真的出了事，我有件事得委托你。

说完，沙乐美便进了卧室，出来时，手里拿了一信封，直直地望着张小飞，把他的手拉开，放进去，说，这是我在香港开的私人账户，是我这些年的积蓄，除了我，没第二个人知道，我想委托你帮我保管着，万一我出了意外，随便你怎么处理它们都可以。

张小飞像烫着一样，飞快抽手，说，沙乐美，你胡说八道什么？不会有事的。

沙乐美笑了笑，说，我也希望不会有事，但是，我要预防万一，万一我有事，这三百万，可以是你的，也可以替我去贵州或西藏地区捐建几座希望小学。

张小飞看着沙乐美，心一揪一揪地疼着，说，沙乐美，你为什么要参加贩毒组织？我宁肯你这些年在广州卖笑也不愿意你做这样的事，你知道吗？这是回头无路！

沙乐美心里，轰地响起了一片倒塌声。她幽幽地把信封塞进张小飞的口袋，说，这是我后半辈子的生活，帮我管好。

张小飞紧紧抱着她，泪流满面。

沙乐美的唇沿着他的下巴柔软地爬上来，她呼气若兰地呢喃着，说，张小飞，你再要我一次吧，我的心是你的，无论任何时候，它都是你的。

张小飞的唇缓缓地游遍了她的整张脸，在那个晚上，他们的身体，像久别重逢的亲人，又聚在了一起，沙乐美像一条悲伤的鱼，蜷缩在张小飞的怀里，流泪不止。

青白的月光下，沙乐美小腹上的烟花烙让悲伤不可扼制地袭击了张小飞，他用指尖轻轻地抚摸着那一朵朵的烟花烙，悲伤的潮水在心里起起伏伏。

张小飞是凌晨时离开沙乐美的家的。

是沙乐美赶他走的，她说我们不能在一起过夜的，一起过夜会让有些东西发生质的改变。

张小飞说，我不怕。

我怕。沙乐美说，因为我会留恋你的怀抱，留恋这东西一旦有了，就成了折磨，就像吸毒的人对毒品的依赖。

沙乐美知道，在男女之间，怀抱是用来取暖的，暖是种多么诱惑的东西啊，她不敢碰它，即使张小飞真心实意要给她温暖，内心的羞愧也会让她无法坦然接受，有些纠结，还是不要开始好。

张小飞走得一步三回头。

在路上，他接到了文碧玉的电话，问他做什么呢？张小飞仰望着湛蓝的星空说，在看天空。

文碧玉问，看到了什么。

星星。

文碧玉就笑了，说你满浪漫的嘛，为什么和我在一起不浪漫呢？

因为我不想悲伤，所有浪漫的结尾都被悲伤淹没，婚姻会让浪漫寿终正寝，分手会让浪漫死无葬身之地。张小飞站在红岛路的斜坡上，内心的悲伤无法抑制，他不能辜负文碧玉，否则他的良心会死无葬身之地，他不能不想念沙乐美，否则，他的爱便死无葬身之地。

文碧玉打了个哈欠，说，困了。

张小飞一路徘徊地回了家，把信封锁在了抽屉里，郑重地告诉母亲，不要动这个抽屉，永远。

母亲不解地看着他，说，什么?

张小飞笑，这抽屉里锁着一个人的命，妈，你要答应我，永远不要动，也不要告诉文碧玉。

母亲疑惑地点点头，问他是不是打算装修完房子就和文碧玉结婚。张小飞歪到床上，抱着脑袋仰躺了一会儿，说，到时候再说吧。

母亲在床边坐了一会儿，也没说什么，对文碧玉的看法，她早就对张小飞说过的，看不惯她一身的小市民气，但，她也明白，在这个世界上，不会有比文碧玉对张小飞更好的女人，思量来去，她也就认了。

24

在书店里，张小飞总是走神，文碧玉便虎视眈眈地看着他，不时冷不丁地问，想什么呢?张小飞总是笑笑说，想我们的新家装修完了会是什么样子呢?

文碧玉就噘噘嘴，说，鬼才信，想我们新家的样子你会这表情？说着，便学张小飞茫然失神的表情。

张小飞就不语了，从架上拿起一本书，一页一页地翻，文碧玉站在一边看了一会儿，觉得无趣，就闭上眼睛听MP3。

突然，店门被砰的一声推开了，文碧玉刚要发火，却见进来的是沙乐宝。他满头大汗地冲进来，问，张小飞，张小飞呢？

张小飞腾地站起来，沙乐宝略显肥胖的身体像狂风一样卷进来，拉起他就往外跑，文碧玉在后面喊，干什么呢？去抢金子还是抢银子？

沙乐宝顾不上回答文碧玉，拉着张小飞匆匆地跑在街上。

温润的空气快速地抚摸着张小飞的脸，他听见了风在耳边奔跑的声音，说，沙乐宝，你别跑了，告诉我怎么回事。

沙乐宝一声不响地拽着他跑过了几个街角，在一棵巨大的芙蓉树下站定了，说，张小飞，你告诉我沙乐美在哪里？

张小飞看着他，顿了一会儿，说，沙乐宝，我和你一样，不知道。

沙乐宝恨恨地跺了一下脚，带着哭腔道，张小飞，事到如今，你就不要瞒我了，你知道吗，广州的警察正在到处追捕她。

张小飞愣了一下，说，为什么？是贩毒团伙冒充警察吧？

我靠，我们都被沙乐美骗了，她压根就没被贩毒团伙追杀，她是在广州犯下了命案跑回来的。沙乐宝一脸的悢悢。

张小飞直直地逼视着他，说，沙乐宝？！

沙乐宝瞪着眼睛看他，说，警察找我谈话了！

你他妈的是沙乐美的哥哥吧？张小飞一个字一个字地往外蹦。

张小飞你什么意思，我不是沙乐美的哥哥是谁，是你大爷啊？张小飞的语气显然激怒了沙乐宝，他的脸有点儿涨红了起来。

警察给了你多少悬赏金你就打算把沙乐美卖了？张小飞逼视着他。

沙乐宝的胸脯幅度很大地起伏着，半天说不出一个字，突然，他一拳打在了张小飞的脸上，说，张小飞你这个杂种，你把我当什么人了？别他妈的以为你破了沙乐美的处就你对她有感情，我是她哥，她亲哥，你他妈的赶快替我给沙乐美带个口信，让她立马离开青岛，我她妈的不想看着她被警察抓回去！

说完，沙乐宝气咻咻地就走了。

张小飞倚依在芙蓉树上，呆呆地看着满树粉色云霞一样的芙蓉花，过了一会儿，就听文碧玉嗒嗒地跑过来，一惊一乍地道，张小飞，你怎么了？说着，就手忙脚乱地掏出面纸捂在他鼻子上，张小飞这才觉得鼻子有点疼，他扒拉开文碧玉的手，捂着鼻子向沙乐宝追去。

张小飞追上沙乐宝，一把拽住他，问，到底是怎么回事？你给我说清楚。

广州和青岛的警察都去过我家了，他们说沙乐美在广州杀了一个怀孕的女人。沙乐宝垂头丧气地说。

她为什么要杀一个怀孕的女人？张小飞拽着他的手。

沙乐宝上下打量他，说，你真想知道？

张小飞点点头。

你会难过的。沙乐宝有些为难地说，还想知道吗？

无所谓，我只想知道这是怎么回事。张小飞迫切地说。

争风吃醋。那个女人是沙乐美情夫的另一个情人，沙乐美下毒谋杀了她，在那个男人给她买的公寓里。沙乐宝的声音低下去，说，哥们，希望你不会伤心。

张小飞摇了摇头，说，不，我不伤心。

沙乐宝拍拍他的肩，说，告诉她，老实地待在家里，有机会的话，离开青岛吧，警察知道她已经回青岛了，我知道你知道她的落脚处，和她联系时，小心点儿，别让人跟踪了，她是我妹妹，不管她作多大的恶，我都希望她平安。

25

张小飞失魂落魄地回到店里，文碧玉不停地追问沙乐宝为什么要打他。张小飞一声不吭，不想让文碧玉知道沙乐美还在青岛，更不想让她知道沙乐美杀了人，以文碧玉对沙乐美的那份戒备，他不敢想象文碧玉一旦知道了沙乐美身背命案她会做出什么样的蠢事来。

他越是不回答，文碧玉就越是好奇，黏在屁股后不停地问，本就心烦意乱的张小飞就恼了，猛地回头，说，这是男人和男人之间的事，你就真那么想知道？

男人和男人之间的事，起因通常是因为女人。文碧玉阴阳怪气地说。

张小飞定定地看着她，说，是不是我不告诉你原因，你就会像苍蝇似的嗡嗡个没完？

文碧玉不置可否地抱起胳膊看着他，说，你以为呢？

噢，好吧，既然你想知道。张小飞顿了顿，其实，他的心烦意乱不仅是因为沙乐美犯了命案而被警察追捕而处境危险，而是，他有点儿想不通，沙乐美为什么要骗他说是被贩毒团伙追杀呢？既然不信任他，为什么还要回来找他呢？

因为在沙乐美十五岁的时候，我和她上床了，所以……你明白了吗？张小飞盯着文碧玉的眼睛心平气和地说。

文碧玉显然被这个答案弄蒙了，她摇晃了一下脑袋，问，张小飞，你和我说这个是什么意思？

你觉得我是什么意思它就是什么意思。张小飞的心，乱极了，他知道这样说伤害了文碧玉，可，他有什么办法？现在，他就像一头困兽，找不到一条可以通往安宁的路。

文碧玉飞快地眨着眼睛看着张小飞，慢慢地往后退，说，张小飞，我明白了，沙乐美还在青岛，你提出装修房子其实不是为了和我结婚，是为了把我从你家里赶出去，然后，你好和沙乐美在一起，我明白了，真的明白了，沙乐美把你们以前的事告诉了沙乐宝，所以沙乐宝明白了为什么沙乐美会突然离家出走，他恨你，所以来揍了你，张小飞，你是个王八蛋，不，你是个流氓。

说完，文碧玉猛地就冲出了书店。

张小飞望着她的背影，一句话都不想多说，也更不想对她解释。

他颓然地坐在一包书上，拿出手机，拨通沙乐美的电话，说，这几天不要出来，不要让任何人看见你。

沙乐美问为什么？张小飞顿了一下，笑着说，我希望你平安。

他没有质问沙乐美为什么要骗自己，她给一个解释又有什么意义？结局已是如此，当年，如果没有他的年少轻狂，沙乐美或许就不会因为情书事件而离家出走，她不离家出走，就不会有现在的际遇。

26

傍晚，张小飞早早地关了店门。

因为警察来了，一位年长却有着鹰一样的目光的警察说，听说沙乐美来找过你？还在你家住过？

张小飞点了一支烟，没说话，在心里，狠狠地骂了声贱货。骂的是文碧玉，能告诉警察这些的，除了文碧玉没别人。

她完全有理由也完全可能这样做，爱情是女人的命门，一旦命门被触动了，连杀人这样的狂事都干得出来，跟警察告下密才到哪儿?

是的。张小飞抽完一支烟。

后来呢?她去了哪里?警察不动声色。

不知道了,她说去外地,究竟去哪里,她没告诉我,我也没问。张小飞回答得很是放松,全然没有撒谎的不安。

你觉得她可能会去哪里?警察继续问。

我都八年没见过她了,对她现在的嗜好不了解。张小飞疲惫地笑了一下,说,我真的不知道,你想,她连为什么回青岛都要跟我撒谎,能告诉我她下一站是去哪里吗?

警察没继续逼他,在收银台上放了一张名片,说,如果她和你联系,希望你能告诉我们确切消息,她再逃也不能逃一辈子。

张小飞拿起名片,认真地看了一下,说,好的。

27

张小飞没告诉沙乐美警察正在找她的事,他不想吓着她,也没敢去给她送东西,唯恐被便衣警察跟踪了,尽管他知道这样下去不是长久之计,作为一个公民也不该不站在正义的一边配合警察的追捕，可是，把沙乐美交给警察，他做不到，一想到沙乐美可能穿着邋遢的囚衣，戴着明晃晃的手铐被关在看守所里，他的心就疼得难以自抑。

然后的几天，他度日如年，夜里，常常大汗淋漓地醒来，因为梦里的沙乐美被警察带走了。

文碧玉或许是被他伤透了心，也或许是知道自己一时意气用事闯了大祸，再也没到店里去，也一直没和张小飞联系。张小飞偶尔会想起她，懒懒的心思灰白灰白的。

他不敢联系沙乐美，唯恐被警察嗅出端倪，便偶尔给沙乐宝打个电话。

沙乐宝总是贼声贼气地问他怎么样了，张小飞知道他是想问沙乐美有没有事，每当听沙乐宝的声气这样他就生气，唯恐别人不知他做贼心虚一样。

有好几次，张小飞想去沙乐美那里，打了出租车，特意绕道很远，迂回到离沙乐美越来越近了时，心就乱了，忙忙让司机调头回书店。

想着上次送给沙乐美的东西大概快吃完了，他的心，就像被油煎一样地难受，整夜整夜地在床上翻来覆去到天亮。

在又一个失眠的夜里，张小飞终是没能管住思念的脚，飞一样地奔向了沙乐美。

张小飞的沙乐美不见了！

他按了半天门铃，没人开，他把耳朵贴在门上，里面安静得像一块在深山里沉默的经年老石。

不安像只喝醉了的狗，在张小飞心里跌跌撞撞地踉跄了起来，悚惶之下，他小声地喊沙乐美的名字，除了沉默的空气，什么都不来应对他嘴巴的呼应。

绝望的小苗一寸一寸地长大了，泪水开始在张小飞的脸上蔓延。

他瘫软在门口的坐垫上，直到次日清晨，对门的邻居出门上班，看见了一脸憔悴的他，她警觉地看了他一会儿，浅浅地戒备着道，她不在。

张小飞如同撞到了救星，从地上一跃而起，问，她去哪里了？

中年女邻居回头锁上门，说，昨天下午，警察把她带走了。

张小飞就听见轰的一声，心就像一堵被岁月的风雨侵蚀到老朽的墙，倒塌了。

中年女邻居深深地看了他一眼，欲走，又回手试了一下门是否锁结实，并掏出钥匙转了几圈，就犹疑着下楼去了。

他呆呆地倚在门上，欲哭无泪，沙乐美终于还是被警察带走了。

他垂头丧气地下了楼，站在楼前的甬道上，仰头看沙乐美的房间，她的浅绿色睡衣以及牛仔裤还晾在窗外，在上午的阳光里寂寞地摇晃着。

28

张小飞闯进沙乐宝的快餐店，空气里充斥着炸油条馅饼的腻香，很让人反胃。秋易正在米黄色的柜台里忙活着收钱，沙乐宝不在，他也没急着上前去问，反正沙乐美已经落到警察手里了，再问也是同样的结局，急什么呢？

低着头的秋易惯性地问，要点儿什么？手也惯性地抬到了收银机上。

沙乐宝呢？一张嘴，张小飞才发现自己的嗓子哑了。秋易抬头，有些意外地看着他，说，是你啊，张小飞，他一大早就去市刑警队了。

张小飞噢了一声，抬腿就走，秋易的声音追在背后，说，他们说今天押沙乐美回广州，这个沙乐美也真是的，多少年不露面，一露面就把大家拽着往公安局跑。

张小飞撒腿就往外跑，跑了半天，才想起还不知道刑警队在什么地方，他猛地站住了，茫然地环顾四周，想也不想地打了110的电话。

还好，接警员的态度很好，告诉了他地址，他撒腿就往湖南路跑去。

他是在刑警队门口遇见沙乐宝的，沙乐宝站在刑警队的门外，皱着眉头抽烟，胖胖的脸严肃地下垂着，细细的眼里似乎有泪痕。

张小飞收住脚步，看了他一会儿，慢慢走过去，从他嘴上拿过抽了一半的香烟，狠狠地抽了一口，问，怎么样?

今天早晨七点半的火车，他们已经走了。

沙乐宝凝重地看了他一会儿，说，我不信沙乐美会杀人。

我也不信。张小飞把烟头扔在地上，用脚狠狠地碾了一下。

沙乐美也说，她没杀人。沙乐宝说，我相信她，她撒谎的时候我能看出来，眼睛忽闪忽闪地不敢直面别人的目光，这一次，她没有，她一直看着我的眼睛，说没杀人。张小飞，她没哭，一滴眼泪都没掉，还让我给你打个电话，跟你说声谢谢，说这阵儿给你添了不少麻烦。

张小飞难过地低下了头。突然，他肩上挨了一拳，接着沙乐宝喊道，张小飞，你他妈的算个什么东西？你为什么一直瞒着我，你知不知道，我多想见她一面，像个哥哥那样请她吃顿饭，给她买件漂亮衣服，小时候，我欺负她欺负得太厉害了。

张小飞怔怔地看着他，没还手，说，警察怎么找到她的？

我还想问你呢！沙乐宝对着路边的一枚小石子狠狠地踢了一脚。

我不相信沙乐美杀了人，我要去找她。张小飞说得斩钉截铁。

29

一周后，张小飞在广州的看守所里见到了沙乐美，沙乐美穿着又粗又硬的囚服，一直低着头，看也不看他，无论他怎么问，她一句话都不说，她的头发有点儿脏了，长长地垂下来，遮住了整张脸。

她的样子让张小飞犹如万箭攒心。张小飞说，我知道你不告诉我是怕我替你担心，我不怪你。

一滴泪，坠落在套在沙乐美腕上的手铐上，晶莹地颤抖着，有更多的泪，以更快的速度堆积上来。

张小飞想伸手给她擦泪，却被旁边的警察制止了。

我知道你没那么做，这些年你和谁在一起，我一点儿也不怪你，你总要活下去……

你不要为自己曾经扮演的角色羞愧，你还是过去的那个干净单纯的沙乐美，你在我心里的样子一直没变……

沙乐美，你放心，我会还你清白的，我还等着你出来，和我一起过完下半辈子呢。

羞愧的悲伤让沙乐美的肩渐渐收缩。

自始至终，沙乐美没和张小飞说一句话。

周秦和薛米的情况是张小飞从警察那里得知的。

当天下午，张小飞就去了周秦的公司，他正在开会，偌大的会议室里，坐了一圈人，全都用恭敬的姿态聆听他极具绅士风度的讲话。一个相貌周正的体面中年男人。

张小飞敲了敲门，大方地走进来，对周秦说，对不起，周先生，打断一下，我想和你谈一下沙乐美的事。

周秦愣了一下，会议室霎时安静下来，所有目光都汇集到了张小飞脸上，张小飞得体地向大家笑了一下，说，抱歉。

周秦很快恢复了镇静，向旁边的一个男子低声交代了几句什么，就大步地向张小飞走来，友好地向他伸出手，说，幸会。

说着，对着会议室外的走廊做了个请的姿势。

30

在街边的一间咖啡店里，周秦似乎面带悲伤，说，从她十七岁起，我一直照顾她，可以说，我很爱她。

张小飞不动声色地看着他，并不急于质问或是反驳他，只是边听他讲话边飞快地在他的话语间寻找破绽。

我知道，是我不好，除了她之外，我不该还有其他女人，但是，我对沙乐美是真心的。周秦似乎有些难过，也更是内疚。

薛米为什么会去找沙乐美？张小飞问。

薛米去找过的人很多，她也去找过我太太。周秦愤愤地说，她太疯狂了，以为怀了我的孩子我就会娶她。

那么，您太太也知道沙乐美的存在吗？张小飞眯起眼睛。

周秦顿了一下，说，嗯……知道的，很早就知道，包括我给沙乐美买房子的事她都知道，但是，只要我不和她离婚，她不介意沙乐美的存在，她亲口和我说过。

两人沉默了一会儿，张小飞往后仰了仰身体，说，周先生，我是个开书店的。

周秦哦了一下，好像不明白张小飞为什么要告诉自己他是开书店的。

没事的时候，我喜欢看侦探小说。张小飞的眼睛眯得更细了，说，我知道您对沙乐美很好。张小飞想起了沙乐美的那三百万，想必是周秦这些年给她的零花吧？她是个苦孩子，不习惯挥霍，便积攒了下来。

事到如今，我很是为沙乐美难过。周秦的声音哽咽了起来。

张小飞笑了一下，说，您觉得她有那么蠢吗？

周秦警觉地看着张小飞，说，您的意思……

既然她能想到在矿泉水瓶子里下毒这样不动声色的谋杀手段，那么，她会蠢到把人谋杀在自己家里吗？张小飞看着周秦。

周秦端起咖啡，抿了一口，放咖啡时，咖啡杯歪了一下，晃出了些许。周秦接着说，这个问题，我也想过，可是，除了她，还能有谁呢？

一个深深地仇恨着沙乐美和薛米的人策划了这场一箭双雕的谋杀，这个人有沙乐美公寓的钥匙，他（她）可能是谁呢？张小飞把双手摊开在桌面上，用询问的目光看着周秦。

或许是一个入室窃贼下了毒，因为薛米死的前一天，我和沙乐美刚刚从外地旅行回来，他就趁这空档潜进了沙乐美家，下了毒。周秦推测道。

哦，周先生，您真天真，入室窃贼的目的是窃财不是窃命，对了，会有谁清楚地知道那段时间沙乐美并不在家呢？

周秦愣愣地看着张小飞，说，张先生，您是不是侦探小说看得太多了？您想拯救沙乐美的心情我可以理解，但是，请您相信，我比您更不愿意这样的事在沙乐美身上发生！

张小飞站起来，说，周先生，我会把我的推测告诉警方的，对不起，这次我出来得急，身上没带多少钱，这咖啡只好由您买单了。

31

张小飞待在广州期间，文碧玉给他打过一个电话，她什么都不说，只是一味地哭，张小飞皱着眉头听了一会儿，就把手机放在了床头柜上，去洗澡了。

等他洗完澡，文碧玉已经挂断了电话，她有没有说什么，他不知道。

到了晚上，她给他发了个短信，问他会不会原谅自己。

张小飞回了个短信：无所谓。文碧玉的短信回得飞快，就八个字：我爱你，像以前一样。

张小飞看了看，没回，把手机扔到一边，看着天花板想沙乐美，他每天去广州的刑警队，每天去看守所看她，可，沙乐美不见他，他就在看守所外转来转去。其间，他又去找过周秦，周秦也不肯见他，理由是很忙。

张小飞就在电话里跟他说，他大抵已经知道凶手是谁了，警察大抵也知道了，现在正在做外围调查，薛米的死，和沙乐美没关系。说完，就挂断了电话，站在如火如荼的初夏阳光里，微微地，笑了。

张小飞打完电话的第四天，周秦的妻子在广州海关被扣押，她正打算出国度假。

警察告诉张小飞，案件已经基本清楚，周秦的妻子也没过多狡辩，承认了薛米是她谋杀的。她并不是不在意沙乐美的存在，而是无力反击她的存在，正好，怀孕的薛米找她逼宫，她便利用了薛米，她告诉薛米，只让她答应和周秦离婚是没用的，因为还有美得像妖精一样的沙乐美，以着她对周秦的了解，他离婚后娶沙乐美的可能性更大一些。她答应薛米，只要她能把沙乐美从周秦身边逼退，那么，她便和周秦离婚成全她。

一心要得到周秦的薛米信以为真，便开始无止无休地纠缠沙乐美，而周秦的妻子早就从周秦身上偷来了沙乐美公寓的钥匙，出去配了一套，趁周秦带沙乐美外出旅游的空档，她悄悄到沙乐美公寓里，在矿泉水里下了毒，这样，无论是沙乐美还是薛米喝了矿泉水身亡，而活着的另一个便逃不过谋杀的罪名，至于有毒的矿泉水会不会被周秦误喝，她也是曾担心过，不过，很快就释然了，这些年，她已受够了周秦在感情上的伤害，她曾在黑夜里无数次祈祷他被汽车撞死，飞机失事摔死，这该是件多么大快人心的事……反正，她对他的恨已超过了爱，更何况就算是误杀了他，还有个沙乐美做替罪羊呢，到时候，她只要佯装悲伤着继承大把家业，有什么不好呢?

张小飞在去看守所接沙乐美之前，先去找了周秦。

这一次，他没借口忙而拒绝见他。

几天而已，他仿佛老了很多，鬓角有了参差的白发，在偌大的写字间里，他显得渺小而羸弱。

张小飞拖了把椅子坐到他对面，说，沙乐美自由了。

周秦惨淡地笑了一下，顺手摸起烟盒，摸出一支烟，递给张小飞。

张小飞点上烟，说，沙乐美真傻，如果她早告诉我事实是怎么回事，或许，就不用费这么多周折，当然，我也理解您的心情，我猜，您可能在第一时间就意识到了作案人是您的妻子，但是，您更愿意让沙乐美承担这一切，虽然您这些年在外拈花惹草貌似已不再爱您的妻子了，可是，当灾难来临，您第一个想保护的人却是您的妻子，情人再受宠也不过是生活的附属品而不是生活的实质内容，情人不过是一场海市蜃楼一样的美妙幻梦，美虽美，但，生活的实质却不会因它没了而发生改变。

周秦默默地抽烟，没否认也没承认。

知道我为什么给您打电话说警察和我都大抵知道是怎么回事了吗？张小飞认真地看着他，说，我利用了你内心的恐慌和对妻子的袒护，我知道，如果您确定是您妻子作的案，您肯定不会让她在家坐以待毙的，人在恐慌的压力下，通常是会智商下降的，所以您让她出国避风头了，我把我的推断告诉了警察。

周秦看了他一眼，说，您很聪明。

我为沙乐美难过，她当自己是您最宠爱的小孩，却不知当灾难来临，自己就变成了您急于甩在路边的累赘。张小飞掐灭了烟，说，我要去接她了。

32

张小飞没接到沙乐美。

看守所的民警告诉他，沙乐美自己走了，他们挽留过她，跟她说过张小飞会来接她，她却笑了笑，说她不认识张小飞，也不需要任何人接。

至于去哪里，她没说。

张小飞站在广州的街上，冲着茫茫人海大喊了一声：沙乐美！泪水滚滚而下。

九朵金蔷薇

请连谏和高伟吃饭时，说起连谏的高产、能干，有时一天竟能写一万多字，我和高伟都很佩服。连谏却说："我只是一个勤于收集垃圾的人而已。"我当初没反应过来，话题就过了。编辑完她这九篇中短篇小说，恍然大悟，原来她像《金蔷薇·珍贵的尘土》中巴黎清洁工约翰·沙梅一样。沙梅从首饰作坊收集了大量垃圾，筛罗出金屑为他心爱的姑娘做了一朵金蔷薇；连谏从生活中搜集了大量"垃圾"，披沙沥金，熔铸出不少金蔷薇般的作品，本书收集的九篇中短篇小说就是特异别致的金蔷薇。

知道连谏是从《门第》开始。那时《门第》在《青岛早报》连载，看了几篇就怦然心动，于我心有戚戚焉。那洗练的文字，流畅的叙述，婉转的故事，似曾相识的环境，使我成了我这老乡小妹的粉丝。上班后的第一件事是先找《青岛早报》，看完连载意犹未尽，很不过瘾，心心念念盼着第二天的到来，如听袁阔成评书《三国演义》心情相似。在享受和煎熬中终于读完了《门第》，我也成了连谏的铁杆粉丝。我就想认识她，可没有理由，正好此时高密电视台“人在他乡”栏目组托我联系连谏，要给她做一期节目，我便通过青岛作协的朋友打听到连谏的电话，开始名正言顺地跟她联系上了。我开始给她发短信谈读《门第》的感受，竟还推荐了于明加、李洪涛饰演罗小贝和罗锦程。我觉得于明加外形气质饰演罗小贝很合适，巧合的是制片方选中的罗小贝的饰演者正是于明加，这巧合着实使我高兴了一阵儿。

此后连谏忙着写书，拍电视剧，我忙着编书，好几年过去了，想正式认识她的机会一直没找到。这次托她的闺蜜高伟的福，由高伟相约，我请她们在草木间吃饭，使我正式认识了这位神交已久的偶像真人。这次相聚收获颇丰，约了高伟的《传奇三部曲》和这部《连谏中短篇小说集》。更可喜的是不久之后这两个选题在我社编委会上顺利通过。

高伟的《传奇三部曲》是思想者对伟大灵魂的探寻和剖析，我将另文谈编辑感受；连谏的小说则是对社会生活的扫描和提炼，对底层人物灵魂的挖掘和呈现。

我有个习惯，我认为精妙的书稿我大都拿回家晚上进行编辑加工。编辑连谏的小说是享受，这九篇小说陪伴我度过了许多个静静的夜晚。我如摩挲朵朵金蔷薇，那温润的光泽令我着迷。为什么是享受，我所有说得出的和说不出的感觉被陈为朋先生在序中写绝了，想必读者诸君已读过且也通过了小说的验证，也有了你自己的感受，我不再赘述了，我说说我的痛苦吧。

我一般晚上十点基本上万籁俱寂了开始编辑工作，而她的每一篇小说说是中短篇，叫我看都称得上中篇，二三万字，可恨的是每篇小说一上来就吸住眼球，随着她的娓娓道来，人物的命运把我的心揪得越来越紧，必欲编辑完而后快，这样就常常要到凌晨二三点。因为页码七百多，一本书太厚，和连谏商量去掉一篇，她说那就去掉最后的《谁在追杀沙乐美》吧。我编辑完第八篇，想扫几眼将要删掉的这一篇，没想到一发而不可收，这篇的情节更加跌宕起伏，包袱藏得更深，等真相大白，沙乐美离开她心爱的人远去，我也放下笔的时候，一抬头，东方大白，喜鹊高叫矣！

其二，连谏有自己的叙述风格，一段往往一逗到底，还不喜用冒号和引号。一逗到底还好说，咱觉得意思比较完整处，或换了主语处给换个句号，不影响她的风格。“说”之后不用冒号和引号，甚至逗号都不用，如“小糜说娘啊，如何如何”，这不好办，有一些情况在图书质量检查的审校先生那里可能要算错处。我试着改了一些，要么加上冒号和引号，要么加逗号，采取不要引号的方法，但看来看去觉得别扭，就好像在一条或舒缓或激越的小河里扔进几块小石头，溅起的水花与原来自然流淌的河流不协调。我纠结了好几天，突然想到帕乌斯托夫斯基讲的一个故事：一只蜈蚣有四十条腿，它爬得顺畅自在，有一天它想研究自己的四十条腿哪条先动，哪条后动，四十条腿的关系如何，结果最后这条蜈蚣不会动了。于是我决定尊重连谏的风格，尊重连谏意识的河流。

本书原定一册，八篇小说，所以陈为朋先生的序里只谈了八篇小说。

就这八篇小说六百多码，还是有点厚，而我觉得《谁在追杀沙乐美》又很精彩，于是跟连谏商议可否九篇都收入而分成上下两册，她觉得可行。这就是现在呈现在读者面前的样子。

连谏让我给本书写个跋，我岂敢当。她坚持，我也觉得有必要向读者朋友交代几句，便强为之。不是跋，编后记而已。

吴清波

2018年8月27日

图书在版编目（CIP）数据
连谏中短篇小说集 / 连谏著. -- 青岛：青岛出版社， 2019.1
ISBN 978-7-5552-7464-3
Ⅰ.①连… Ⅱ.①连… Ⅲ.①中篇小说 - 小说集 - 中国 - 当代
②短篇小说 - 小说集 - 中国 - 当代 Ⅳ.①I247.5
中国版本图书馆CIP数据核字（2018）第198489号

书　　名　连谏中短篇小说集（上、下）
作　　者　连谏
出版发行　青岛出版社
社　　址　青岛市海尔路182号（266061）
本社网址　http://www.qdpub.com
邮购电话　13335059110　0532-85814750（传真）　0532-68068026
责任编辑　吴清波　梁　娜
特邀编辑　李　敏
内文制作　于　芃
印　　刷　青岛乐喜力科技发展有限公司
出版日期　2019年1月第1版　2019年1月第1次印刷
开　　本　32开（787mm × 1092mm）
印　　张　22.75
字　　数　450千
印　　数　1-6000
书　　号　ISBN 978-7-5552-7464-3
定　　价　56.00元

编校质量、盗版监督服务电话　4006532017　0532-68068638